キミノ名ヲ。

1

梅谷百

アスキー・メディアワークス

「愛している」と言った言葉が本物ならば、
もう一度必ず会える。

あの星降る夜、貴方と誓いあった言葉は、
決して破られることのない、永久不変の約束。

『天にありては　願わくは　比翼の鳥となり
地にありては　願わくは　連理の枝とならんことを』

何度生まれ変わっても、
必ず出会って愛し合うのだと、
私たちは誓いあったのだから。

Contents

登場人物紹介 & 相関図

護良親王
もりよししんのう

呼び名 尊雲 そんうん
大塔宮 だいとうのみや

十津川郷で千鶴子と運命的に出会う。自分の感情をあまり表に出さない不思議な雰囲気を纏った美男子。実は後醍醐天皇の皇子。

惹かれ合う

後醍醐天皇
ごだいごてんのう

鎌倉幕府を倒して天皇親政をめざそうとする野心家。

村上彦四郎
むらかみ ひこしろう

片岡八郎
かたおか はちろう

護良親王に付き従って十津川へやってきた忠実な臣下たち。

主従

主従

対抗心

真白
ましろ

護良親王を慕っている美少年。すぐに生意気な口をきくけれど、育ちのよさは隠しきれない。突然現れた千鶴子に対抗心を燃やす。

宿を貸す

―― 恋人関係
―― 親族
〜〜 対抗心
・・・・・ 援助
―― 主従関係

桜井千鶴子
さくらい ちづこ

高校2年生（17）。母親が他界して以来、家事を一手にこなすしっかり者。ふとしたことから、鎌倉で14世紀へとタイムスリップしてしまう。

桜井大和
さくらい やまと

中学3年生（15）。千鶴子の弟。史学科教授の父親の影響で歴史が得意。千鶴子と一緒に同じ時代へタイムスリップしてしまったけど、離ればなれに……。

助ける

十津川の人々

朔太郎 さくたろう

素行が悪い若衆組の副頭。滋子の恋人。

恋人

竹原滋子
たけはら しげこ

恋人の朔太郎と駆け落ちしようと計画中。タイムスリップしてきた千鶴子を助ける。

竹原八郎
たけはら はちろう

滋子の父親。十津川に住む豪族で、見た目はダルマに似ている。

竹原正吾
たけはら しょうご

竹原八郎の息子で滋子の兄。儚げな美男子だが、若衆組の組頭を務めている。

戸野兵衛
とのの ひょうえ

竹原八郎の甥。同じく十津川の豪族。ひょろりとした体つき。

戸野重信
とのの しげのぶ

戸野兵衛の息子。豪快だが心根は優しい少年。

ミドリノクニ

冬でも色を変えることのない緑は、永久不変の色。
深い緑に沈むこの国も、何も変わらないでいてほしいと願う。

貴方が隣にいるまま、
私がこの世界にいるまま、
何もかも永遠にこのままであってほしいと願う。

千年変わらぬ緑に、
千年変わらぬ想いだと誓いあったあの日に戻りたい。

君の名を、呼び続けていた。

私はずっと。

ずっと。

桜井兄弟

「ちづ姉《ねえ》!!!　ご飯は?!」
「ちづ姉！　あたしのTシャツ知らない?!」
「ちづちゃん！　夕《ゆう》がおもらししたあ！」

「ちづちゃああん!!!」

桜井千鶴子《さくらいちづこ》。17歳。
12歳の時にお母さんが他界してから、私が家族の面倒を見てきたせいで、非常に所帯染みた女子高生になってしまった。
しかも私たちはこのご時世に珍しい６人兄弟で、私はその二番目。
「はいはい。ご飯はもう少し待ちなさい。Tシャツはたんすの一番上の右。夕、おもらししちゃったの？　したくなったらちづ姉に言うって約束でしょ？　え？　どうしたの？」
一度に何人もの人の話を聞くことは、もはや私の特技だ。
自分の時間は正直ないけれど、こうやってバタバタと忙《せわ》しなく動いているほうが性に合っているから、この生活に不満はない。
「ちづ姉！　電話！　父さんから」
「え〜？　お父さんから？」
お父さんからかかってくる電話って、本当にいいことがない。
渋々受話器を受け取って、耳に当てる。
「もしもし？」
『ああ、千鶴子？　ちょっと頼まれてほしいんだ。私の机の上に書類があると思うんだが……持ってきてくれないかな？』
ああ、と落胆して肩を落とす。
お父さんは忘れ物の名人で、頻繁に忘れ物をする。

これで何回目だと思っているのか。
「ちづ姉！　お腹《なか》すいたっ!!」
「ちづ姉。算数わかんないよお」
「ちょっと待ってなさい」
電話中でもお構いなしにすがってくる声を、笑って牽制《けんせい》する。
そして受話器に向けて露骨にため息を吐《つ》く。
「……わかったわ。どこに持っていけばいいのよ？」
『鎌倉駅で待ってるよ』
「かっ、鎌倉ぁ?!」
あまりに意外で、ぽかんと口を開ける。
鎌倉なんて東京から鈍行で１時間くらいかかると思う。
しかも私、生まれてこのかた鎌倉なんて行ったことがない。
『すまん。今日の学会が鎌倉で開かれるんだ。その資料がないと父さん学会で発表できなくなってしまうんだよ』
私のお父さんは大学の教授だけれど、こんなにも涙声で娘に懇願するような威厳も何もないような教授でいいのだろうか。
「大丈夫。今から行けば、お昼過ぎには鎌倉に着くと思うわ」
『ありがとう！　ありがとう!!　千鶴子！』
お父さんが本気で泣きだしたのを聞きながら、無言で電話を切る。
「ちづちゃん、どっかいくの〜？」
私のセーラー服のスカートの裾《すそ》を掴《つか》んで言ったのは、六番目の妹の夕子《ゆうこ》だった。
幼稚園の年長組で、まだまだ甘えん坊。
「学校行くの？」
私をチラリとも見ずに携帯電話ばかり覗《のぞ》きこんでいるのは、三番目の妹の月子《つきこ》。
中学３年生で、今が一番の反抗期。
最近髪の毛を栗色に染めて、先生や私からものすごく怒られたけれど、黒に直す気はないらしい。
「部活出ようと思ったけど、お父さんが学会で使う資料を忘れたみたいだから鎌倉まで届けに行ってくるわ」
「鎌倉まで行くなんて災難だよ。ちづ姉、いいように使われてない？」
月子はケラケラと笑ったけれど、やっぱり私を見ようとしない。
それが少し寂しさを生む。
「じゃあ月子が行けよ。ちづ姉ばっかり大変だろ？」
「うるさい、大和《やまと》。あたし今からデートだし、無理」
月子は、大和を一瞥《いちべつ》してさっさと部屋に戻ってしまった。
大和はそんな月子を見送りながら、ため息を吐く。
「月子どうにかならないかな。最近酷《ひど》すぎるよ、反抗期。俺《おれ》ちょっと文句言ってくる」
「やめなさい、大和。私はいいから」
月子と大和は二卵性の双子。
だから大和も中学３年生。
２人は顔も性格も全く似ていないけれど、それでも双子の絆《きずな》なのか、とても仲がいい。
月子がイライラしている時に大和が傍《そば》に来ると、その棘《とげ》がなくなる。
大和はとても優しくて、一家のムードメーカーだ。
「俺、一緒に行くよ。夏休みで暇だから、鎌倉行ってみたい」
「俺も行くー！」
後ろから私に抱きついてきたのは、五番目の弟の頼人《よりと》だった。
小学校３年生で、まだまだ甘えたい盛り。
「ゆうも、かまくらいくう!!」
頼人と夕が一緒に行くなんて、結構大変になってしまう。
連れていってもいいけれど、どうしようかしら。
「どうしたんだよ？　皆で鎌倉行くのか？」
笑って顔を出したのは、一番上の兄の太一《たいち》だった。
一番上なのに、ほっつき歩いてほとんど家にいない不肖《ふしょう》の兄。
大学２年生で、なんでも笑って謝れば済むと思っているところが、お父さんにそっくりでまた腹が立つ。

「うん。お父さんが学会の資料忘れたっていうから」
「兄ちゃん、今日暇だから車で連れてってやるよ」
にっこり笑ったその笑顔に、前言撤回しようと簡単に思う。
「本当に?! 太一兄ちゃんたまには役に立つわ!!」
「たまには言うな。たまには旅行気分でいいだろ？」
一番上が、太一。
二番目が、私、千鶴子。
三番目が月子。
四番目が大和。
五番目が頼人。
六番目が夕子。
これが私の兄弟。少子高齢化が叫ばれるこの日本で大家族。
近所でも有名な、桜井兄弟。
私はこれからもずっと母親代わりで、同じような日々を過ごしていくのだと思う。
そう思った瞬間に、耳元で鳴る声。
あ、と思って耳を澄ます。
「ちづ姉？」
突然黙った私に、大和が心配そうに声をかけてくれる。
その声にそっと微笑《ほほえ》んで、また沈黙する。
ほら、聞こえる。
幼い頃《ころ》から、時折だけど聞こえる声がある。
なんとなく私の名前を呼んでいるような気がする。
ただじっと、捕らえるように耳を澄ます。
その波紋のような、小さな声を。

氷色

「ちづちゃあん。ジュースこぼしたあ」
「はいはい。大丈夫。太一兄ちゃんの車が汚れるだけだから」
大きな瞳《ひとみ》に涙を溜《た》めた夕を見ながら、私は動じずに車の後部座席に零《こぼ》れたオレンジジュースを拭《ふ》き取った。
「俺の車じゃなくて父さんの車だよ。夕、汚していいんだぞ。汚しちゃえば、父さん新しい車買うかもしれないだろ？」
「腹黒いよ、太一兄ちゃん」
にやりと笑った太一兄ちゃんに、助手席の大和が笑った。
車は時速100キロ以上を出して、高速道路を走っている。
このぶんなら、すぐに鎌倉まで行けそうだ。
「鎌倉って何が美味《おい》しいの?!」
「頼人。そんなに食い意地張らないの。向こうに着いたらお父さんに美味しいもの食べに連れていってもらおうね」
抱きついてくるその小さな体を、私も強く抱きしめる。
頼人も夕も幼くて、まだまだ甘えん坊。
母親にはどう頑張ってもなれないし、母親として振るまうには限界があると時折思い知らされるけれど、できる限り頼人や夕の力になりたい。
「ちづちゃん、ねむいよお」
「はいはい。少し眠りなさい」
夕も私に抱きついて、小さく丸まって瞼《まぶた》を閉じる。
「そういえば、月子は？」
「デートだってさ」
大和が呆《あき》れたような声を落とす。
「あいつも自由だよな。このあいだうちに来た男と？」

「いや違う。また違う男と付き合いだしたよ」
「すげえな。月子も結構簡単に男替えるよな」
「でもあんまり本気になれないって言ってた。けど男は寄ってくるんだってさ。無数に」
「月子は見た目だけは無駄にいいからな」
太一兄ちゃんと大和のやりとりをぼんやりと聞く。
私だって恋がしたい。
いつだって家のことが一番だった。
自分の時間は部活の時だけで、恋なんてしている暇がなかった。
でも夕も頼人もまだ幼いから、当分は無理だと思う。
あの家は私がいないと回らないのは、嫌になるほどわかってる。
不満はないと思っていたけれど、これだけが唯一の不満。
「千鶴子、眠いのか？　疲れてるだろ。寝ていいぞ」
黙った私に、太一兄ちゃんが声をかけてくれた。
眠くはなかったけれど、頷《うなず》いて目を閉じる。
車がアクセルを踏んで加速するたびに、気持ちが重くなる。
このもやもやと胸の奥に巣食う漠然とした不安は、一体なんなのか。
鎌倉は切ないほどの絶望と、苦しいほどの寂しさが詰まっているような気がする。
一度たりとも鎌倉に行ったことなんてないから、そう思うこと自体不思議なことだけれど。

「千鶴子、着いたぞ」
突然、耳に響いたその声に、慌てて目を開ける。
眠くなかったのに、どうやら眠ってしまったみたいだ。
「ちづ姉、よだれ垂れてるよ」
意地悪く笑った大和を見て、慌てて口元を拭《ぬぐ》う。
「つ、疲れてたの。ほら、夕！　頼人！　鎌倉に着いたよ！」
２人を揺すって起こすと、まだ寝たいと不機嫌そうに抗《あらが》う。
「あ、もしもし？　俺、太一だよ。今さ鎌倉着いたんだよね。え？

うん。デートだっていうから月子以外と来た。今どこ？」
太一兄ちゃんがお父さんに電話してくれているあいだに、ぐずってしまった夕をあやすけれど、なかなか泣きやんでくれない。
鎌倉は観光地で、案の定《じょう》人が溢《あふ》れている。
ぐずる夕の声が辺りに響いて、すれ違う人々が眉《まゆ》をひそめていく。
「夕、すぐお父さん来るからね」
泣いたりぐずったりするのは、寂しさ故《ゆえ》だってわかっているのに、どうしてもイライラしてしまう。
「千鶴子。鶴岡八幡宮《つるがおかはちまんぐう》だって」
「え？　つるがおか？」
「はちまんぐう。父さんそこにいるんだってさ。鎌倉駅の近くに車停めたって言ったら、十分歩いてこられる距離だと」
「鶴岡八幡宮ってどこだろう？　地図ないかな？」
大和が、きょろきょろと辺りを見回す。
私も同じように見回したけれど、残念ながら地図はなかった。
けれど、胸の中で何かが芽生えた。
何かしら、この感覚。
大事な誰《だれ》かが、向こう側で手を振っているような気がした。
「こっちだよ、きっと」
指を差すと、太一兄ちゃんと大和は一緒に眉をひそめた。
「本当に？　ちづ姉適当だろ」
「バレた？　でも本当にこっち……」
「あ、本当にこっちだ！　すっげえ！　ちづ姉ちゃん!!!」
頼人が数十メートル先に看板を見つけて、指を差す。
その方向に歩いていくと、ようやく鎌倉駅が見えて、駅前の若宮大路《わかみやおおじ》という大きな通りをひたすら歩いていく。
暑さがじりじりと肌を焼いて、この身を焦がしていく。
セミの声と大勢の人の声が入り混じって、気持ちが悪くなる。
「ちづ姉？　どうかした？」
陰《かげ》った私の表情を覗きこんで、大和は心配そうに声をかけてくれた。

「ううん。なんでもないわ」
笑って首を横に振り、頰《ほお》に伝った冷たい汗を手の甲で拭う。
ああ、またあの声が聞こえる。
名前を、呼ばれているような気がする。
世界の正しい音まで呑《の》みこんでいくほど大きな声。
こんなに大きな声で呼ばれたことは、今まで一度もなかったのに、
鎌倉に来てからどうも変だ。
ほらまた、誰かが私を呼んでる。
けれど振り返ってみても、誰もいない。
「千鶴子？　どうしたんだよ？」
立ち止まっていた私に、太一兄ちゃんは声を上げた。
「……誰か、私を呼んでるような気がしたの」
「気のせいだろう。ほら行くぞ」
促されて、ふらりと歩きだす。
耳元でまた鳴り始めたあの声を聞きながら、鶴岡八幡宮まで行った。

「お〜い。悪かったね」
聞きなれたゆるい声が響いて、夕と頼人が嬉《うれ》しそうに駆けだす。
私たちを見て、へらへらと笑ったお父さんに、一気に脱力する。
横断歩道の向こうにある大きな鳥居の前で、お父さんと合流した。
「お父さん。はい、資料」
「千鶴子！　本当に悪かったね!!　これで首がつながったよ！」
大げさに喜んで、お父さんは大事そうに資料を抱えた。
そんなに大事なら抱いて寝ればいいのにと思ってため息を吐く。
「首なんか飛んじゃえばいいのにな」
ぼそりと大和が呟《つぶや》いたのを聞いて、お父さんは顔を青くする。
「大和！　父さんが無職になったら一家全員路頭に迷うぞ！」
「父さんがいないよりも、ちづ姉がいなくなる方が路頭に迷うよ」
ははっと笑ったけれど、洒落《しゃれ》にならないなと思う。
「それは確かにそうだな……千鶴子がいなくなったら……」

勝手に娘の失踪《しっそう》を想像して怖くなっているお父さんに呆れる。
「いなくならないから安心してよ。それより、ご飯食べたいよ」
「そうだな。何を食べようか？　こっちに美味しい和食屋さんがあるんだ。少し歩くけど、散策しながら行こう」
お父さんは夕を抱きかかえて、鶴岡八幡宮の中へ入っていく。
お父さんがいなくなっても十分困る。
あんなに簡単に、夕をあやすことはできないから。
「鶴岡八幡宮ってどんな場所か知ってるかい？」
「知らない」
素《そ》っ気なく言うと、お父さんは泣きだしそうになった。
「お父さん、いろいろと千鶴子に教えただろう？」
「私の日本史の成績、わかってて言ってるの？」
お父さんは、がっくり肩を落として項垂《うなだ》れた。
「知ってるよ。源 頼朝《みなもとのよりとも》が建てたんだろ？」
大和がフォローすると、お父さんは瞳をキラキラと輝かせた。
「誰それ？　みなもとのよりとも？」
「鎌倉幕府を開いた人。千鶴子、本当に歴史苦手だよな」
太一兄ちゃんが私をバカにするように笑うのを見て、ムッとする。
「頼朝さんよりも、義経《よしつね》さんのほうが知ってるわ」
負け惜しみを言ったけれど、歴史が苦手なのはもう救いようのない真実。
「史学科の大学教授を父に持つっていうのになあ」
お父さんは歴史の専門家だ。
確か専攻は、その時代よりも少しあとだったような気がする。
「いいじゃないの、別に」
歴史なんて知らなくても生きていける。
歴史が好き！なんて友達の前で言ったら、今さらちょんまげ?!とか白い目で見られるし、正直興味もないのが最大の理由。
歴史よりも家計のやりくりのほうが、私は断然興味がある。
「あれ？　本宮はこっちだろ？」

参道から突然曲がったお父さんに、大和は声を上げた。
確かに朱塗りの大きな建物は、今歩いている参道をずっとまっすぐ行ったところにある。
「鶴岡八幡宮は帰りに参拝しよう。それより先にご飯だな。帰りもここを通るから大丈夫だよ」
そう言われて、名残《なごり》惜しそうな大和は私たちの後を追ってきた。
お父さんに似て大和は歴史が大好き。
歴史のテストで大和が100点以外を取るのをほとんど見たことがない。
このあいだの全国模試でも、歴史だけずば抜けて成績がよかった。
それこそ、全国でも五本の指に入るくらいだった。
暇さえあればお父さんの書斎に入り浸って、ミミズが這《は》ったような文字ばっかり読んでいて、年号やら出来事やらを完璧《かんぺき》に覚えて、時折お父さんよりも詳しいことを言ったりしている。
将来はお父さんみたいになるのかしら。
２人が楽しそうに歴史の話をしているのを見て、忘れ物をする性格までは、似てほしくないわと思って笑った。

私たちは鶴岡八幡宮を出て、静かな住宅街を歩いていた。
街路樹の木陰に入ると、冷たい空気が頬を撫でる。
「お父さん、もういいからそこらへんのお店に入ろうよ」
「もうすぐだから。あと10分くらい」
それは10分前にも聞いた、と思いながらついていくと、灰色のアスファルトの上に陽炎《かげろう》がゆらゆらと揺れているのが見える。
それはまるで、世界が二層になっているような気がした。
足がついている場所と頭のある位置が、どこか食い違っているような違和感を感じる。
その揺らぎに同調するように、ぐらりと視界が歪んだ。
額が締めつけられるように突然痛くなって、思わず立ち止まる。
《……な》

え？
《ひな……》
違う。私の名前は千鶴子だ。
鎌倉に着いてから、あの声が纏《まと》わりつくように頭の奥で響いていたけれど、はっきりと言葉になって響き始めた。
どういうことかわからなくて、戸惑いばかりが増す。
けれど不思議と怖くなんてない。
辺りを見回すけれど、私をひな、と呼ぶような人は傍にはいない。

《ヒナ!!!!!》

はっとして目を見開くと同時に、体が大きく震えた。
心拍数が勝手に上がって、呼吸が荒くなる。
慌ててもう一度辺りを見回すけれど、やっぱり誰もいない。
その代わりに、突然目に飛びこんできたのは真っ白な鳥居。
少し青を孕《はら》んで、真冬に氷が厚く張った時の色をしている。
待っている。
どういうわけか、そう思った。
鼻の奥がつんと痛くなって、勝手に泣きだしそうになるのを必死で堪《こら》える。
「千鶴子？　そっちは……」
お父さんが心配そうに声を上げるけれど、ふらふらと引き寄せられるように、その鳥居に近づく。
「ちづ姉！　どうしたんだよ?!」
大和が私の腕を掴んだ。
その力で大きく自分の体が揺さぶられて、鳥居の前で崩れ落ちる。
地面にぺたりと座りこむけれど、浮いた私の右手は自由になることはなく、誰かの冷たい左手が私の右手を握っていた。
ただしその左手は、手首より上がなかったけれど。
「ち、ちづ姉……、これってヤバイのかな？」

呆然《ぼうぜん》と自分の手とその手を見ていた私に、大和は言った。
その声は震えているけれど、どういうわけか私は全く怖くない。
「……ヤバイのかな」
「父さん!!　太一兄ちゃん!!　ちょっと来てくれよ!!!」
悠長なことを抜かした私を諦《あきら》めて、大和は大声を上げた。
私の手を取る冷たいこの手は、この鳥居の向こうの神域のような場所から生えているみたいだった。
私はこの手を知っていると、なんの根拠もなく確信する。
ようやく会えたと、この冷たさに逆にもっと触れていたくなる。
この寂しくて、でも愛《いと》しい気持ちは、一体なんなのだろうか。
ただその手の向こうに見える白い鳥居が、儚《はかな》く滲《にじ》んで見える。
美しい白が、胸を詰まらせて苦しい。
お父さんは、真っ青になっていた。
太一兄ちゃんも、呆《ほう》けたまま突っ立っていた。
皆きっと、何が起きているかわからない。
もちろん私も、その手が幽霊なのかなんなのか、よくわかっていない。
《ようやく、見つけた》
突然響いた声を聞いて、幼い頃から心に響いていたあの声の主は、この手の主と同一人物だと気づく。
「……貴方《あなた》は、誰？」
《私を忘れたのか？　腹が立つ。700年も、待ったというのに》
「忘れたも何も、貴方のこと知らないもの」
《私は知っている》
「ね、姉ちゃん……手首と話してるのかよ?!!　や、やめろよ！　離せ!!」
大和は私の空いたほうの手を引いて、その手から逃れさせようと必死になってくれるけれど、その手は私を離そうとしない。
《700年。あの時交わした約束を、今叶《かな》えよう》
その瞬間、あったはずの地面が、足元から崩れ落ちた。

「あ……!!!!」
叫んだと思った時にはすでに、声は上の方へ置いてきていた。
暗闇《くらやみ》の中を真っ逆さまに堕《お》ちていく。
恐怖が爪先《つまさき》から髪へ舐《な》めるように這って、気持ち悪い。
「ちづ姉!!!!」
反射的に声のした方を向くと、大和の体もその闇の中に捕らえられているのが見えた。
大和も私と同じように果てのない闇の中に落ちていく。
「大和!!!!」
空が、閉じていく。
まるで大きな袋の口をぎゅっと絞って閉めていく様子を、内側から見ているみたいだ。
お父さんの顔が、太一兄ちゃんの顔が、頼人の顔が、夕の顔が、まるでその存在が嘘《うそ》だったかのように黒に呑みこまれて消える。
漠然と、思った。

もう、会えない、と。

「あ、起きたわ」
目を開けると、目の前に瞳。
思わず悲鳴を上げそうになって、口を塞《ふさ》ぐ。
「貴女《あなた》、どうしたの？　道端に倒れていたのよ。見ない顔だけど、どこから来たの？」
尋ねられているから答えようとするけれど、上手《うま》く頭が働かない。
「どうしたんだろう……」
間抜けな答えを返した私に、彼女は大口を開けて笑いだした。
「貴女、頭でも打ったの?!　貴女のせいであたしの計画がめちゃくちゃになったんだから責任取ってよ！」
「計画？」

「そ。あたし駆け落ちするつもりだったのに、貴女が倒れてるんだもの。見捨てられるわけがないでしょ」
「かっ、駆け落ち⁉」
このご時世、まだ駆け落ちとかあるんだ。
この子、私と同じくらいの年齢だと思うのに、度胸があるわ。
「まあ、別にいいわ。どうせいつだってできるから」
大して気にもしてないというように、彼女はさばさばとした表情で笑った。
笑顔を見てなんとなく安心したら、唐突に家族を思い出した。
「助けてくれて本当にありがとう。改めてお礼に来るね。家族が待ってるから、一度帰ることにするわ」
私、倒れていただなんて一体どうしたんだろう。
なんだか頭の奥がぼんやりして、上手く思い出せない。
ただ帰らなければとだけ思う。
かかっていた布団を取ると、凍《い》てつく寒さが足や手に走って、思わず身震いする。
さっきまで夏だったはずなのにと思ったら、ようやく不安が芽を出して、一気に生い茂る。
そういえば私、あの白い鳥居の前で冷たい左手に掴まれたんだった。
そして地面に穴が開いて、大和と共に闇の中へ落ちていった。
「も、もう１人いなかった?!　私の傍に私と同い年くらいの男の子が！」
そう言って勢いよく彼女の肩を掴むと、私の慌てぶりを見てにやりと笑った。
「あら、貴女も駆け落ちの途中だったの？　それで行き倒れ？　だったら早く言いなさいよ。ここは私の親戚《しんせき》の家だけど、しばらく行くと私の家があるから数日泊まってくれても構わないわよ」
「ちっ、違うから!!!　弟！　私の弟なの!!」
ぎょっとして首を横に大きく振る。
「そうなの？　貴女１人だったわよ。誰もいなかったわ」

全力で抗った私に、彼女はつまらなそうにため息を吐く。
大和とはぐれたのかしら。
彼女が黙った時、やけに辺りが静か過ぎることに気づく。
車の走る音も、人のざわめきも聞こえない。
「こ、ここって、どこ？」
「ここ？　ここは大和の国、十津川郷《とつがわごう》よ」
「や、まと……とつがわ？　私の弟の名前も『やまと』なの……」
「あら、国の名なんて、大層な名前を貰《もら》ったのね。貴女の名前は？」
彼女はケラケラと屈託なく笑う。
「ち、千鶴子」
「ちづちゃんね。私、しげ。よろしくね」
大和の国だなんて、いくら私が歴史だけでなく地理にも疎《うと》いからってそんな都道府県名聞いたことがない。
弟と同じ名前の県名だったら、知らないはずがない。
何げなく彼女を見た途端、ぞっと寒気が走る。
今まで全く目に入ってこなかった。
「し、しげちゃん……。その服……」
「あ、これ？　かわいいでしょ。桃色の小袖《こそで》。一張羅《いっちょうら》なんだけど、記念すべき駆け落ちの日だったから」
しげちゃんの着ていたものは、着物だった。
多分、着物の中の小袖という部類のものなのだと思うけれど、私が知っている着物とは帯が違う。
それこそ男の人のつけるような細い帯で、腰の下辺りで結んでいる。
「それよりちづちゃんはおかしな服を着ているのね。どうしてそんなに足を出してるの？　襲ってくれって言ってるようなものよ」
しげちゃんは、私のスカートの裾をまじまじと見ながら引っ張る。
私のスカートは膝《ひざ》上５センチ。
もっと短い子は沢山いるし、むしろ私は長いほうだと思う。
「そ、そんなことないわよ。おかしな服って、これ制服よ」

着替えるのが面倒で、そのまま鎌倉に行ってしまった。
そうだ。私、鎌倉に行ったじゃないの。
「せいふく？　何それ」
ここは鎌倉かと尋ねようとした時に、しげちゃんは首を傾《かし》げた。
どうしてこの子は制服を知らないのかと思って、不審に思って思いきり眉をひそめた私に、しげちゃんも同じ顔をする。
「だから何？　せいふくって」
本気で言っているってわかるほど真剣な瞳に、血の気が引く。
慌てて辺りを確認すると、おかしなところがいくつも浮かび上がる。
まず電気ではなく、本物の火が灯《とも》っている。
しかも、一つじゃなくていくつも。
そうしないと明かりを確保できないほどの弱い光が、揺れている。
こんな場所、21世紀の現代にあるかしら？
やけに全てが古くさいし、よく見ると時計も機械も一切ない。
尋常ではない光景に、握りしめた両手が私の意思に反してガタガタと震えだした。
「どうしたの？　ちづちゃん。気分悪い？」
背を擦《さす》ってくれるその手は、紛れもなく熱を感じる。
「しげ。どうした？」
さっと戸が開いた。
「お父様。ちづちゃんが目覚めたの。けれどまだ体調が悪そうで……」
大きな体をゆすって、布団の横に座りこんだのは、中年のおじさん。
傍で揺れる炎に照らされたその顔は皺《しわ》が深く刻まれていて、黙ると口がへの字になるから、ダルマに似ている。
「しげの父親だ。ここは私の甥《おい》の家だから安心していいぞ。行くあてがないのならば当分この家に留《とど》まればいい。名は？」
ダルマのお父さんの笑顔に安心して、息を吐く。
「さ、桜井千鶴子」
「桜井？　この辺りでは聞かないな。なあ、しげ」

「うん、聞かないわね。ちづちゃんどこの人なの？」
「東京……」
訝《いぶか》しげに２人は私を見つめた。
「どこの国？って聞いているのよ」
「日本でしょ？」
「それはそうだが……ここは大和の国。摂津《せっつ》に、京《きょう》の都に、紀伊《きい》にといった具合でな」
「だから、東京」
言い張った私に、２人はどうしたものかと顔を見合わせた。
「……『とうきょう』という地名ができたのかもしれないな」
「そうね、お父様」
東京は首都なのに、２人は腑《ふ》に落ちない顔をしている。
言葉が出てこなくて、なんて反論したらいいかわからない。
それにしてもダルマのお父さんまで着物を着ている。
自分に起こっていることが、全く理解できない。
ううん、なんとなくわかってはいるけれど、そうだと認めたくない。
だってあまりにも非科学的で非現実的すぎる。
「あの……今って何年？」
年号を聞くことはおかしなことではないと思って、尋ねてみる。
「今？　元弘《げんこう》元年の師走《しわす》よ」
ぐっと、自分の拳《こぶし》を強く握る。
元々短い爪《つめ》だけれど、爪が皮膚に食いこんで痛いと思う。
その鈍い痛みで正気を保って、この現実にしがみつく。
『師走』はわかる。12月だ。
このあいだ、古文の授業で習った。
少なくとも今は平成の世で、元弘という年号は聞いたことがない。
ここは私の全く知らない世界だ。
同じ日本だと思うけれど、明らかに『別世界』。
途端に込み上げてくる涙に、嗚咽《おえつ》が止まらなくなる。
「ちづちゃん!?」

しげちゃんの驚いた声をきっかけに、立ち上がって走りだした。
纏わりつく絶望や不安から逃げるように、駆ける。
乱暴に戸を開け放すと、白が目の奥まで走った。
自分の荒い息まで、真っ白く染まって見える。
足先を、砂利《じゃり》の上を、そして遠くまで連なった山々を、月光が青白い光を投げかけて白に染めている。
静寂が耳に痛い。
この瞳に映る世界を全て否定したい。
茅葺《かやぶ》き屋根に、井戸。電線や車も電灯もどこにもない。
ここは、どこ？
「ちづちゃん！」
どこかにあるはずの私の知っている世界を探して、駆けだす。
ほんの少しでもどんな欠片《かけら》でも構わないと思うのに、何一つ見つけられない。
絶望感に襲われて足が動かなくなって立ちすくんでいると、突然人の気配を感じて振り返る。
感情を失うと、後に残されるのは本能だけだった。
白い月の光が揺れる。
あの時見た鳥居の色と同じ、凍てつくほどの青白い氷色。
ううん、もっと灰に白みがかった色。
二つの瞳が、その煌《きらめ》きを受けて光る。
「誰だ？」
光の前に立ちはだかって、別の人が私に向かって乱暴に問う。
月光に晒《さら》されたその姿を見て、堪えきれないほどの絶望感が襲った。
あまりの衝撃で自分の体すら支えられずに、その場に崩れ落ちる。
「おい?!」
道端にいた数人の男の人たちは、全員着物を着ていた。
みんな時代劇。
「いやあああああああああっっっ!!!!」
絶叫した私に向かって、その氷色の腕が伸びてくる。

「案ずるな」
どういうこと？　安心しろ、という意味？
もう何も考えられないし、何一つ考えたくない。
「すぐに楽にしてやるぞ」
自分の意思とは無関係にガタガタと震える体をその胸に押しつけるように抱きしめられる。
私は鎌倉にいたはずなのに。
元弘元年師走。大和の国。
小袖。着物。ありえない衣装。
タイムスリップ。
これは抗いようのない、事実。
氷色の世界に沈みながら、逃げる場所なんてどこにもないのだと知った。

灰白

そしてなぜこうなっているのか、わからない。
白に薄い青を刷《は》いた氷色の着物を着た男の人は、私の目の前に座りこんで、どういうわけか熱心にお経を読み上げてくれている。
徐々に落ちついてくると、これはもしや私のことをおかしな人間と思ったのかもしれないと不安になる。
まあ私は、周りから見れば正真正銘おかしな人間なのだけれど。
氷色の人の背後では一緒にいた数人の男の人たちが、私の顔を心配そうに見つめている。
この人たちは皆オレンジ色の着物を着ていて、なんだか暑苦しい。
そのまた後ろでは、しげちゃんとダルマのお父さんと、もう１人ひょろりとしたおじさんが座ってる。
さっきしげちゃんが「おじさん」と呼んでいたから、この家の主に間違いないと思う。
もしかしてこれは大騒動になっているのかもしれない。
ど、どうしよう。
とりあえず読経《どきょう》はやめてもらいたい。
私もう正気に戻ったから！と、なんとか目の前にいる氷色の着物を着ている人に伝えようとするけれど、彼は目を閉じてお経を読んでくれているから全く気づかない。
目を開けて！と念じながらじっと彼を見つめていると、月明かりが降るように差しこんでいるのに気づいた。
冷たい光が、さらにその肌を青く染めるのを見て、思わずごくりと生唾《なまつば》を飲む。
取り乱していたから全く気づかなかったけれど、この人美形だ。
弁慶《べんけい》が被《かぶ》るような頭巾《ずきん》を被っているから全体の姿は不明だけれど、

眉目秀麗《びもくしゅうれい》って言葉がぴったりだと思う。
「皆様。もう夜も遅いことですし、寝具をご用意しましたが……」
小さい声でひょろりのおじさんが、オレンジ色の服を着ている人たちに声をかけると、読経の声がぴたりと止まった。
「休ませてもらいなさい。あとは私１人でよい」
「はっ。ではお言葉に甘えて下がらせていただきます」
オレンジ色の中で、体の一番大きな40代くらいのおじさんがそう言ったのを合図に、男の人たちはひょろりのおじさんに連れられて、さっさと部屋を出ていく。
それと一緒にしげちゃんやダルマのお父さんが出ていってしまって、文字どおり部屋に私とそのお坊さんの２人が取り残された。
どうしようと一瞬取り乱しかけたけれど、これはある意味チャンスだと気づく。
声をかけようと思った時に、彼の唇が歪んでいるのに気づいた。
形よく歪んだその唇から、目が離れなくなる。
「そなたのおかげだ。礼を言う」
不敵に笑ったまま、彼はその目をゆっくり開けた。
月の光が反射して瞳が灰色に映る。
その姿が、綺麗《きれい》な狼《おおかみ》に見えて時が止まる。
「もう、狐《きつね》は憑《つ》いていないだろう。人間に戻っているはずだ。この私自ら祈祷《きとう》したのだからな」
彼が大真面目《まじめ》に言ったのを聞いて、思いきり脱力する。
き、狐?!!　このご時世に狐?!!
狐が憑いているだなんてあまりに非科学的だとこの人に言っても、私の時代の常識がここでは通用しないのは目に見えていたから口をつぐむ。
「……あの、私何もしてないけど」
「そんなことはない。今日の宿が確保できた。外で眠るにはいささか寒くなってきてしまったからな」
外って、さっきの人たちと野宿しているのかしら。

お坊さんだから、修行中なのかもしれない。
それよりもさっき『この私自ら』って言ったけど、もしかしてこの人ってお坊さんの中でもだいぶ偉い人なのかしら？
私を元の時代へ帰す術《すべ》を知っているかもしれないと思って、勢いよく顔を上げる。
期待を込めて口を開こうとしたら、彼はすでに床に横たわっていた。
「……あの？」
あれ？　フローリングって、なんて言うんだろう。
横文字を吐いたところで、絶対に伝わらないような気がする。
「どうした」
一向に次の言葉を落とさない私に、彼は苛立《いらだ》ったように体を起こした。
「こ、こんな固いところで寝たら、明日体痛くなるだろうし、風邪をひくわ。オレンジ色の服を着た人たちと寝たらどう？」
「おれんじ？」
しまった、通じない。
オレンジ色って、古い日本語でなんて言うのかしら。
「あ、あれ……柿《かき》の色……」
咄嗟《とっさ》に柿の色って言ってしまったけれど、食い意地が張っていると思われたら嫌だ。
彼はああ、と軽く頷いて、着ていた袈裟《けさ》を脱ぐ。
その氷色をした頭巾も、衣擦《きぬず》れの音を立てて冷たい床に落ちた。
やっぱり、狼。
長い髪が、無造作に散る。
月の光に反射して、瞳の色と同じ灰色に見えた。
「柿色。よい、別に。早く来い」
「は？」
「早く」
何を言っているのかわからなくて躊躇《ちゅうちょ》したけれど、その瞳の強さに抗えずに彼の傍に座る。

その冷たい手が私の腕を掴んだのを感じて、思わず目を見張る。
「この手!!!!」
頭の中が一気に飽和状態になって、言葉が落ちない。
ただ、手と彼の顔を交互に見ながら、口をぱくぱくさせた。
「手がどうした。間抜けな顔になっておるぞ。それより名はなんだ」
間抜けと言われたせいで一気に頭の奥が覚めて、恥ずかしさが込み上げてきた。
「ち、千鶴子。桜井、千鶴子」
「ちづこ？」
「そう。千の鶴の子供って書いて、『千鶴子』」
突然彼は弾《はじ》かれるように笑った。
やけに大笑いするからムッとする。
「貴方の名前は？」
名乗ったんだから、そっちも名乗りなさいよ、と思って尋ねる。
彼は私をじっと見つめて、声を出さずに微笑んだ。
その笑顔が、単純に綺麗だと思う。
やっぱりこの人、眉目秀麗。

「……尊雲《そんうん》」

「そんうん、さん？」
おかしな名前ね、と言おうと思ったけれど口をつぐむ。
お坊さんなのだから、大抵そんな名前なのだろう。
「そうだ。それより大層な名を貰ったものだな」
「何それ。どういう意味？」
「『鶴』を名乗るには早すぎる。まだせいぜい雛鳥《ひなどり》だな」
絶対馬鹿《ばか》にされていると思って、彼の意地悪な笑顔に思わず叫んだ。
「早いって貴方ねえ!!」
「ヒナはおかしな着物を着ているな。どうやって脱がすのだ」

『ヒナ』と言ったその声に、息を呑む。
頭の奥に残る、あの声を思い出す。
心拍数が急上昇して、ガタガタと指先まで震えだす。
「も、もう一度……」
声を上げた私を、彼は訝しげに見つめるけれど、そんなことに構ってはいられない。
「『ヒナ』って、もう一度、呼んで」
生まれた疑惑を確固たるものにするために、もう一度呼んでほしい。
私の腕を掴んでいた手が静かに離れて、私の頬に触れる。
その指先の冷たさに、背筋がぞくりと震える。
「何度でも呼んでやるぞ」
この手はまさに、あの時私を連れていった手だと確信する。
その指先が頬から滑って、髪に回る。
彼の瞳に月が映っていて、その真円《しんえん》に呑まれてしまいそうになる。
「……ヒナ」
やっぱりこの声だと思った途端に、胸の奥が苦しくなる。
その灰色の髪が、砂をサラサラとこぼすような美しい音色を奏で、彼の肩から零れ落ちるのを見た。
切なさが、理由《わけ》もなく込み上げてくる。
「ヒナ」
ここに私を呼んだのがこの人ならば、きっと私を元の場所に戻す術も知っているはずだ。
帰れると思ったら、押しこめていた感情が溢れて涙が散る。
「なぜ泣く」
問われて我に返った時、一体何が起こっているのか全くわからなかった。
彼の顔が近い。
近いどころか、もう、唇が触れそうになっていた。
悲鳴を上げそうになって慌てて後ろにのけぞったら、そのままひっくり返って頭を強く打った。

「なぜ避ける」
彼が呆れたように声を上げた。
軽く脳震盪《のうしんとう》を起こしたのを感じて、絶対今の衝撃で元々少ない私の脳細胞の大半は死滅したと思って悲しくなる。
「それはこっちのセリフよ！　なんでキスしようとするのよ!!」
痛みとやるせなさを堪えながら叫ぶと、案の定彼は眉をひそめた。
「きす？」
無邪気に尋ねられて、がっくりと肩を落として落胆する。
込み上げてきた怒りは冷却されるけれど、それとは逆に沸々《ふつふつ》と恥ずかしさが湧《わ》き上がってくる。
「く、く、口づけよ!!!」
どうして私がこんなことを叫んでいるのか全くわからない。
本気でお嫁に行けなくなってしまう。
「ヒナはおかしな言葉を使うな。もう師走だ。寒い」
しまった、と思った時には、すでにその手が私の足を掴んでいる。
「触れ合っていれば、温かくなる」
固まった私を見て、彼はにやりと笑った。
彼は狼、で、私は羊？
しまった、このままでは私、食べられてしまう!!!!
そう気づいたら、彼の腕を思いきり振り払って逃げだしていた。

上がる息が、真冬の冷気にさらされて真っ白く染まって見える。
あの鳥居と同じ色。
そんなことを少し考えたけれど、思考回路が熱で溶けて何もかも考えられなくなる。
「もうやだ！　もう疲れた!!!　お願いだからもうやめてよ！」
「何を言う。まだこれからが本番だ」
「本番って、動いたからもう十分体も温まったじゃないの!!」
「そう言われるとそうだな」
彼は素直に頷いて、私から離れる。

私は振り上げていた拳を下ろして、その場に倒れこむ。
投げ飛ばした座布団やらが、バラバラと部屋に散らばっているのを見つめながら、大きくため息を吐く。
「寝る」
短く言って、彼はその場に横になった。
「貴方ねえっ！」
「ヒナはなぜそんなに抗うのだ」
荒げた私の声によく通る声が覆い被さって、反射的に口をつぐんだ。
「私はヒナを抱きたかっただけだ。別によいだろう、一夜《いちや》くらい」
さっきまで私は身の危険を感じて、逃げ回っていた。
物を投げ飛ばし、殴る蹴《け》るの追いかけっこ。
彼もなんだか途中から、この状況を楽しんでいたように思えたけれど。
「……何箇所引っかいたと思っているのだ」
確かに結構引っかいてしまったから、痛いところを突かれたと思って口を開く。
「貴方、女の子だったら誰でもよかったんでしょ？」
「……そうだな。でも男などそのようなものだろう」
認められても少し複雑だったけれど、そのほうが話が早い。
「私はね、本当に好きな人とじゃないと嫌なの」
彼は驚いたように目を見張った。
「おかしな考え方だな。ヒナがそのような考え方をしていて、家は大丈夫か？」
その返答を聞いて、呆気《あっけ》にとられる。
どうして、私の家が関わってくるのかしら。
彼は起き上がって、私の前にあぐらをかいて座った。
じっと見つめてくるその瞳は、本気で心配そうに歪んでいる。
「もしやヒナのせいで家に被害があったのか。それで行き倒れか？」
「なんでそうなるのよ!!!」

怒鳴った弾みで、止まらなくなる。
「家に被害なんてないわよ！　貴方が連れてきたんじゃないの!!　帰してよ!!　お願いだから元の時代に帰して!!!」
貴方が変な術でも使って、偶然あの場所にいた私を連れてきたんだ。
なんだかこの時代は非科学的で、おかしなことばかり言っているから、きっとできるはず。
「帰して！　私、帰りたいの!!!　帰りたい……」
叫んで初めて、自分は帰りたいと切実に望んでいることに気づく。
お父さんも、太一兄ちゃんも、月子も、大和も、頼人も、夕もいる温かい場所に帰りたい。
「だから、帰してよ……。貴方が私を呼んだんでしょう……？」
「私はヒナを呼んだ覚えはない」
はっきりと言った彼に、目の前が真っ暗になる。
「よ、んだじゃないの！　私のことを呼んだでしょう?!　この手！その声！　間違えるはずなんてない!!」
「呼んでなどいない」
「呼んだ!!　呼んだんだから、元の時代に帰す術も知ってるでしょ?!　教えなさいよ!!」
一歩も引こうとしない私に、彼は困ったように眉を歪める。
「……強情な女だな。私は呼んでなどいない。それに『元の時代に』とはどういうことだ」
「元の時代よ!!　少なくとも私は、ここよりももっと先の時代、未来から来たのよ！　貴方に強引にここに連れてこられたの!!」
思いきり彼の顔が歪んで、私のことを露骨に疑っているとわかる。
「未来？　ここよりも？」
「そうよ！　ずっと先！　100年、200年、1000年先!!!」
ここが何時代かなんて全くわからなかったからそう叫ぶと、彼はさらに首を傾げた。
「……信じられぬ」
「私だって信じられない」

やるせなさと怒りばかり胸の内に広がっていく。
「お父さんにも兄弟にも、もう二度と会えなかったらどうしてくれるのよ……」
不安が染み出して、八つ当たりするなんていけないと思うのに止まらない。
「泣くな」
その指先がそっと私の頬を滑ると、彼の指を伝って私の涙が散った。
「貴方が呼んだのよ……誰も私のことを『ヒナ』って呼ぶ人はいないのに……貴方が……」
「……言っていることは、真実なのか？」
もちろんと、大きく頷く。
「私が今着ている服の形が普段着。貴方の着ている着物と全然違うでしょう？　私が住んでいたのは『東京』。西暦2010年。平成22年」
突拍子のないことを言ったとわかっているけれど、お願いだから私のことを信じてほしい。
「せいれき2010年？　へいせい？　なんだそれは。とうきょう？　そのような地名聞いたことがない。それに……」
彼は私の制服をじろじろと見つめる。
「ヒナの国の女は、皆こうやって足を出しているのか？」
どこを見ているのよ！と突っこみそうになったけれどぐっと堪える。
「そうよ。さっき貴方がおかしなことを言っていたけれど、私がそういう考えをしていても、家に被害はないわ」
「……そうか。私がヒナを呼んだことは断じてないと言えるが、確かにヒナは妙だ。おかしい」
「呼んだかどうかはどうだっていいから、帰す方法だけ教えてよ」
「そんなこと、私がわかるわけがないだろう。呼んでもいないのに帰す方法を知っているなど、おかしな話だ」
彼ははっきり言った。
その目は真剣で、嘘なんて吐いていないのはすぐにわかる。

絶望が、涙へと形を変える。
「すまぬな。泣くな、ヒナ」
私をこの時代に連れてきたのは彼で間違いないと思うのに、唯一の希望ももう闇の中だ。
強引に抱き寄せられて、抗うことなくその腕の中に沈む。
「抱かないと約束する。きっと疲れているのだ。もう、寝よう」
悪い夢であってほしいと願いながら瞼を閉じる。
目が覚めたら、きっといつもどおりの１日が始まるはずだから。

鳥の声が、いつもよりも沢山聞こえる。
ああ、お弁当作らないと。
どういうわけか固い床の上で寝た時みたいに、体中が痛い。
あれ？　私、抱き枕《まくら》買ったかしら？
覚えていないけれど、温かくて落ちつくから買って正解だったわ。
それより、今何時？
しまった寝坊しちゃった！　お弁当を作る時間がない!!!
頭に冷たい不安が駆け上がる痛みで、一気に目が覚めた。
目を勢いよく開けると、目の前に顔があった。
その二つの目はじっと私を見ていて、目が合っても揺らがない。
この人誰だったかしら。
私こんなかっこいい、素敵な人とお知り合いなんかじゃない。
夢のまた夢、ああそうだ、夢だ。
その肩まで伸びた長い髪が、はらはらと散る。
少し茶色で、瞳も同じ色をしている。
それより私の上に何か掛かっているけれど、寒い。
ううん、でも温かい。
だって私、この人を抱き枕代わりにして足まで引っかけている。
温かいし、いい夢見てるんだからこれくらいいいよね。
これくらい……。
「ヒナは寝相が悪いな」

バチっと勢いよく瞼を開ける。
「よだれが垂れたぞ？　それに……」
すうっと、膝から太ももにかけて冷たさが走る。
「ひゃあぁああっっ!!!」
触れた指先のあまりの冷たさに、思わずおかしな声を上げる。
「足。ヒナはなんて女だ」
嘘っ！と心の中で叫びながら慌てて足を外すと、顔が火照《ほて》った。
「なっな、なななんで、起こさないのよ!!!」
咄嗟《とっさ》に上に掛かっていた黒い着物を奪う。
「少し考え事をしていたのだ」
彼は私の反応なんてどうだっていいというように、１人立ち上がる。
そして着ていた青白い着物をばさばさと脱いだ。
「あっ、あ！　貴方っ!!」
「着替える。着せろ」
突然の彼の行動に目を白黒させていると、彼は自分の荷物に向かって指を差した。
朝から昨日《きのう》の続きかと思って、思わず身構えた自分が恥ずかしい。
着せろって、この人何様のつもりかと思ったけれど、思考が停止しているせいで抗うこともできずにその荷物を解く。
「これでいいの？」
少し灰色がかった白い着物は、朝の光が当たって綺麗だった。
「ああ。それでいい」
「これって何色？」
「灰白《はいじろ》」
そんな色の名前、聞いたことがない。
『灰色』で一括《ひとくく》りにしていたけれど、そんな美しい名前の色があるなんて知らなかった。
昨日の夜、月光に反射したこの人の瞳に映った光と同じ色だ。
「着せてみろ」
その瞬間彼が着ていた最後の１枚の着物が、音を立てて落ちる。

はっとして息を呑んだと同時に、持っていた着物をばっと広げてあまり見ないようにする。
家族以外の男の人に免疫のない私には、目の毒だ。
頬が熱を持って熱い。
それにしてもこの人、いい体してるわ。
慌てて目を逸《そ》らすけれど、一点おかしなところを見つけてしまう。
「貴方、ここどうしたの？」
滑らかな肌の先、肩の付け根に切り傷のような跡が残っている。
最近ついたような傷で、治ってはいるけど、まだ少し痛そう。
よく見ると、あちこちに同じような傷跡がある。
「大したことではない」
彼は少し振り返って、微笑んだ。
「大したことよ。気をつけなさいよ」
「それよりも早く着せてくれ。寒い」
「あ、ご、ごめんなさい」
慌てて彼に灰白の着物を着せる。
「腰紐《こしひも》」
傍に落ちていた紺色の紐を言われるがままに捕まえて、彼に差し出す。
「結ぶのだ」
「無理！　結び方わからないもの！」
「適当でよい。早く」
躊躇したけれど、促されて渋々適当に結ぶ。
「これでは駄目だ。すぐに解《ほど》けてしまう」
彼は私がせっかく結んだものを解いて、また結び直す。
「次を着せてくれ。今度は黒の着物だ」
どうして私が、と思ったけれど、抗えない。
「紐も今さっき見せたように結ぶのだ」
一体なんなの?!と、叫んで怒り出したくなったけれど、生まれてこのかた、人の世話ばかりして生きてきたようなものだから、言われるがままにやってしまう自分が悲しい。
このやり取りを何度か繰り返して、時間はとてつもなくかかったけれど、彼は初めて会った時のような服装になった。
「ふむ……」
彼は突っ立って何か考えている。
私は、彼の足元でぐったりと倒れこんでいた。
もう人目を気にしていられないくらい疲れた。
「ヒナは嘘を吐いていないな」
突然そんな言葉が降ってきて、顔を上げる。
「今わかった。着物の着方を知っているのに知らないふりをしているわけでもないとな。どうもヒナが着ているものと私が着ているものは全く違う形をしている。それが普段着ならば、本気で着物の着方を知らないかもしれぬと思ったが……」
「だから言ったじゃないの。嘘なんか吐いてないわよ」
彼は訝しげに私をじっと見つめて口を開く。
「私が呼んだというのも真実か？」
「ええ。私がその手と声を間違えるわけがないもの」
間違えるわけがないと、言い切った自分に驚いて心臓が跳ねる。
彼は私を見つめて、頷いた。
「わかった。ヒナが未来から来たというのは信じよう。それに私が関わっているかどうかは少し考えるぞ。とりあえず、ヒナの帰る方法とやらを模索してみることにする」
「ほ、本当?!　お願いします！　本当にありがとう!!」
跳び起きて、彼の手を掴んでぶんぶん振って叫んだ。
彼は驚いた顔をしていたけれど、嬉しすぎて構っていられない。
そんな私を見て彼も笑ったけれど、その笑みは昨夜見た微笑みと同じ、腹黒いものを感じる不敵な微笑みだった。
「それには私をここに留まらせなければならない。言っていることがわかる、な？」
「と、留まる？」

「ああ。私たちはここに半年か１年ほどいたい。その画策に、ヒナも協力しろ、と言っているのだ」
ごくりと唾を飲みこむ。
彼の黒と白の二面性に、自分の笑顔が引きつったのを感じた。

「わ、私!!　記憶がっ!!　記憶がないんです!!　倒れていた以前の記憶がさっぱりっっ!!」
「難儀なことにこの娘は狐に化《ば》かされたのだ。その狐はなかなか強者《つわもの》でな。何度かその狐を調伏《ちょうぶく》せねばならぬが、時間がかかりそうだ」
「私、行くところが！　行くところがぁああ!!」
叫んで、私は突っ伏した。
涙が出なくて本気で困ったが、とりあえず肩を震わせてみた。
チラリと彼を見ると、彼は涼しい顔をしている。
「それは大変だ。千鶴子、別に当分いてくれて構わないぞ」
「そうよ、ちづちゃん。１人増えたって大したことじゃないんだから、遠慮なくうちに来なさいよ。あたしも嬉しいわ」
なんていい親子なんだろうかと、今度こそ本気で泣けてきた。
殺伐とした現代社会じゃ絶対に考えられないと思う。
「そうとなれば、このまま兵衛《ひょうえ》の家に法師様たちをお泊めしなさい」
「ええ。そうですね。では法師様たちは私の家に。寒さが厳しくなって外での修行は大変でしょうから、よい時でございましょう」
ひょろりのおじさんは、兵衛さんというのだと初めて知った。
「かたじけない。村で困ったことがあったらなんなりと言ってくれ」
彼がにこりと笑うと、皆が息を呑むのを感じる。
その美しい笑顔に、皆コロリと騙《だま》されてしまう。
結局私は彼の言いなりになり、迫真の演技をして、まんまと自分と彼らの身の置き場を確保してしまった。
「ちづちゃん、そうときまれば早くあたしの家に来なさい。着物を貸してあげるわ」
しげちゃんはにっこり笑って私の手を取った。
嘘を吐いてごめんなさい！と、心の奥で叫びながら立ち上がる。
「待て。念のため、今から狐を調伏しよう」
彼は素早く立ち上がって私の腕を掴むと、別の部屋に足早に移動した。
戸が閉まったのを見て、口を開く。
「……何よ。上手くいったでしょ？」
彼は腕を組んで、何か考えこんでいた。
「うむ。ヒナはなかなか演技が上手いな」
「そんなこといいの。私も貴方がいないと自分の時代に帰れないから」
「そうだな。それよりも昨日弾みで私の名を名乗ってしまった」
「それがなんなのよ。貴方の名前って、そんう……」
途端にその冷たい手で口を塞がれる。
「それはある意味、諱《いみな》だ」
何それと聞こうとして、その手を無理やり外す。
「『いみな』って何？」
眉が歪んだけれど、彼はそうだったというようにため息を吐いた。
「『諱』とは、人間の本名だ。例えばヒナの名、『桜井千鶴子』ならば、桜井『雛鳥』千鶴子。となる。桜井が苗字《みょうじ》。千鶴子が本名、つまりは諱。雛鳥が字《あざな》だ」
「やめてよ。『雛鳥』って言うの」
それにしてもこの人、私を『ヒナ、ヒナ』って呼ぶくせに、私の本名をフルネームで覚えていたのか。
「周りの者がヒナを呼ぶ時は『雛鳥』と呼ぶ。千鶴子は本名だから、呼ばないし誰にも教えない。知っているのは父母と主君だけだ」
そうか。この時代に合わせると、「『桜井雛鳥』です」って名乗るべきだったのか。
そんなことを言っても、私の時代にはそんな習慣がないからもう名乗ってしまったわ。
「名乗るのが実質本名じゃないのなら、あだ名の一種なの？」
「いや、あだ名はその人物に親しみを込めて呼ぶ愛称のことだ。字は普段名乗る時に使う名」
頭の中がめちゃくちゃになって戸惑う。
ううん、待って。
例えばこの人は私を『ヒナ』と呼ぶけれど、それはあだ名。
どんなにこの人がヒナと呼ぼうが、私が初めて会った人に「桜井ヒナです」なんて名乗らない。
それとは別に、普段名乗る名前が字。
私の本名が桜井雛鳥千鶴子だったら、「桜井雛鳥です」って名乗るのが正解で、『千鶴子』は決して名乗ってはいけない名だ。
つまり、口に出してはいけない名。それが『諱』。
「本名を呼ばないって、どうして？」
「いろいろあるのだ。簡単に言えば、占術や呪術などに使われると困る。とにかく私の名をヒナが口に出すのは許されないことだ」
占い？　確かに狐やら目に見えないものを簡単に信じてしまうこの時代の人にとっては、そういうことは大事なのかもしれない。
「それは貴方だけに当てはまるっていうことではないわよね？」
「ああ。この時代の人間は皆そうだ。『兵衛』も字だ。兵衛殿の諱は彼と彼の父母しか知らぬ」
兵衛さんも、本名かと思っていたけれど違うのか。
「わかったわ。呼ばないわよ。じゃあ貴方の字は？」
彼が黙ったのを見て、ん？と思う。
「そこ考えるとこなの？　普段名乗る時に使う名でしょう？」
「……『法師様』でよい」
思わず呆れ返る。
真剣に言っているからさらに脱力する。
「なんで『さま』をつけるのよ。しかも法師さまなんて言ったら、貴方と一緒に来た人たちもそうじゃないの」

「あいつらは違う。とにかく私のことは『法師様』と呼べ」
なんなんだろう、一体。
字は普段呼ぶ時に使う名だから、私が知っても差し支えはないはず。
「……さっき貴方、『ある意味、諱だ』と言ったわね。それはどういうことなの？　本当の諱ではないってこと？」
痛いところを突かれたというように、彼は顔をしかめた。
「ヒナは勘がよいな」
「かわいくないって言うんでしょ。貴方って名前が沢山あるの？」
「僧侶《そうりょ》にもいろいろとあるのだ。とにかく駄目だ」
焦って私から目を逸らす。
きっとこれ以上聞いても何も答えてくれないのは目に見えていた。
ふうん、と思って、唇を尖《とが》らせる。
「……わかったわよ。『法師さま』」
それにしても、『ある意味』諱だって言わなくてもいいのに。
私はそんなことを知らないのだから、それが諱だって言えばいいのに、嘘を吐けないのかな、この人。
「ねえ。そんな大事な名前、どうして私に教えたの？」
不思議に思って尋ねると、彼は宙を見上げて考えこんだ。
どうせ咄嗟に名乗ってしまったのだと、この沈黙が言っている。
もういいわと言おうとした時に、彼が口を開いた。
「それは……」
彼が言葉を落としたのと同時に、彼の髪が私の頬にかかって、感じたことのない柔《やわ》さが触れる。
「やはり女子《おなご》はよいな」
柔さが離れて、彼は意地悪くにやりと笑った。
その笑みを見て、思わずまだ柔さの残る唇を指先で触れると、一気に頬が熱くなった。
「さ、最低っっ!!!」
こんな男にファーストキスを奪われたなんてっっっ!!!
拳を振り上げた私を見て、危険を察知したのか無邪気に笑いながら彼は消えた。

「何をもじもじしておるのだ」
思わず飛び跳ねて振り向くと、案の定彼の顔が目の前にあった。
「なっ、なんでもないわよ！　どうしてここにいるのよ！」
慌ててしげちゃんに着せてもらった着物の袷《あわせ》を手早く直す。
ウエスト・エプロンのような前掛けをつけていたから、裾は無闇にめくれてしまうことはないけれど、どうにも不安だった。
「竹原《たけはら》殿に、あらためて挨拶《あいさつ》にな。そうしたらヒナがここでもじもじしていたから声をかけたのだ」
竹原殿とはしげちゃんのお父さんで、ダルマのお父さんのことだ。
「もじもじしていないわ！　ああ、もう早く行きなさいよ！」
一刻も早く彼を部屋から追い出そうと、その背をぐいぐいと押すけれど、びくともしないから憎たらしい。
「そうだ、彦四郎《ひこしろう》」
「はっ」
どこにいたのか、彦四郎と呼ばれた人は私と彼の前に立った。
昨日オレンジ色の着物を着ていた人の中の１人だと気づく。
彼が先に休ませてもらえって言った時、真っ先に声を上げた40代くらいのおじさんだ。
「面白い鳥を捕まえた」
彼が笑いながら私の腕を掴んだのを見て、ぎょっとする。
「さっ！　桜井千鶴子ですっ!!」
思わず声が裏返って、一気に恥ずかしくなった。
彼は笑いを噛《か》み殺していて、彦四郎さんも笑ってはいけないというように、私から視線を外した。
その肩は、明らかに震えていたけれど。
「よ、よい声で鳴くだろう。まだ雛鳥だがな」
「そ、そのようですな。時を重ねれば、それはそれは立派な鶴になるでしょう」

「時が経《た》てば、な。いつになるかはわからんが、立派な鶴になるのを私も期待しておる。そうだ雛鶴《ひなづる》、だな」
雛鶴？
千鶴子の鶴とかけているのだろうけれど、確実に馬鹿にされている。
「よい名だ。『雛鳥』よりはよいだろう」
「勝手に人の名前をきめないでよ！」
怒りが頂点に達して、いつも太一兄ちゃんにやるようにその足を思いきり踏みつけると、彼は小さく「いっ」と叫んで固まった。
「今朝も思ったが、ヒナは足癖が悪い」
「悪かったわね。しょうがないでしょ、鶴は足が長いんだから」
断じて私の足は長くはないけれど、言い返したくてそんなことを言うと、彼は吹き出すように笑った。
「ヒナはまだ雛鳥だからな。これから足が長くなるのであろう」
確かに自分から言ったけれど、彼の笑顔が短いと言っているようでムッとする。
「雛鶴殿に、期待しましょうぞ」
彦四郎さんも彼と同じように言って笑った。
「き、期待されてもこれ以上長くならないわよ……」
ボソボソ言葉を落とすと、２人は今度こそ大笑いし始めた。
「足などどうでもよいのだ。それよりも……」
法師さまが目元に光る涙を拭って、その手を伸ばす。
え、と思った瞬間、その手が私のお尻《しり》を触った。
「女は尻だ。尻。うむ。ヒナはよい子を産むな！」
屈託なく笑った彼に、私の耳元でブチッと何かが切れる音がした。
私にしか聞こえない、堪忍袋の緒が切れる音。
「……最低っっっ!!!!!」
派手な炸裂音《さくれつおん》が辺りに響いて、右手がじんじんと痛んだ。
「二度とあんたの顔なんか見たくないっ！」
そう叫んで勢いよく戸を閉めてから板間の床の上に突っ伏すと、ものすごくショックで涙が出てきた。

だって少なくとも私の時代には、突然お尻を掴んでくるようなおかしな男はいない。
しかも今、下着をつけていないのに!!
着物を着せてもらった時に、しげちゃんがつけていると変だと言うから外した。
この時代の女の人は下着なんてつけないって知ったから、しょうがないと思って諦めたのが、裏目に出た。
「ほっ法師様っ!!!」
戸の向こうで慌てた声が聞こえたけれど、構ってはいられない。
ひたすらショックで、息ができなくなるほど泣いた。

「ちづちゃん聞いたわよ。お尻触られたくらいで殴ったって本当?」
庭の雑草を抜いていた私に、しげちゃんが声をかけてきた。
「本当よ」
吐き捨てるように言うと、しげちゃんは笑った。
「何を言ってるのよ。いいじゃないの、あの法師様とても素敵じゃないの。村の娘なんていい男が現れたって浮かれてるわよ」
「ただの変態法師よ」
「ちづちゃんって面白いわね。男が嫌いなの?」
しげちゃんも私の隣にしゃがみこんで、雑草を抜き出す。
「嫌いってわけじゃないわ。別に」
「だったらいいじゃないの。そんなことだと家が大変よ」
しげちゃんがそう言ったのを聞いて、昨日のことを思い出す。
あの変態法師が、私が好きな人としかそういうことをしたくないって言った時に、やけに家のことを心配していた。
「その『家が大変』ってどういうことなの?」
疑問に思って尋ねると、しげちゃんは目を見張った。
「……そうよね、ちづちゃん記憶がないんだものね」
「う、うん。いまいちよくわからないの。教えてほしいな」

嘘を吐くのは気が引けたが、その意味をどうしても知りたかった。
「うん。こういう小さい村には『若衆組《わかしゅうぐみ》』っていうのがあるの」
「若衆組？」
「そう。村の若い男の人が、村を守るために作った集まりのことよ。一定の歳《とし》になると男の人はその若衆組に必ず入るの」
自治集団ってことかな。
確かに見たところこの時代は、警察官なんているのか謎《なぞ》だから、おそらく村を守るのは実質村の若い男の人だろう。
「例えばここは山に囲まれているけれど、山火事なんて起こったら本当に怖いのよ。そういう時に率先してその若衆組が火を消してくれたりするの。隣村と争ったりした時は、その人たちが武器を持って戦ってくれるのよ。だから若衆組に逆らうことは、家の存続にも関わるの」
しげちゃんの目は驚くほど真剣で、こちらが戸惑ってしまう。
「例えば火事が起こった時に、逆らった家の火は消さないどころか、上手いことその家に火の手を導くとかね。特にここは名物のように山火事が起こるから、火事は死活問題なの」
まるで神様みたいだと、しげちゃんの話を聞きながら考える。
神様に逆らうと罰が当たることに似ている。
「しげ」
その声に顔を上げると、誰か立っているのが見えた。
「サクちゃん！」
飛び跳ねるようにしげちゃんが立ち上がったのを見て、気づく。
「あんたか。狐に化かされて記憶失った女って」
「こ、こんにちは。桜井千鶴子です」
「朔太郎《さくたろう》。皆、サクって呼ぶ。あんたのこと、『雛鶴』だって？」
情報が伝わるのが早いと思って、若干怖くなる。
変態法師をぶん殴っちゃったけど、あの人、怒ってるかな。
それよりも、と思ってしげちゃんに近づいて呟く。
「……しげちゃんの駆け落ちの相手って、この人でしょ？」

「うん。素敵でしょ？　さっき話した、若衆組の副頭よ」
副頭ってことは、若衆組の中のNo.２ってことか。
確かに自信に溢れた笑顔と、きりりと太い眉が素敵な人。
健康的に焼けた肌が、冬であっても男らしさを強調する。
「今ね、若衆組についてちづちゃんに教えてたのよ」
「俺たちについて？　何を教えるんだよ？」
「いろいろとね。ちづちゃん全部忘れちゃったみたいだから、サクちゃんからも教えてあげて」
「なるほど、大変だな。まあ今もさ、他の連中にちづのことを見てこいって言われたんだよな。皆興味津々《しんしん》だぞ」
ははっと苦笑いする。
まあ狐に化かされた女なんてなかなかいないから興味津々だろう。
化かされてなんかないけれど、この時代の人間とは違うのは確かだ。
「ごく普通でよかったよ」
「やだ。ちづちゃんは記憶をなくしちゃっただけで、ごく普通よ」
２人で笑っている姿が、本当に仲がいいんだと物語っていて、自然とこちらまで笑顔になる。
「うん。ちづはなかなかいいな」
笑った私を、朔太郎さんはじろじろと見つめてきた。
「サクちゃん、ちづちゃんのところに通うなんて言ったら嫌よ」
しげちゃんは突然怒った顔をした。
通うって、何を言ってるのか全くわからなくて戸惑う。
「馬鹿言うなよ。ちづのことがいいって奴《やつ》が何人か出てるんだよ。よかったな、ちづ!!」
にっこり笑って、朔太郎さんは私の肩を叩《たた》いた。
「ちづちゃん。若衆組に逆らったら、死活問題よ」
しげちゃんは、きょとんとした私を見て、意地悪く笑った。

夕、どうしたのそれ？
え？　わんちゃん拾ってきちゃった？

駄目よ。誰が面倒見るの？　夕が見れるの？
散歩行かなきゃ駄目なのよ？　朝も、夕方も。
お姉ちゃんは家のことで忙しいから、その子に構っていられないわ。
ちょっと、夕！　置いてったら駄目でしょう?!
あ、結構重いのね。
ちょっと！　くすぐったいから人の顔舐めないでよ。
やだ、鼻息荒くてくすぐったい。
え？　口で息してるって？
どうでもいいから鼻息が……。
鼻……？

バチッと勢いよく目を開く。
体中が冷え切っていくのに、触れてくる手が汗ばんでいる。
「だっ……！　誰っっ?!!」
「いいから、黙っとけって」
聞いたことのない声が、夜の闇の中に響く。
あの変態法師でもなく、彦四郎さんでもなく、ダルマのお父さんや兵衛さんでもなく、朔太郎さんでもない男の人の声。
私がここで出会った男の人の声とは違う、知らない声。
「黙っとけってあんたねっ!!」
叫んだ私を無理やり押さえつける。
着物の裾から手が忍びこんでくる。
「やっ！　嫌だっ!!　やめて!!」
全力で抗っても、簡単に押さえこまれてしまう。
なんだかんだ言って、昨日法師さまが私のことを本気で捕まえようとしていなかったことを今知る。
それよりも、なんでこんな時にあの人のことを思い出すのかと思って困惑したけれど、早くこの腕から逃れなければと必死で暴れる。
「いいだろ別に。俺たちに逆らうとどうなるかわかってるだろ？」
その言葉を聞いて、若衆組の誰かだと気づく。

「家が……」
「そ。あんたには関係なくても、しげの家に迷惑がかかるよな」
つまりここでこの男に抱かれなければ、しげちゃんや竹原家に迷惑がかかるということか。
《若衆組に逆らったら、死活問題よ》
そう言った、しげちゃんの声が耳から離れない。
そうか、こういう意味だったのか。
あの変態法師が家のことをやけに心配していたのも、お尻を触られたくらいでぎゃあぎゃあ騒いだ私を、呆れたようにしげちゃんが見ていたのも、これがごく当たり前の日常行為だっていうことだ。
本当にここは、日本なのかしら。
こんなこと、現代社会では許されるはずがない。
過去の日本だとしても、こんな世界知らない。
絶望感が、ひしひしと胸の奥に積もっていく。
もう駄目だ。
しげちゃんや、ダルマのお父さんには迷惑かけたくない。
だって私、居場所がない。
ここを失ったら、どうやって生きていけばいいのかわからない。
けれど、こんな男に抱かれたくない。
堂々巡《めぐ》りにやるせなくなるけれど、何度考えてみても絶対嫌だ。
誰か助けて!!と、思った瞬間、脳裏に浮かぶのは彼の顔。
助けにきてくれるわけなんてない。でも。
「い、嫌っっ!!　法師さまっっ!!」
「待て」
月明かりが伸びて、ぼんやりと人の影が部屋まで差しこむ。
荒い息が幻想を見せているのかと思って、呆然と影を見つめる。
「その女の、今宵《こよい》の相手は私だ。雛鶴とは約束している」
聞き覚えのある、よく伸びるその低い声。
助けて！と叫びたかったけれど、声が出ない。
「……本当か？」

男は私に向かって尋ねたのを聞いて、必死で何度も頷く。
「なんだよ。そうならそうと言えよな」
悪態を吐きながら男は私から離れ、勢いよく戸を開け放す。
灰白。
狼が男を睨《にら》みつけているのを見て、急に力が抜ける。
「女にうつつを抜かしてたら、その加護も薄れるんじゃねえの？　法師様」
「そなたが心配することではない。呪《のろ》い殺してやってもいいのだぞ？　薄れるくらいでちょうどよいだろう」
にやりと笑った彼は、相手を睨み殺しそうな瞳をしている。
やっぱり彼は纏う雰囲気が他の人とは違う。
「わ、わかったよ。あんたの女ならもう手は出さねえよ」
「仲間にも言っておけ」
ジロリと彼が男を鋭く睨みつけると、男は３回くらい頷いた。
「早く失せろ」
低く彼が言ったのと同時に、男は駆けだして闇の奥に消えた。
後に残ったのは、耳が痛くなるほどの静寂だった。
「……無粋だったか？」
遠慮がちに彼は小さく呟いた。
何が？と尋ね返そうとしたけれど、声が出ない。
そんな私を見て、彼はもう一度口を開いた。
「止めぬほうがよかったか？」
それを聞いて首を大きく横に振ると、涙が音を立てて床に落ちた。
「……ならばよかった。もしやと思って来てみたのだ」
彼は不意に背後を振り向いて、じっと闇の奥を見つめて黙る。
「先客か？」
「悪いな、先客だ」
闇の奥からまた別の声がして、彼は淡々と答えた。
その声の主は軽く一度舌打ちをして、闇の中へ消えていく。
「……ヒナは人気があるようだな」

呆れたように笑って、彼は縁側から上がってきた。
思わず身構えたけれど、彼は私とは距離を置いて部屋の隅に座った。
まだどこかあの男の手の感触が残っていて、ぎゅっと体を抱える。
彼はそんな私を、指一本触れずにただじっと見つめていた。
その静謐《せいひつ》な瞳が、次第に私に落ちつきを取り戻させてくれる。
「取って食いはせぬ。そこらの男と同じにするな」
貴方だって昨日襲ってきたくせにと言おうとしたけれど、また喧嘩《けんか》になりそうだったからその言葉は呑みこんだ。
そうだ、喧嘩。
昼間思いきり殴ってしまったことをまだ謝っていないのに、私の身を心配して彼は来てくれた。
当然、彼はこの慣習を知っていたのだ。
自分を殴って謝りもしない女を放っておいてもよかったのに。
「ご、ごめん……なさい」
「なぜ謝る」
驚いたように彼は私を見つめた。
「私、昼間貴方のこと、思いきり殴っちゃったのに、わざわざ心配して来てくれるなんて……」
「……確かにあれは驚いたが、私も悪かったように思う。ヒナが謝ることではない」
彼は恥ずかしそうに俯《うつむ》いた。
月明かりが逆光になるせいで彼の細かい表情はわからなかったけれど、その姿を見たら胸が震えた。
「ありがとう」
自然とそんな言葉が、この唇から落ちる。
「助けてくれて、嬉しかった」
男が開けた戸の向こうに貴方がいたこと、嬉しくて堪らなかった。
月明かりが、昨日見たように彼の瞳の奥に灰白に映る。
「若衆組のことを早く言っておけばよかったな。昼間言うつもりで来たが、いろいろあって遅くなってしまった」

ダルマのお父さんに会いにきたなんて嘘。
初めから私に会いにきてくれたんだ。
「……知らなかったわ。あんなおかしな集団」
「やはりな。ヒナの反応を見ていると、もしやと思っていたのだ」
「貴方も入っていたの？　若衆組に」
しげちゃんが、男の人は必ず入るのだと言っていたから、彼もきっと若衆組に入っていたのではないかしら。
「いや、私は10の時にすでに寺にいたから若衆組には属していない。私も人伝《ひとづて》に聞いただけだ」
「そんなに小さい頃からお寺にいたの？　今……」
「24だ。いろいろあってな」
お寺の息子なのかしら。
きっと跡取りだから小さい時から修行に励んでいたんだろう。
「若衆組に入るのは、だいたい15くらいだ。それから妻を娶《めと》るまでそれに属す」
「めとる？」
尋ねると、彼はしかめっ面《つら》をして考えこんだ。
「……妻帯することだ。結婚」
昔の日本語って本当にわからない。
時代劇とかもっと見ておくべきだった。
「若衆組の主な目的は、村の自治と祭礼の遂行、それに妻を娶ることで、村にとって大事な役割を持つ。だから一概に否定はできぬ」
それを聞いて、ん？と思う。
「どうして妻を娶る役割が、若衆組にあるのよ？」
「先ほどのヒナの例がそうだ。さすがに夜這いは知っておるだろう？」
夜這いって、夜中寝ていると突然男の人が家に入ってきて、ヤることヤって帰っていくっていうあれかしら。
はっと目を見張る。
さっきのって私、夜這いをかけられてたの?!

言葉が出なくて口をぱくぱくさせていると、彼は呆れたようにため息を吐いた。
「つまりは、夜這いによって己《おのれ》の配偶者、妻を探すらしい」
「なんでそれできめるのよ！」
「私に言うな。私に。けれど決して闇雲に、多数の女と寝るわけではない。好いた女に通うのだ」
しげちゃんが朔太郎さんに通うと言っていたのを思い出す。
何か古文で習ったような気がする。
男の人が、女の人の元へ足繁く通って、愛を育《はぐく》むとかそんな話。
「それが真面目で真剣なものであるかどうかは、若衆組の若衆頭たちがよく監督している。それが不適当なものであるようならば、若衆組から罰やら何やら処分があるのだ」
命がけだという言葉が、ふと胸の奥で生まれた。
「ただ、多数の男から好かれるような女は必ずいるが、そういうことに関しては若衆組は非常に寛容だ」
「そ、それはつまり、１人の女の人のところに何人もの男の人が通ったっていいってこと？」
「そうだ」
思わず二、三度瞬《まばた》きをする。
それは社会公認で男を手玉に取るようなものじゃないの。
「……だ、だったら、もしそれで子供ができたらどうするのよ?! 父親が誰かなんてわからないじゃないの！」
「その場合は、女に子の父親の決定権があるのだ」
涼しい顔をして彼は言ったけれど、全く理解できない。
「だ、だって……だって、生まれてきた子供が自分の子供じゃない可能性だって十分あるじゃないの……」
「あるな。女のほうに決定権があると言っただろう？　男には拒否権がないのだ。それに子は村全体の子であるという意識が強い」
そんな軽いノリなんて考えられない。
一体この時代はどうなってしまっているのだろうか。

「に、日本中、こんな感じで自分の夫や妻をきめるの？」
「そうだな。北の方は違うらしいが、西方はほとんど大昔からそうだ。と言っても、ここのような農村の話だ。武士や貴族たちはまた違うのだがな」
一般庶民は、大昔からだなんて信じられない。
私の知っている常識なんて何一つ通用しない。
ここは一体何時代なのかしら。
「ヒナの時代は違うのか？」
「ち、違うわよ。少なくともこんな夜這いの習慣なんてないし、若衆組もないわ。初めから肉体関係がどうとかない」
「そうか。ヒナの時代の男はつまらないだろうな」
確かにこういうことに関してやりたい放題していても、それが普通ならば羨《うらや》ましい人もいるだろう。
「私もそう思うと、つまらない人生だったな」
「お寺にいたから？」
「そうだ。若衆組に入ったら、もっと面白く過ごせただろう」
笑ったけれど、彼が心の底からそう思っていないのはすぐにわかった。
「冗談言っちゃ駄目よ」
咎《とが》めると、彼は声を出さずに微笑んだ。
「そうだな。私には私のやることがあるのだからな」
月明かりに照らされた、彼の影がゆらりと揺れる。
床が軋《きし》む音が辺りに響いて、彼は私の傍に座った。
その目は私を見ようとせず、景色ばかり映そうとする。
唇は真一文字に引き結ばれて、開くことはないまま時間だけが淡々と過ぎていく。
「……ねえ」
静寂を破ったのは私だった。
このまま朝が来るまで、彼の瞳の灰白の光を見つめていてもよかったのだけれど、どうしても不安になることがあった。

「貴方、結果的に若衆組に逆らったけれど、大丈夫なの？」
「別に私には怖いものなどない。ここに定住する気はないから、安心しろ。私は半年ほど留まるだけだ。彼らもそれを知っているからとやかく言うこともないだろう」
この人はいつかここを出ていって、私だって元の時代に帰る。
絶対に相容《あいい》れることのない点対称の位置に、私たちは立っている。
そう思ったら、どういうわけかものすごく寂しくなった。
「そんなに心配するな。必ずヒナを元の時代に帰すと約束する」
小さく頷いて、今度は私がその瞳から逃げるように俯いていた。

「女の子のいる家だからって、夜戸締まりして入ってこれないようにしたら駄目」
「どうして？」
「だって、若衆組の人が家に入ってこられないじゃないの」
「入ってこられないって、玄関から堂々と入ってくるの？」
私が真剣に言ったのを聞いて、しげちゃんは笑いだした。
「堂々と入ってくるにきまってるじゃないの。玄関から上がってこなかったらどこから入ってくるっていうのよ」
「……窓？」
しげちゃんはお腹を抱えて、本気で大笑いしだした。
「そんなの泥棒じゃない。そんなんじゃないのよ。とにかく、娘がいる家でつっかえ棒をして戸締まりなんてしたら、若衆組に逆らったとされてあとが怖いわよ。家の存続に関わるわ」
「そんなの、娘を若衆組に捧《ささ》げることで家を守ってもらってるようなものじゃないの。神様にお酒とか食べ物とか捧げるような……」
「ご供物《くもつ》ね。そのとおりよ。娘を抱く代わりに家を守ってもらうようなもの」
こんなの現代社会じゃ本気で考えられない。
確実に警察沙汰《ざた》だわ。
呆れつつも、これ以上とやかく言ってもそれがこの時代の常識である限り、私には何もできないと思って諦める。
「そんなことよりしげちゃんと朔太郎さんってすごく仲よしじゃないの。どうして駆け落ちなんてしようとしてたの？」
しげちゃんは瞳を伏せて、唇を尖らせた。
「……お父様が大反対なのよ。サクちゃんの家は、ごく普通の家。あたしの家は、他と少し違うのわかるでしょ？」
確かにこの竹原家は、周りの家と比べてもかなり大きい。
明らかにこの家に働きにきている人が沢山いる。
「お父様は、ここら辺一体を治める長《おさ》なのよ。兵衛おじさんもそう。兵衛おじさんは竹原の親族だから。『竹原』と『戸野《との》』の家は他とは別格。あたしはね、若衆組の男に抱かれようと、どんなにサクちゃんのことを好きだろうと、お父様のきめた人と結婚するのよ」
家のために結婚するって、政略結婚ってことなのかしら。
しげちゃんが明るく笑ったのを見て、何か言おうと思ったけれど言葉が出てこない。
何もかも私の時代と違う。
現代なら、好きな人と結婚するのが当たり前のはずなのに。
「……ちづちゃんはいいのよ。法師様、ちづちゃんのことが大好きみたいじゃないの」
しげちゃんがにやりと笑ったのを見て、一気に顔が赤くなる。
「だっ、大好きって!!!」
「だってそうでしょ？　もう噂《うわさ》になってるわよ。ちづちゃんに手を出すと呪い殺されるって」
「あっ、あれはね!!」
誤解なの、と言えば、またおかしなことになるのは目に見えていた。
多分私の言ったことは、しげちゃんから朔太郎さんに全て伝わる。
朔太郎さんは若衆組の副頭だから、若衆組全てに伝わるのも同じ。
「村の娘は失望してるわ。ちづちゃん、女の子に嫌われるわね」
違うと、何も言い返せない自分が憎い。
ただ酸素の足りない金魚のように、口をパクパクさせる。

「でも大抵出家者は結婚できないから、ちづちゃんも大変ね」
「えっそうなの？」
彼が結婚しようがしまいがそんなの関係ないはずなのに、どこかショックを受けている自分がいて戸惑う。
「そうよ。まあ、僧侶でも結婚したりする人もいるから大丈夫よ。そんなにがっかりした顔しないで」
「し、してない！　してないってば」
「しげ」
全力で否定して叫んだ私の声を遮るように、耳に届く優しい声。
振り向くと、その声と同じくらい柔らかい雰囲気の人が立っていた。
「兄様」
兄様って、似てないけれどしげちゃんのお兄さんなのかしら。
「君が千鶴子、か？」
声まで柔くて、まるで雪の一片《ひとひら》みたいな人。
そっとこの手で触ったら、溶けてしまいそう。
「は、はい……」
「しげの兄の竹原正吾《しょうご》だ。よろしく」
雪が静かに地面に落ちるように、私としげちゃんの傍に座る。
「ショウ兄様は、若衆組の組頭よ」
と、言うことは……若衆組のNo.１ってこと?!
こんな儚い人に、あのエロ集団をまとめ上げられるのか謎だ。
「今、法師様に会ってきたぞ」
にっこり笑った正吾さんを見た瞬間、脳味噌《のうみそ》に向かって冷たい血液が矢のように突き刺さる。
「あっ、あっ！　会ってきたって!!!」
「やだ、ちづちゃん。挙動不審になってるわよ」
しげちゃんは呆れたようにため息を吐く。
正吾さんも、くすくす笑っている。
「ああ、会ってきた。一応ちづは私の家にいるからな。相思相愛と言っても、組頭としてはそれが真剣なものかどうか判断しなければならない。それが私の務めだからな」
相思相愛って聞いて愕然《がくぜん》としたけれど、なんとか気を取り戻す。
昨日法師さまが、真剣な交際じゃなかったら酷い目にあうとか言っていたのを思い出して、背筋が凍る。
もしや偽装だとバレたら、ここから追い出されてしまうのかしら。
「真剣だったぞ。よかったな、ちづ。春になったら都に行って祝言《しゅうげん》をあげるそうだな」
突然の正吾さんの言葉に思考が停止するけれど、考えなければ何も始まらない。
歴史に疎い、古文がちんぷんかんぷんな私でも『祝言』はわかる。
なんで勝手に結婚するとか言ってるのよ！と、怒りが爆発しそうになる。
でも、彼がそう言ったことで私たちの仲が偽装かもしれないという正吾さんの疑惑が解けて、十津川に留まるための策だと思うと、簡単には怒れなくなる。
彼がどういうつもりで言ったのかわからなくて、戸惑いが増して頭の中がパニックになる。
「やだっ！　ちづちゃんよかったわねっ！　おめでとうっ」
違うと、心の中で全力で否定しても、言葉になって出てこない。
「父上にも言っておいた。父上も喜んでおったぞ。法師様たちがいる兵衛殿の家は、この竹原の家と親戚関係だからな。どちらでもいいから寝泊まりしなさい」
「わ、私……私ちょっと出かけてくる……」
勝手に声が震えたのを聞いて、すでに体の機能が自分では制御できないと痛感する。
「どこへ？」
追ってくる正吾さんの声に、構っていられずに走りだす。
「法師様のところでしょ？　気をつけてね！」
しげちゃんが笑っていたのを聞いて、恥ずかしすぎて泣けてきた。

「おっ！　ちづ！」
全力で走っていると、突然呼び止められた。
朔太郎さんが４、５人の男の人と道の真ん中でぐだぐだ話している。
「なんでそんなに全力で走ってるんだよ。下手《へた》すると前掛けつけていても裾がめくれるぞ。転んだら一発で見えるからな」
そういえばそうだった。
股《また》が御開帳になるかもなんて、怒りで思いきり忘れていたわ。
「ちょ、ちょっとね」
ぜいぜいと上がる息のせいで、上手く喋《しゃべ》れない。
じろじろと見てくる男の人たちなんか、今はどうでもいい。
こいつらも若衆組の一員かと思うと腹が立ってくる。
「そういや聞いたぜ。ちづ、法師様と春に祝言あげるみたいだな。おめでとさん」
なんで知っているのと叫びそうになってぐっと堪える。
朔太郎さんは若衆組の副頭だから知っていてもおかしくはない。
「狐は法師様に調伏してもらったのかよ？」
「まっ、まだよ。とにかく、私行くから」
「まあ待てよ。面白い噂があるんだよ」
足を止めた私にそっと近づいてきて、朔太郎さんは囁《ささや》く。
「さすがに戦《いくさ》があったのは知ってるだろ？」
戦って、戦争のこと？
それって、第一次世界大戦とか第二次世界大戦とかなのかしら？
「……その戦で、帝《みかど》の皇子《おうじ》が行方《ゆくえ》不明なんだとよ」
みかどのおうじが行方不明？
正直私には関係ないし、それよりもあの男をどうにかしたい。
そうだ。こんなところで道草を食ってる場合じゃない。
あっそ、と吐き捨てて、また駆けだそうとした私に、朔太郎さんはやれやれと言うようにため息を吐いた。
「ここで燃えないのが女だよな。帝の皇子なんていえば、雲の上の御人だぞ？　その皇子様が行方不明なんて、夢があるだろ」

朔太郎さんは、わかってねえなと呟いて、馬鹿にするように笑う。
「ま、ここは一際山深いからな。ひ弱な皇子様がここまで来られるわけねえか」
「……もしもその人が逃げているような人なら、必ず自分を匿《かくま》ってくれるところを探すわよ」
私にとって竹原の家がそうであるように、自分を置いてくれる場所を求めるはず。
「ちづの言うとおりだな。こんな村よりも確実に熊野《くまの》へ行くな」
唐突に落ちたその言葉に、目を見張る。
くまのって、熊野かしら。
瞬間的に、点と点が繋《つな》がる。
世界遺産の熊野古道だと思って、胸が震える。
知っている地名に出会っただけなのに、こんなにも懐《なつ》かしいと思う。
けれど地理も疎い私には、熊野が一体どこなのかわからない。
「こ、ここから熊野は近いの？」
逸《はや》る心を抑えて、平静を装って朔太郎さんに尋ねる。
「近くはねえけどな。この近辺で一番大きい村っていうと熊野だろう。熊野詣《もう》でに行く人間で賑わってるからな」
熊野、熊野、と何度も呟いてみる。
その地名が、現代にリンクして切なくなる。
ここはやっぱり日本なんだと、安心感が胸の奥に芽生えた。

唐紅

「雛鶴殿」
門の所で倒れこんだ私に、心配そうに彦四郎さんが駆け寄ってきた。
「ひ、彦四郎さん……ほ、法師さまはどこ？」
全力疾走してきたせいで、膝がガクガクする。
法師さまたちのいる兵衛さんの家は竹原からかなり遠い。
彼もよく竹原の家まで来てくれると思う。
「おい。誰だ」
冷たい声が伸びて振り向くと、知らない男の人が立っていた。
敵意剥《む》き出しもいいところで、ギロリと鋭い視線で私を睨みつける。
法師さまと歳は同じくらいだと思うけれど、喧嘩っ早《ぱや》そう。
「貴方こそ誰よ。貴方から名乗りなさいよ」
沸々と湧いてくる怒りを、止める術なんてない。
私今、虫の居所がものすごく悪い。
「な、なんて口を聞くんだ！」
「貴方こそ！　初対面の人間に対してそんな態度なんて失礼よ！」
「ひっ、雛鶴殿！」
彦四郎さんが驚いて声を上げる。
駄目だ。いろんなことがままならなくて、そういう積もった鬱憤《うっぷん》が些細《ささい》なことで決壊して表に出てしまう。
普段の私ならこんなこと絶対言わないのに、自分を制御できない。
しばらく睨み合っていたけれど、次第に馬鹿らしくなってきた。
「桜井千鶴子」
名乗ると、その人はバツが悪そうに眉を歪めた。
「……片岡八郎《かたおかはちろう》だ」
名前だけ言って、ムスッと口をへの字に曲げて黙った。

「彦四郎さん、法師さまいる？」
片岡さんに言っても、取り合ってくれないのは目に見えていたから、もう一度彦四郎さんに声をかける。
「いるでしょ？　どこにいるのよ。とにかく会わせて」
躊躇している彦四郎さんを睨みつけると、二度頷いて駆けていった。
あとに残されたのは、私と片岡さんの２人。
「……いい気になるなよ」
「いい気になんてなってないわよ。どういうことよ」
「み、……いや、法師様から寵《ちょう》をいただいているからとて、いい気になるなと言ってるんだ」
「ちょう？」
首を傾げると、え、というように片岡さんの目が丸くなる。
「ちょうって、蝶々《ちょうちょう》のこと？　そんなもの貰った覚えはないわよ。貰ったって嬉しくないわ」
殺して標本にするのも嫌だし、貰ったって逃がすしかない。
そんなことを言った私を見て、困ったという様子で片岡さんは首筋を掻《か》いた。
その腕に包帯が巻かれているのが目に入る。
薄汚れていて頻繁に替えていないのがすぐにわかった。
「片岡さん、怪我《けが》をしているの？　包帯替えてるの？　不潔にしていて膿《う》んだらどうするの。ちょっと来なさいよ」
「おっおい!!」
戸惑っている片岡さんを横目に、怪我をしていないほうの腕を掴んで、ずんずん歩いていく。
「兵衛さあん!!」
声を張り上げると、奥からひょろりのおじさんが出てきた。
「おや、ちづではないか。どうしたのだ」
「あのね、包帯とか傷薬ないかしら。あったら欲しいんだけど」
「ああ、あるぞ。使いなさい」
兵衛さんは、快く薬箱を貸してくれた。

「手を離せ」
「うるさいわね。水道はどこよ？　水道は」
「すいどう？」
す、水道まで伝わらないとは思わなくて、愕然とする。
「み、水場……、そ、そう！　井戸はどこって言ったの」
「こっちだ」
今度は逆に引かれるようにして連れていかれる。
この人、背が高いな。
法師さまは着ているものとかでお坊さんだってわかるけど、この人や彦四郎さんは普通の格好をしている。
普通の格好っていっても、こっちの時代の男の人が着るような着物だけれど、一体何者なのかしら。
「……やっぱり膿み始めてるじゃないの」
井戸の近くで、包帯をはずそうとすると、傷口にくっついてしまっているのを見る。
片岡さんはこんなに悪くなっていると思っていなかったのか、青い顔で自分の傷口を見つめている。
「馬鹿ね、こんなことをしていたら腕が腐るわよっ」
『わよ』で、思いきり包帯を引いて傷口から剥《は》がす。
不意打ちで走った痛みに、片岡さんは身悶《みもだ》えしていた。
こういうのは一気にやった方がいい。
やるよ、やるよ、なんて先に言っていると、尻ごみするのは確実。
「痛いのはしょうがないでしょ。放っておいた貴方が悪いの」
綺麗な水で傷口を洗うと、傷がはっきり見えた。
まるで何か鋭利な刃物ですぱっと切られたかのようで、転んでできた傷ではないことはすぐにわかった。
ふと、法師さまの肩にあったあの傷も、同じ形状だったと気づく。
「だいぶ塞がってきてるけど、必ず毎日包帯を替えて薬を塗るのよ。あれ、どれかしら」
呟くと、片岡さんは適当に薬壷《やっこ》を開けて中を覗く。

「これだ」
差し出したのは、黄色くていかにもというような塗り薬だった。
「これね。切り傷に効くのね」
片岡さんが頷いたのを見て、やっぱり切ったのだと知る。
でも明らかにカッターでちょっと切ったっていうような傷ではない。
朔太郎さんも戦がって言っていたし、関係があるのかもしれない。
「……とう」
「え？」
上手く聞き取れなくて聞き返すと、片岡さんは頬を赤く染めた。
「ありがとう」
唐突に落ちた言葉に、なんだか嬉しくて堪らなくなる。
心を開いてくれたみたいで、はにかんで笑ってしまう。
「いいのよ、別に……」
「何をしておる」
私の声を遮って届いたのは、冷たい声。
声がした方向に彼は立っていたけれど、一瞬誰かわからないほど鋭い気を纏っていて戸惑う。
「何をしておるのだと聞いている」
「別に何もしていないわよ。包帯を替えていただけよ。片手で包帯を巻くのは大変でしょう？」
「そ、その通りです。雛鶴姫のご好意に甘えてしまいました」
大変申し訳ないと、片岡さんは法師さまに向かって平謝りする。
「なんで片岡さんが謝るの。何も悪いことはしていないじゃないの。それより貴方、そんな態度やめなさいよ。何を勝手に怒ってるの！」
彼の態度が気に入らなくて噛みつくように詰め寄ると、途端に彼はバツが悪そうに表情を歪めた。
「それより私、貴方に文句を言いたくてきたのよ！　しげちゃんのお兄さんに適当なことを言わないでよ！　何よ、春にっっ!!!」
気持ちが昂《たかぶ》って、どうしようもなく涙が溢れた。
泣くつもりなんてなかったのに、突然湧き上がった衝動に勝てない。

こんなにも自分が情緒不安定なのだと知る。
怒った彼を見て、拠《よ》り所を失った気がして唐突に寂しくなった。
拠り所なんて、私、何を考えているのかしら。
「八郎、下がれ」
彼は片岡さんに短く告げる。
「は、はっ!!」
さっと片岡さんが立ち上がって、砂利道の上を足早に歩いていく。
「……待て、八郎」
「はっ」
砂利が大きく鳴って、片岡さんが足を止めたのがわかった。
「……すまぬな」
ぼそぼそと、彼が呟いたのを聞いて、思わず目を見張る。
「いっ、いえ!!」
片岡さんの驚いた声が、辺りに響いてこだました。
その後に訪れたのは静寂だけ。
しばらくして、彼が私の傍に来たのがわかった。
傍に立っているけれど、何をすることもなくただ無言。
私がぎゃあぎゃあ騒ぐから、怒ったのかもしれない。
「……何か言ってよ」
怒っているなら怒っていると、はっきり手に負えないと言って突き放してほしい。
どこか貴方に頼って、すがろうとしてしまう自分がいる。
「……か？」
ようやく彼が口を開いたけれど、上手く聞き取れない。
顔を上げると目が合って、いつの間にこんなに傍に来たのかと知る。
「ヒナは、八郎を……片岡を好いているのか？」
彼はそれだけ呟いて、視線を外して照れくさそうに瞳を伏せる。
「ど、どうしてそんなことを……」
「八郎ではなく、竹原正吾を好いているのか？」
私の問いには答えずに、質問に質問で畳みかけるように尋ねてくる。

どこか燻《くすぶ》っているような彼を見たのは初めてで戸惑う。
「そんなこと、一言も……」
「ならば!!」
荒げた声に思わず身をすくめる。
そんな私の仕草を見て、彼は戸惑った表情をした。
自分でも声を荒げた理由がわかっていないのかもしれない。
「な、らばヒナは自分の時代に、約束を交わした男がいるのか？」
もしかして……、嫉妬《しっと》してくれているのかしら。
そう思った瞬間、目の前で光が弾けて息を呑む。
胸が締めつけられるような切なさで、もう立っていられない。
噛みつきそうなくらい鋭いオーラで、私と片岡さんに怒ったのも、
正吾さんに春に祝言をあげるなんて言ったのも、もしかして……。
「……好きなんかじゃないわ。片岡さんも、正吾さんも、好きじゃない。自分の時代にだって、約束した人なんていない」
「そうか……」
彼は、指一本、髪の一筋でさえ、触れてこない。
焦がすような切なさが、私と彼の数センチの距離で燻る。
「そうか」
もう一度、彼は確かめるように言った。
日が傾き始めて、彼の頬を朱色に染めている。
その夕日は、胸の奥まで焼けつくような衝動を湛《たた》えた、燃えるような赤だった。

「何色？」
「唐紅《からくれない》。紅花で染めた鮮やかな赤だ」
さっき見た、夕日の燃えるような赤い色だわ。
私の考えすぎかもしれないけれど、真《ま》っ赤《か》な敷布団ってエロい。
敷布団といっても、この時代の布団は現代のものとは大違いで、畳を板間の床に１枚出して、その上に褥《しとね》と呼ばれる布を敷いて寝る。
綿なんて入っていないし、実際は畳の上で寝ているようなものだ。

どうやら戸野家はとても大きな家だから畳があるようで、一般庶民の家では藁《わら》を編んだ筵《むしろ》の上で寝ているそうだ。
寒い時には厚着をして寝たりするようで、柔らかい綿の入った布団なんてない。
「さて、私はもう寝る」
その言葉に驚いて、思わず息を呑む。
私の仕草を目ざとく見つけて、彼は意地悪く笑った。
「何もせぬ。ヒナももう寝ろ」
「い、言われなくても寝るわよ！　寝るわ！」
考えていたことを見透かされたような気がして、慌てて唐紅の褥の上に横になって、彼に背を向けて掛け布団代わりの厚手の着物を羽織る。
夕方に来たのは間違いだった。
山間の村は日没が早くて、あっという間に日が暮れて、真っ暗になって帰れなくなってしまった。
普段、夜でも明るい場所で生活してたから、驚くほど闇が深い。
送ってくれると彼は言ったけれど、竹原に戻ったところで彼はきっと竹原に泊まることになると思う。
泊まっていくから空いてる部屋を貸してと兵衛さんに言ったら、春に祝言を上げるなら彼と同じ部屋でもいいではないかと言われてしまったのだ。
ここで拒否したら、偽装だってことがバレてしまうと思った。
彼はそうしろと言って笑っただけで、結局今こうしている。
ふっと音を立てて蝋燭《ろうそく》の火が消えると、世界は一気に闇の中に落ちた。
「……もうこの時代に慣れたか？」
静寂の中で、彼の声が響く。
傍で寝ているといっても、手を伸ばしてようやく触れられる距離。
「慣れるわけないじゃないの。考え方も生活も、全部違うのよ。居場所も、ないようなものだし……」

自分がここにいること自体、まだ夢じゃないかと思う。
どこかしらもう帰れないって薄々気づいているけれど、その事実を受け入れた途端、自分が崩れていってしまうような気がして認められない。
「そうか」
彼が言ったのはそれだけだった。
傍にいろとか、守ってやるとか、そういう優しい言葉を私は期待していたのかもしれない。
だから少しだけ落胆した。
そうよね。男の人が私を見て、「君が僕をこの時代に呼んだんだ！帰してくれよ!!」なんて言ってきた日には、本気で警察を呼ぶ。
たとえ呼ばなくても、煩わしいと思ってしまうかもしれない。
「必ず帰してやるから安心しろ」
そう言ったのを聞いて、笑ってしまった。
「なぜ笑う」
「だって、貴方って自信満々なのね。帰し方がわかったの？」
「……わからぬ」
小声で彼が言ったから、また笑えてくる。
「わからぬが、ヒナの言うことが全て真実ならば、未来の私は知っているはずだ。未来の私はヒナを呼ぶのだからな」
私が未来から来たって、彼は信じていてくれるのかな。
「だから、安心しろ。それまでは私の傍にいればよい」
込み上げてくるものを、押さえきれなくなる。
ここにいていいんだと思ったら、苦しくなった。
「……うん」
嗚咽を必死の思いで噛み殺すけれど、はたはたと音を立てて唐紅の上に涙が散る。
泣くな、と思ったけれど、もう駄目だ。
「ヒナ？」
声を上げると泣いているのがわかってしまうから、黙った。

「ヒナ、寝たのか？」
嗚咽を噛み殺しながら、ひたすら世界の静寂に身を委《ゆだ》ねる。
「……居場所など、私の傍に初めからあるではないか」
私が寝ていると思ったのか、彼はぼそりと呟いた。
その言葉に、わっと涙がさらに増す。
点対称だと知っているのに、容赦なく彼に惹《ひ》かれてしまう。
しばらくすると、隣から寝息が聞こえてきた。
彼が眠りに落ちたのを知って、静かに彼の方を向く。
その端正な横顔を瞳に映すと、突然彼が寝返りを打った。
驚いて思わず瞼を固く閉じたけれど、一定のリズムで彼の寝息が聞こえてきたから、再び開いた。
彼は私のほうを向いて、眠っている。
ただ、その大きな手だけが私に向かって差し出されていた。
しばらくその手を見つめていたけれど、彼の寝息が一層深くなったのを聞いて、そっと彼の冷たい手に自分の手を重ねた。
やっぱり、この手。
白い鳥居の前で、私を掴んだ手はこの手に間違いない。
あら？　でもこの手……。この人、本当に……。
そんなことを考えていたら、うとうとと眠りの淵《ふち》に落ちていった。

「……な」
もう少し、眠りたい。
待って。まだ寝られるでしょ？
だってまだきっと６時になってないわ。
「ヒナ……ヒナ‼」
しまった！　寝坊した！と思って体を勢いよく起こしたけれど、手を掴まれているせいで、布団の上に突っ伏す。
寝呆けているせいか頭がぼんやりして考えられない。
またお弁当を作る時間がないかもと、ひやひやしてくる。
「ヒナ、起きろ」

そう言われて顔を上げると、彼が私をじっと見ていた。
そうか……、ここは私の時代じゃなかった。
「お、はよう……」
「お早う。そろそろ朝餉《あさげ》の時間だ」
あさげ？　ああ、朝食のことね。
起こしてくれたのだと思うけれど、彼も横になったままだ。
「寝かしておいてもよかったが、何ぶん、手がな」
そう言われて、自分の手が彼の手を握っていることに気づく。
「わあっ!!　ご、ごめんなさい!!」
叫んで思いきり彼の手を振り払う。
しまった！　私、あのまま朝まで手を繋いで寝てしまったんだ!!
「なぜヒナが謝る。私が眠っている間にヒナの手を取ってしまったかもしれないではないか」
明らかに私が犯人です、と思ったけれど、ついつい黙る。
「まあよい。それよりも朝餉だ」
立ち上がるのを見て、彼の背を追って慌てて起き上がった。
寒さが体を包んで、ぶるりと芯《しん》から震えた。
「ちょっと待ちなさいよ、もう一枚何か着たら？　風邪をひくわ」
戸を開けようとしていた彼を呼び止めて、適当な着物を持っていく。
「いや、これはヒナが着ろ」
差し出した着物をさっと取って、私に着させてくれる。
薄い黒の男物の着物は大きくて、温かさが広がったと同時に彼の匂《にお》いが鼻をくすぐる。
「あ、ありがとう……。貴方だって何か着るべきよ。ほら」
以前彼に着物を着せた時のように、背後から着せる。
「温かいな」
呟いて笑った彼の笑顔に、目を奪われて時が止まる。
彼が戸を開けると、一気に冬の張りつめた冷たい風が入ってきたけれど、彼の言うとおり心はぽかぽかと温かかった。

「お早うございます、法師様、雛鶴殿」
にっこり笑った彦四郎さんと片岡さんの笑顔が痛い。
すみません！と謝って、逃げ出したい。
「雛鶴殿、寒くないですか？　大丈夫ですか？」
彦四郎さんが、やけに私を気遣ってくれる理由はわかっている。
私が法師さまのものになったって、信じて疑っていないからだ。
元々そう思っていたのだろうけれど、今日は一緒に起きてきた。
仕方ないと、自分に言い聞かせる。
「だ、大丈夫です。ありがとうございます」
引きつった笑顔を浮かべて彼らをかわすと、彼の隣に座らされる。
朝餉はとても美味しそうだった。
ちなみにこの時代、昼ごはんはないようで、朝と夜の２回しかご飯を食べない。
今日の朝餉は近くの大きな川で捕れた魚を焼いたものと、里芋の煮物に、鶏《にわとり》の卵を溶いた汁物、アワやヒエの入ったご飯だ。
デザートに秋に採ったと思われる、栗までついている。
ここは大きな都市ではなく農村に分類されると思うけれど、いろいろとバリエーションに富んでいる。
このあいだは猪《いのしし》や鹿肉《しかにく》も食べた。十津川は周囲が山で大きな川も傍に流れているから食材にはあまり困っていないようだ。
しかも砂糖、塩、酢、味噌、醤油《しょうゆ》の原型のような醤《ひしお》と呼ばれる味噌状のものがあって、ほぼ現代と同じような調味料がそろっている。
ただ、砂糖は貴重で一般庶民には手が出せないものらしい。
調理法も煮る、焼く、蒸す、揚げると豊富だ。
食べ物に関しては、甘いお菓子が食べたいなと思うくらいで、不味《まず》い！とか、またこれ？とかはなく、むしろ美味しい。
彼が音も立てずにさっさと食べていくのを見る。
「よく噛みなさいよ、貴方。体悪くするわよ」
思わず声をかけると、彼はムッとした顔になったけれど頷く。
「……うむ。そうするぞ」

ゆっくりと噛んでいる彼を見て、ふふっと微笑む。
彦四郎さんや片岡さんや、他の人たちも朝餉に手をつけ始めた。
男だけの合宿所に紛れこんで生活しているみたいで、おかしな光景だと思う。
「……ねえ。貴方って、本当に法師さまなの？」
尋ねると同時に、一気に静寂が訪れた。
え？と思って辺りを見回すと、皆ぎょっとした顔になっている。
彼は涼しい顔をしながら、一度周りに目配せした。
すると途端に普段通りに時が流れ始めた。
「……なぜそう思うのだ」
周囲の反応を不審に思っていたら、彼が私を引き戻すように言った。
「……貴方の手」
「手？」
驚いた顔をして、彼は自分の手をまじまじと見つめる。
「指の付け根に剣ダコがあるわ。お坊さんでも剣を持つの？」
剣ダコは、中指、薬指、小指の付け根によくできる。
明らかにその手にあるのは、剣を嗜《たしな》んでいる証拠。
彼は何か言おうとしていたけれど言葉が出てこないみたいで、私と自分の手を交互に見つめる。
「も、もういいわよ。貴方がなんだって」
意地悪しているみたいで気が引けてそう言うと、彦四郎さんが声を上げた。
「僧侶でも剣を嗜むものなのですよ。雛鶴姫は僧兵をご存じないですか？」
「僧兵？」
「僧侶も武装するのだ。治安が悪いと、寺が襲われることがある」
彼もそうだというように、彦四郎さんに便乗する。
「ふうん。お坊さんも戦うの？　大変ね」
「世が乱れても、寺社は裕福だったりするからいろいろと狙《ねら》われるのだ。大きい寺なら、そのような武装集団を持っているのだ」

「そうですよ。法師様は座主《ざす》も務められているほどの高僧ですからね。いろいろとあるのですよ」
彦四郎さんはにっこり笑った。
「ざす？」
首を傾げた私に、彦四郎さんは戸惑ったように声を上げた。
「僧侶の中の長ですよ。え〜っと……」
「ご住職ってこと？」
「そうだ」
肯定した彼を見て、目を丸くする。
じゅっ、住職ってものすごい人じゃないの。
「貴方、まだ若いのに……」0
「二度務めておる。初めて座主になったのは二十歳《はたち》の時だ」
は、二十歳の時って、この人ものすごいお坊さんだったの?!
「まあそういうことだ。剣ダコも気にするな」
なんだか上手く丸めこまれた気がするけれどしょうがない。
思えば私、彼のことは何も知らないに等しいから、ちょっとだけ知ることができて嬉しいかもしれない。
なんで私、嬉しいだなんて思ってしまうのかしら。
唐突に恥ずかしくなって、慌てて温かいお茶に口をつける。
「そ、そろそろ竹原に帰らないと」
「帰る？　なぜ帰るのだ」
「だって私が住んでるのは、戸野じゃなくて竹原の家なのよ？」
「よいではないか。竹原も戸野も、どちらにいても同じだろう」
確かに、住まわせてくれるのなら、ダルマのお父さんでもひょろりのおじさんでもどちらでもいいのだけれど。
言葉を詰まらせた私を見て、法師さまはにやにやと笑う。
「法師様のおっしゃるとおりではないですか。雛鶴殿。別にどちらで過ごしてもよいでしょう。それに身の回りのことをしてくだされば、私どもも非常に助かります」
にっこり笑った彦四郎さんに、何かの陰謀を感じる。

「そうだ。ヒナがやってくれれば、兵衛殿や彦四郎たちの負担も減る。願ったり叶ったりだ。ヒナもやることができてよいだろう」
何も言い返せない自分が憎い。
確かに、彼の世話をすれば、おのずと自分のやることができる。
竹原にいても、メイドさんみたいな人が沢山いるから、１日中ぼんやり過ごすしかなくて、気が重かったのは事実。
「う……うん。わ、わかったわよ。そうするわ」
恥ずかしくなって顔を背けたけれど、彼はにっこり笑った。
「ありがたいですね、法師様」
彦四郎さんもにこにこ笑う。
「ああ。よかった」
彼の満面の笑みを見て、こんなに喜んでくれるなんて思わなかったから、少し拍子抜けした。
「皆の世話も頼むぞ」
「貴方だけのお世話じゃないの？」
「何を言う。私の部下だぞ？　ヒナが面倒を見るのは当たり前だろう」
にやりと笑った顔を見て、騙されたと気づくまでにそう時間はかからなかった。

「洗濯物っ、出しなさいっっ!!!」
世話するのは彼を含めて９人もいるけれど、ここで投げ出すことなんてできない。
私の家族はお父さんも入れて７人だから、きっとできるはず。
「雛鶴姫。一体何をするのです」
慌てて片岡さんが駆け寄ってくる。
「姫って呼ばないでよ。何よ、急に敬語になっておかしいわ」
「おかしくなんてありませぬ。貴女は法師様のご寵姫《ちょうき》。敬うのが当然です」
ごちょうき？　全く意味がわからない。

「このあいだも尋ねたけど、ちょうって何？　蝶々のことでしょ？」
「わ、私の口からは言えません」
戸惑って恥ずかしそうに俯く片岡さんに、何よ？と思う。
でもなんとなく、法師さまの女だからよくしてくれているのはわかる。
本当は彼とはなんでもないのに、敬ってもらうなんて嫌だわ。
「私自身は偉くもないからやめて。今度敬語使ったら怒るわ」
せっかく仲よくなってきたのに、敬語ってどこかしら壁を作ってしまうような気がするのよね。
「……法師様のお怒りに触れたら、敬語にするぞ？」
片岡さんは躊躇しながらも、そう言ってくれた。
途端に嬉しくなる。
「うん！　いいのよ。彼には私から言っておくから。それより貴方たち、洗濯物出しなさい。洗ってしまうわ」
片岡さんだけでなく、近くにいた人たちにも促すと、彼らは申し訳なさそうに洗濯物を差し出してきた。
「雛鶴姫、手伝うぞ」
片岡さんが両手一杯になって抱えきれなくなった洗濯物を、半分持ってくれる。
『姫』って言うのだけは直らないのね、この人。
「片岡さんと法師さまって、主従関係を越えて仲がいいのね」
近くの川辺で、片岡さんが桶《おけ》に水を張ってくれるのを見ながら呟く。
彼はよく片岡さんの話をするし、片岡さんは彼をいつも気にかけているように思う。
「私と法師様は乳《ち》兄弟《きょうだい》だからな」
「乳兄弟？」
「私のほうが法師様よりも少しだけ早く生まれたから、母が乳が出た。私の母は法師様の母君とご縁があったから、法師様は私の母の乳を飲んで育ったんだ」

なるほど、それで乳兄弟なのね。
確かにこの時代には粉ミルクなんてないし、母親がお乳が出ないと困るから、出る人に貰うんだ。
「だから、幼い頃からいつも気にかけていただいている」
「じゃあ片岡さんもお坊さんなの？」
「いや、俺は出家していない。……法師様はいろいろとご実家の事情があるからな」
言葉を濁したのを聞いて、その『事情』が何かは教えてくれないと察する。
「へえ、そうなんだ。それより足で踏んで洗うなんて初めてだわ」
なんとなく話したくなさそうだったから話題を変えると、片岡さんは笑った。
「初めて？　やはり雛鶴姫は、どこか裕福な家の出なのか？」
「ううん、違うのよ。私の国だともっと便利な機械があるのよ」
私の国と、すんなりと言ったことに若干驚く。
いつの間にかこの状況をどこかしら受け入れている自分がいる。
私の国と言ったのは、突き放したような言い方だわ。
向こうの世界こそ偽者で、今私がいる世界が本物だと、そんな風に思えてきてしまった自分が怖い。
「そうなのか。よいな、雛鶴姫の国は」
便利で、なんでも手に入った時代だった。
ここは何もかもままならないけれど、どこか温かい。
「さあ！　綺麗になったわ！　干しちゃいましょう！」
洗濯物を広げて風にはためかせると、キラキラと水滴が光に乗って散っていった。

「ヒナは働き者だな」
乾いた洗濯物を畳んでいると、彼が声をかけてきた。
着物の畳み方は、竹原にいた時にしげちゃんに習って習得済みだ。
「働き者なんかじゃないわ。慣れているだけよ」

「慣れている？」
「兄弟が多くて私は長女なの。６人兄弟の二番目。お母さんは５年前に亡くなったから、それから家のことを私が全部やってきたの」
「私も兄弟が多いぞ。20人ほどおる。まだまだ増えるだろう」
さらりと言った彼に、冗談ばっかりと思った。
「貴方ね、いくら私がこの時代のことをよく知らないっていっても、言っていい冗談と悪い冗談があるのよ」
「冗談ではない。今では何人いるのかわからないほどだ。実際会ったことのない兄弟のほうが多い。私は10の時に家を出ているからな」
じょ、冗談じゃないって、明らかにおかしい。
貴方が24なら、単純計算して毎年１人は産んでいるってことだ。
そんなの確実に死んでしまうと思う。
「父の側室も20人か30人はおる。こちらも増えるだろうな」
「そくしつ？」
尋ねると、彼はどうしたものかというように眉を歪めた。
「正式な妻の他に、いるのだ沢山」
「もしかして、愛人ってこと？」
訝しげに眉を歪めると、彼も同じような顔になった。
「……そうとも言うな」
あ、愛人が、20、30人っっ?!!
た、確かにそう考えれば、20人子供がいたっておかしくはない。
「貴方のお父さんどうなってしまっているのよ!!　奥さんがかわいそうだわ！　すぐにやめさせなさいよっっ！」
「かわいそう？　その感情はちょっと理解できぬな。確かに、父の側室の数は多いかもしれぬが、それも子を残すための立派な務めだ」
この時代の常識が全くわからない。
子を残すための立派な務めって、理解ができない。
「立派な務めだとしても、多すぎよ。貴方のお父様が偉い人で、跡継ぎが欲しいから沢山子供をつくったとしても、それがこの時代の常識ならいいのよ。でもね、跡継ぎなんて1人いればいいじゃない」
貴方が跡を継ぐんでしょう？
だから小さい頃からお寺で修行して、立派なお坊さんになったんでしょう？
「……ヒナの言うことはもっともだな。けれど適任かどうかは育ってみなければわからぬだろう」
不敵に笑ったその笑顔に、また黒を見る。
時折滲む黒に、真実の彼がわからなくなる。
「貴方は適任じゃないというの？」
「適任ではない。ないが、それでもやらねばならぬのだ」
「……ならそれは、貴方が本当にやらなければならないの？」
彼は黙ったけれど、静かに口を開いた。
「私がやらなければならないことだと信じている」
そう言いきったのを聞いて、ふっと微笑む。
「だったらきっと適任になるわ。応援しているから、頑張って」
二度住職になっても、もっとすごい地位があるのかもしれない。
「……うむ」
唐紅の鮮やかな赤。
彼は嬉しそうに俯いたけれど、その頬は真っ赤。
それを見て、伝染したように自分の頬も赤くなったのを感じた。

「ねえ、何をしてるの？」
「書簡を書いておる」
彼は短く言って、筆を紙に走らせる。
書簡って、手紙よね。
それにしてもつまらない。
家のことは全てやってしまったし、彼も構ってくれない。
黙々と手紙を書く彼に背を向けて、板間の床の上に横になった。

静寂が辺りを包む。
彼が筆を走らせる音しかしないけれど、それが心地いい。
今頃皆、私のことを捜しているのかな。
月子が全部家のことをやってくれているのかしら？
夕、おもらし直った？　頼人、甘えん坊は卒業した？
お父さんの忘れ物は誰が届けているんだろう？
太一兄ちゃんは少しくらい、家のことを気にかけてくれてる？
そして、大和。貴方、今どこにいるの？
向こうの時代？
それとも、私と同じようにタイムスリップしたのかな？
全部疑問形だ。
そう思ったら唐突に涙が込み上げる。
どんなに問いかけても、何一つその答えが返ってくることがないと気づいたら、寂しくて堪らなくなった。
「ヒナ」
呼ばれてはっと現実を取り戻す。
慌てて顔を上げると、彼が振り返ってじっと私を見ていた。
「もう少しで書簡も書き終わる。共に散歩でも行かぬか？」
戸惑ったように、彼は頬を赤く染めて呟く。
黙った私を、心配してくれたのかしら。
「うん、待ってる」
共に、と言ってくれたことが嬉しい。
大丈夫。私は独りじゃなく、彼がいてくれる。
彼の書いている書簡が目に入って、眉をひそめる。
「……そうよね」
呟いた私に、彼は首を傾げる。
「な、なんでもないの。この時代の人の書く字って、ミミズの這ったような字だったと思ったの」
お父さんの書斎に、そんな字が書かれた書物があったのを思い出す。
大和はお父さんの影響で、こういう字を読めたと思う。

「ヒナの時代はこの文字ではないのか？　これが読めないのか？」
「よ、読める……かしら」
慌てて彼の書簡を見せてもらったけれど、案の定わからない。
「これは……読めるような気がするけど……」
漢字の簡単なものとか、一部の平仮名とかなら読めるけれど、大半が読めない。
「でも！　書けるわよ!!」
紙に自分の名前と平仮名まで書いて彼に見せる。
「……これは漢字だが、私たちが使っている漢字とは少し形が違う。普段でもこのように書くのか？」
「ええ。私の時代は普段でも文字を一字一字独立させて書くのよ。貴方みたいに文字を繋げて書かないの」
「これは平仮名か？　全く違うぞ」
この時代の字がミミズが這ったように見えたのは、文字と文字を繋げて書いているからだ。
シャープペンや鉛筆は、繋げて書こうとしても難しい。
真剣になって私の字を見ている彼に、笑いが込み上げてしまう。
私も彼の書いたものをまじまじ見て、それを一つひとつ分析する。
よく見れば、読める字は確かにある。
それが極端に少ないのはしょうがない。
「私も、こういう字を書けるようになるわ」
「ああ、それがいい。そのほうがいろいろと便利だろう」
書けるように、と言った自分に、また驚く。
私、もしかしてこの時代で生活しようとしているのかしら。
「私も教えるから、ヒナの時代の字も教えてくれ。共に頑張るのだ」
「ええ、一緒に」
共に、生きられるのかしら。
笑って言ったけれど、そう思った途端、絶望が襲う。
彼が筆を紙の上に走らせると、墨が足りずに擦《かす》れて悲鳴を上げる。

それが私の泣き声のように聞こえる。
絶対帰るのだからと誓って、唇を噛みしめた。
「散歩に行く前に、少し休憩する？　何か用意してくるわ」
「ああ。休憩しよう」
彼が頷いたのを見て、立ち上がる。
廊下に出ると、庭先で彦四郎さんが誰かと話しているのが見えた。
誰だろうと思って目を凝らすと、先に声をかけられた。
「よっ！　ちづ！」
「朔太郎さん。どうしたの？　戸野に来るなんて」
にやにやしながら、朔太郎さんは取り巻きのガラの悪そうな数人の
男の人たちと一緒に歩いてくる。
「ちょっと待て。雛鶴姫に容易に近づくな」
さっと私と朔太郎さんの間に、片岡さんが入って睨みつける。
「なんだよ、うるせえなあ。あ？　やんのか？」
どうしてこの時代の男の人ってこんなにもガラが悪いのかしら。
「ちょっと待ってよ！　喧嘩しないで！」
慌てて庭に下りて、２人の間に割りこむようにして入った。
「勝手に喧嘩しないの！　朔太郎さんどうしたのよ？」
間に私が入ったせいか、朔太郎さんは気が抜けたように頭を掻いた。
「重信《しげのぶ》が帰ってきたんじゃねえかと思って会いにきただけだよ」
「しげのぶ？」
「兵衛殿の息子です。戸野《との》重信」
私を横に押しのけながら、片岡さんは言った。
ひょろりのおじさん、息子さんがいたのか。
「そ。重信。最近まで京の都に行ってて、今日にでも帰ってくるら
しいってしげが言ってたからさ」
私に言っているはずなのに、その目は片岡さんを睨みつけている。
不良同士の喧嘩を見ているみたいで、ひやひやしてくる。
「京の都？　一体何をしに……」
片岡さんの瞳が揺れた。

その揺らぎを朔太郎さんが見逃すわけがなく、鈍い音と共に片岡さんの体が崩れた。
「片岡っっっ!!!!」
彦四郎さんの叫び声が辺りに響く。
「……俺たちはあんたたちにそれを言わなきゃならねえような関係じゃねえよ」
片岡さんに向かって、朔太郎さんはにやりと笑った。
この人たちは、ただ喧嘩がしたいだけだ。
「よくもっっ!!!」
片岡さんも跳び起きて、あっという間に大乱闘が始まった。
「やっ、やめてっ!!!」
止めようと必死になるけれど、私の声なんて届かない。
いつもにこにこしていて優しそうな彦四郎さんが、別人のように大暴れして、男の人を数人掴んで鬼のような顔で放り投げている。
「雛鶴姫！　突っ立ってないで逃げろ！　危ない!!」
片岡さんは乱闘中なのに、私の身を心配してくれる。
けれどこのまま放って逃げることもできない。
「お願いだからやめてっ!!」
叫んだ瞬間、遠くから足早に廊下を駆けてくる音がした。
「何をしておるのだ!!!」
よく通るその声に、時間が止まる。
砂利を踏みしめて、あっという間に傍まで来る。
彼を纏うオーラが、いつもとまるで違う。
「何をしておると聞いている」
低い声に冷たいまなざし。
灰白の狼だと思って、ごくりと唾を飲みこむ。
尋常じゃないくらいに怒っているのはすぐわかった。
「喧嘩。見てわからねえのかよ、法師様。ま、あんたみたいな女に溺《おぼ》れきってる軟弱な御方には、喧嘩なんて無理か」
彼を嘲笑《あざわら》ったのを見て、思わず私がカチンとくる。

「あんたね!!」
「軟弱かどうかは、手合わせしてみないとわからぬだろう？」
私が声を上げると同時に、彼は不敵に笑った。
その笑顔に気を取られていると、彼に向かって数人の男の人が飛びかかっていく。
駄目だと強く思った瞬間、ものすごい音がして人が飛んだ。
「ヒナ！　下がっておれ!!　危ないぞ！」
法師さまは笑顔で人を殴りながら叫んだ。
貴方が一番危ないわと思って、呆れ返ってしまう。
それにしても強い。
あっという間に朔太郎さんの取り巻きの若衆組の人が倒れていく。
それでもすぐに起き上がって、また彼に飛びかかっていく。
キリがないっていうか、駄目なのよ。
貴方が喧嘩を止めるべきなのに、何を一緒になって喧嘩を楽しんでしまっているのかしら。
さらに情勢は悪化しているようにしか思えない。
この乱闘から抜け出そうとしても、皆大暴れしていて出るに出られない。
あたふたとしていると、人がぶつかってきた。
「危ねえなあっっ!!　女は下がってろっっ!!」
思いきり怒鳴って、謝りもせずにその男は乱闘の中に戻っていく。
沸々と湧いてくる怒りを止める術なんてなく、一瞬で思考が停止して、空に浮かぶ白い雲のように目の前が真っ白になった。
「あんたねえっ!!　一言くらい謝りなさいよっっ!!」
殴られることを覚悟して、傍にあった竹箒《たけぼうき》を掴んで乱闘に加わる。
「ひっ、ヒナ!!!」
彼の驚いた声が聞こえた気がしたけれど、もうどうでもいい。
「男なんて嫌いっ！　喧嘩するのがかっこいいと思ってるの?!」
叫びながら、竹箒を振り下ろす。
その瞬間、久しく振ってなかったと思う懐かしさが広がってきた。

「一言、謝れっっっ!!」
叫んで振り下ろした竹箒が見事に面に入って、謝りもしなかった男が仰向けに倒れた。
呆気に取られている他の人たちにも、足をさばいて竹箒を振るう。
気づいた時には、朔太郎さんもその仲間たちも驚いた表情で地面に座りこんで私を呆然と見つめていた。
それを見て、なんてことをしたのかと我に返る。
こんな凶暴女なんて、村から追放かもしれない。
「す、すみませんでしたあっっ!!」
今度は私が面食らったような衝撃に襲われる。
私に向かって、朔太郎さんやそのお仲間たちが土下座している。
それを見て固まった私に、彼は声を上げて大笑いした。
「ヒナは本当に面白い女だな」
「……面白さなんて追求してない」
ムッとして抗うけれど、彼はにやにやと笑っている。
「おかしな女だ」
「わ、悪かったわね。ほら触ってよ」
彼の前に手を差し出すと、彼は眉を歪めたけれど、私の手にそっと自分の手を重ねた。
「これは……」
「剣ダコ。私もずっと剣を習ってたの」
お父さんが歴史好きだったから、太一兄ちゃんが習っていて、私もそれこそ幼稚園の時から習っていた。
お母さんが亡くなってからはそんなに頻繁には稽古《けいこ》できなくなってしまったけれど、中学も高校も剣道部。
あの日だってお父さんが鎌倉に来いなんて言わなかったら、自主練習で学校に行こうと思っていた。
「美しい太刀筋《たちすじ》だ。ヒナはよい武将になれるだろう」
「そんなのならないわよ。趣味よ、趣味」
誉《ほ》められたのがなんだか恥ずかしい。

それにしても、よい武将にって、私女なのに。
「す、すっげえ!!」
突然背後から、まだ若干高く少年が抜けきれていない声が響く。
振り向くと私をきらきらとした眼差《まなざ》しで見ている男の子がいた。
「朔太郎たちをこてんぱんにしちゃうなんて、すごいな！」
大和よりも少し下かしら。
まだあどけない表情が残るその子は、瞳を輝かせたままこちらに向かって歩いてきた。
「重信！」
「おう！　戻ったよ、朔太郎。それよりすげえな、この人！」
こ、この子が重信さん？　ひょろりのおじさんの息子？
まだ全然若いっていうか、幼いじゃないの。
「俺、戸野重信！　この家の息子。親父《おやじ》から聞いたけど、もしや居候《いそうろう》してるってのはあんたたちのことか？」
「そ、そう！」
「そうだ」
法師さまも答えると、重信くんは私と法師さまをまじまじと見て笑った。
「あんたって、本当に女？」
にっこり笑って尋ねたのを聞いて、思わず瞬きを繰り返す。
その問いはもしや私に向けられているのかしら？
その瞳は私を見ているし、法師さまに言ってるわけではない。
もしかして、私、男に見えるの?!!!
「そんなに剣が使えるなんてさ、あんたが帝の皇子じゃない？」
無邪気に笑ったのを見て、思わず眉をひそめる。
「違うわよ」
帝の皇子って、一体誰なのかしら。
それに、その人と私が女だっていうのは関係があるのかしら。
ふと法師さまや彦四郎さんたちの反応がおかしいことに気づいた。
彼らの間に流れる空気みたいなものがどこか変。

「ねえ、あんたが帝の皇子でしょ？　落ち延びるために女の格好してるんじゃないの？」
「違うって言ってるじゃないの。朔太郎さんもそんなことを言ってたけれど、私にはなんの関係もないわよ」
あまりのしつこさに、思わず怒鳴りそうになるのを堪える。
「ふうん。美形皇子って聞いてたから、女の格好しててもおかしくねえと思ったけどな」
重信くんは無邪気に笑って、朔太郎さんを引きつれて戸野家に入っていった。

「……もう少し優しくしてくれ」
彼がそう言ったのを聞いたけれど、答えずに目だけで睨みつける。
「痛い。優しくしろと言っておる」
「喧嘩した貴方が悪いのよ」
塗り薬を染みこませた布を、彼の口元にべちりと貼りつける。
「貴方が止めてくれると思ったのに……」
「痛いと言っておるだろう」
その頬を押さえつけた私の手を、彼の手が掴んだ。
氷のような冷たさに思わず身をすくめる。
「どうして貴方ってこんなに手が冷たいの？　かじかんで手が動かなくならない？」
「部屋の中にいるぶんには平気だ」
それは外は寒いってことなのね。
肝心なことは言わないんだから、この人。
「それより痛いのだ。もっと優しくやってくれ」
「痛いってね、喧嘩した貴方が悪いって言ってるじゃないの。どうして喧嘩するのよ。貴方は止める立場でしょ？」
愚痴愚痴と呟くと、彼は笑った。
「ヒナが止めてくれるだろう」
「止めてくれるって貴方ね、二度目はないって言ってるのよ」

「ヒナは美しい太刀筋をしておる。きっとよい武将になる」
屈託なく笑うのを見て、本気で言っているのかと不安になる。
「それはさっきも聞いたわ。私は女よ？　武将になんてなれないわ」
「武将になれずとも、戦には参陣できるぞ」
「さんじん？」
「女子でも戦場で戦えると言っているのだ」
女の人が戦場でなんて、聞いたこともない。
戦に出るって兵士のお世話ではなく、女の人でも誰かと殺し合いをするってことなのかしら。
「少なくなっておるが、女が参陣するのを拒否することもなければ、女だからと排除するものでもない。地方では女の支配者もおる」
この時代の男女は、意外と対等なんだ。
「やっぱり駄目だ」
突然ぐっと、彼の手に力が籠《こ》もる。
「ヒナは戦なんかに出るな。私の傍にいればよい」
彼の瞳が私の瞳を射貫いて、そこから抜け出せずに見つめ合う。
「出るつもりなんて微塵《みじん》もないわよ」
「まあそうだろうが」
彼は途端に拍子抜けしたように眉を歪めた。
「うむ。なかなか上手くいかぬな」
私から手を離して、腕を組んで彼は考え始める。
「何が？」
「なんでもない」
ふいっと、すねたように別の方向を向く。
「何よ、気になるじゃないの」
「なんでもない。それより帝の皇子について話をしようか」
私の瞳を見つめて、彼は意地悪く笑う。
「帝の皇子のことはもういいの」
抗うのに、一向に効き目がないような気がする。
それにそれが誰であっても、私には正直どうだっていい。

「もし……」
「え」
言葉を落としかけた時、唇に柔さが広がった。
唇を塞がれて、続きの言葉が落ちてこない。
「なっ何、キスしてるのよっ!!!」
彼を突き飛ばして、叫ぶ。
「きす」
「繰り返さなくていいの！」
瞬間的に頬が火照ったのを感じて俯く。
「ヒナを呼んだ意味がわかったような気がする」
目を見張って顔を上げると、彼と目が合った。
にやりと歪む、その瞳から逃れる術なんてない。
冷たい指先が、頬を走る。
そしてそのままその指先が私の首筋を走った時、あまりの冷たさに思わず上を向いた途端、もう一度唇を塞がれた。
そのまま抗う間もなく彼の腕の中に沈む。
「……もし、私がその『帝の皇子』だとしたら？」
唇が離れてすぐに、彼は笑った。
まだ柔さが唇に残っている気がして、思わず噛みしめてその余韻に浮かされる。
不意に夜這いをかけられた時のことを思い出す。
あの男の手は気持ちが悪いと思ったけれど、彼は違う。
凍てつくほど冷たいこの手に、むしろもっと触れていたい。
「……み、かどのおうじ……」
彼は微笑みながら、小さく頷いた。
「そんなことよりも、貴方の手の冷たさが心配だわ」
指先まで、凍りついているかのよう。
もしかして、胸の奥まで凍りついているのかしら。
「手など、どうでもよいのだ」
彼はケラケラと、その端正な顔立ちを惜しげもなく崩して笑う。

そうやって笑うことはほとんどないけれど、貴方はやっぱり笑っていたほうが素敵。
「よくないわ」
そっとその手を取って両手で強く握る。
この熱が伝わって、凍てついているものを溶かしたい。
彼はただ微笑んで、私の肩に額をつけてもたれた。
「しばらく」
短く言って、大きく息を吐く。
しばらくって、しばらくこうしていたいってことかしら。
躊躇したけれど、目の前にある彼の肩にそっと自分の頬をつけて、ただもたれ合う。
瞳を閉じると、心臓の音が聞こえた。
耳元で強く弾むたびに、考えないふりをしていた答えを浮きぼりにする。
どうしよう。私、いつの間にか彼に惹かれている。
分け合う微《かす》かな熱に、心地よい沈黙に、次第にまどろんでくる。
安心感と睡魔から抜け出せずに、夢と現《うつつ》の狭間《はざま》で揺れる。
「……さま」
誰かが何かを言っているけれど、現実を取り戻せない。
「どうした」
低い声がすぐ傍でした。
ああ、法師さまを呼んでいたのか。
あれ？　私、いつの間にか眠って……。
「還俗《げんぞく》なさるおつもりだと聞きましたが」
彼が笑った震動が、頬を掠める。
起きなければと思うのに、どうしても瞼が開かない。
「雛鶴殿ですか？」
「……なぜそう思うのだ」
「なぜとおっしゃられましても……今まで戦場を駆けている時でも、法体《ほうたい》で構わなかったではないですか」

この声、彦四郎さんだわ。
げんぞく？　ほうたいでも構わない？
私、何を話しているのかすら、全く理解できない。
「別に、今までは俗体に戻るよい機会がなかったまでのこと。ヒナは関係ない」
「関係ないとは言い切れませんでしょう。貴方様が還俗して俗体に戻れば、雛鶴殿をお傍に置けるでしょうから」
私の肩に回っている彼の手に、ぐっと力が籠もったのを感じる。
その強さに、彼に抱きしめられていると知る。
「お忘れになりまするな。貴方様のお立場とお役目を。貴方様は、実質上の総司令官でございます。一度は崩壊したとて、元々わかっていたからこそ、そのように落ちついていらっしゃる」
「今動くのは、得策ではない」
「承知しております。今はここで潜伏なされて力を蓄えられるのが最上とのご意見、私も同感でございます。けれどこんな時に女子に溺れることは、許されません」
よくわからないけれど、私のことで２人は喧嘩しているのかしら？
なんだか嫌だわ、こんなの。
「……彦四郎。千鶴子は、溺れさせてはくれぬよ」
その言葉に、思わず息を呑む。
この人、今私のことを、『千鶴子』って呼んだ。
心臓を鷲《わし》づかみにされたような痛みが襲う。
ただ一度、ヒナではなく『千鶴子』と呼んだだけなのに、動揺する。
彦四郎さんは、声を上げて笑った。
ぴりぴりと張りつめた空気を、震わせて打破するように。
「……雛鶴殿は、どこか違いますからな」
「ああ。とにかく、私は還俗するぞ。まずは戸野家と竹原家の出方を見てからの話だがな。手を貸せ」
「御意《ぎょい》」
どういうことかしら？　いまいちよくわからないけれど、もしかして私が彼の傍にいることは、いけないことなのかもしれない。
そんなことを考えていたら、またまどろんでしまった。

もう一度目が覚めたら、１人で眠っていた。
さっきまで彼と彦四郎さんが喧嘩まじりに話をしていたような気がしたけれど、もしかして夢だったのかしら。
体を起こすと、私の上に彼しか着ない薄い墨色の法衣《ほうえ》が掛かっていた。
彼がこれを着て縁側に立っていたりすると、風に袖がなびいて黒が薄く透けて綺麗だった。
さっきまで、彼が傍にいたのは確かだ。
私のせいで、彼の何かを邪魔しているみたいだった。
帝の皇子がもし自分だとしたら？　だなんて、そうだって言ってるようなものじゃないの。
でもどうしてそんな皇子さまが、お坊さんなのかしら。
仮の姿？
いいえ、彼は毎日写経してるみたいだし、お経も読んでいる。
お坊さんとしか思えない。
なんだか、胸の奥の奥から熱いものが込み上がってきて、鼻が痛い。
涙がこぼれ落ちそうになって、墨色の法衣に顔を埋《うず》める。
「ちづちゃん」
慌てて顔を上げると、縁側に誰か立っているのがわかった。
「しげちゃん？」
戸が開くと、しげちゃんが満面の笑みで立っていた。
「元気そうね。こっちで暮らすことになったって聞いたけど」
意地悪い笑顔に、どういうわけか安心する。
「ごめんね、なんだかこんなことになっちゃって」
「気にしないで。今日は傍まで来たから、ちづちゃんの荷物を持ってきたの。それより、サクちゃんが法師様たちと喧嘩したんでしょ？　ごめんね」

そう言われてあの乱闘があったことを思い出す。
何かあっても寝ると忘れてしまう私の性質をどうにかしたい。
「い、いいのよ、別に。荷物ありがとう」
何がいいのかわからなかったけど、とりあえず荷物を受け取る。
「ちづちゃん、剣が使えるって本当なの？　サクちゃんが目を輝かせて話してたわよ」
私が朔太郎さんたちと喧嘩したことが、確実に若衆組や村の人たちに伝わっていると思ったら、心臓が凍てつく。
「い、一応ね。小さい頃から習ってたから」
「ちづちゃんすごいわ！　サクちゃんも絶賛よ！」
絶賛されても困る。
苦笑いしながらしばらく話していると、しげちゃんが立ち上がった。
「さて、あたしはもう帰るわ。今のうちに帰らないと、一気に日が暮れて自分の家に帰れなくなるから」
なるほど、これくらいの時間に帰れば大丈夫なのか。
といっても、時計がないから時間がわからない。
「うん。わざわざありがとう、しげちゃん」
「いいのよ。法師様と仲よくね！　じゃあね！」
法師さまと仲良くってところが余分だわと思ったけれど、あえて訂正することはしなかった。
偽装っていうのもあったけれど、できれば仲よくしたいと私も思う。
せめてこの世界にいる間は、傍にいたいと思う。
元の時代に帰るから、本気で好きになっては駄目だって思うのに。

１人になって、しげちゃんが持ってきてくれた荷物を解く。
私のセーラー服。
これを着て、普通に学校に行っていた自分が嘘みたいだ。
紺色の襟に１本のラインを、そっと指でなぞる。
今私が着ているのは、薄い水色の着物。
和服を着て生活するのが、当たり前になっている。

下着をつけないで生活するのも、慣れてしまった。
そっと制服に顔を埋めると、仄《ほの》かに私の家の匂いがした。
忘れかけていた懐かしい香りが胸の奥一杯に広がって、帰りたいと強く思う。
強く、強く願った瞬間、制服が震えた。
思わず叫びそうになって堪える。
何が起こっているか、全く理解できなかった。
頭の中が真っ白になったまま、スカートのポケットに手を突っこむ。
どうしてと、思う間もなく、私は折り畳みの携帯電話を引きずり出して耳に当てる。
「もっ、もしもし?!」
繋がるわけがない。
だってここは、これが存在するはずのない場所。
きっとアラームの消し忘れだと、「もしもし」と叫んでから考える。
『……ちづ姉？』
当たり前のように伸びた声に、世界が真っ白に染まる。
簡単に何も考えられなくなって、聴覚だけが全てになる。
「や、ま……と……？」
その名を呼んだ途端、涙が溢れた。
繋がっていると思ったら、もう堪えきれなくなった。
「大和?!!　大和?!　本当に大和なの?!」
『うん……うん。姉ちゃん……姉ちゃんっ!!』
携帯電話の向こうから聞こえる大和の声に、堰《せき》を切ったようにいろいろなことを思い出す。
どうして携帯電話が使えるのかとか、そんなことはどうでもいい。
「げ、元気なの？　どこにいるの?!　大和！」
確認したいことは沢山あって、つい大声を出してしまう。
『なんとか元気だよ。今、鎌倉にいる。姉ちゃんは？』
鎌倉ってことは、大和はタイムスリップしていないのかしら？
「と、つがわ……十津川……熊野の、近くだって……」

『十津川?!　熊野って熊野本宮大社？……紀伊半島だ』
「え？　どこ？」
『奈良県と和歌山県だよ。紀伊半島のど真ん中くらい』
奈良。そうだ、熊野は和歌山県だ。
ようやく大雑把《おおざっぱ》だけれど、自分のいる場所がわかる。
鎌倉まで、遠い。
新幹線とか飛行機とかが一切ないことは、考えなくてもわかる。
「大和、貴方もタイムスリップしたの？」
大和は、現代に残れたのかしら。
それとも、同じ時代にいる？
最悪、違う時代に飛ばされてしまったのかもしれない。
『貴方も？ってことは、姉ちゃんも？　姉ちゃんのいる時代は何年？』
「げ、元弘元年……」
呟いた途端、大和は黙った。
自分の心臓の音が耳元で鳴るのを聞く。
『……元弘元年は、1331年だよ。ちづ姉』
1331年だと、約700年前だ。
ぐらりと体が揺れて、気持ちが悪くなる。
『俺も、元弘元年にいる。俺も同じ時代に飛ばされた』
大和も同じ時代にいると知った途端、安心して力が抜ける。
「か、帰ろう……帰ろう、大和。帰りたいよ……」
『……俺も、帰りたいよ。なんとかして、帰ろう。ちづ姉』
鎌倉のあの白い鳥居の前にもう一度立てば、もしかして……。
『あの神社はこの時代には存在しないよ』
私の考えていたことを見透かしたように大和は言った。
頭の中が真っ白になって何も考えられなくなる。
『もしかしたら帰れるかもって思って行ってみた。鶴岡八幡宮はすでにこの時代にもあったけれど、あの神社の場所はお寺だった。神社がないから、白い鳥居なんてなかった』

鎌倉時代、源頼朝。
そうだ。鎌倉時代の初期が1100年代終わりだから、私がいるのはそれから約100年後の世界。
鶴岡八幡宮はすでに存在していても、あの神社はない？
「……今は、鎌倉時代？」
『一応ね。今は頼朝の妻の北条政子《ほうじょうまさこ》の家系の北条氏が、鎌倉幕府を動かしている』
どうしてそんなに遠い時代に、私も大和もいるのかしら。
ここが何時代かわかったところでなんの救いにもならない。
ただ絶望は絶望を呼び、混沌《こんとん》はさらに深い混沌へと誘《いざな》ってくれる。
「法師さまが、帰してくれる」
気づけば、すがりつくように呟いていた。
「あの時鳥居の前で私を掴んだ手首だけの人に偶然会ったの。呼んだ張本人だから、きっと帰してくれる……」
帰してくれると言った自分に、涙が込み上げてくる。
結局他力本願でしかなく、自分の力でどうこうできるものではないと痛感する。
『……十津川……法師様……1331年。元弘元年』
携帯電話の向こうから、大和のブツブツと呟く声が届いた。
「や、大和？」
尋ねても、返事が返ってくることはなく、さらに大和はいろいろと呟いていた。
「大和？　ねえ、やま……」
『ちづ姉』
突然、大和の声が真剣になった。
日が陰り出して、部屋の中を赤く染めている。
『その法師様に、近づいちゃ駄目だ』
燃えるような唐紅の赤が、じりじりと心拍数を上げていく。
『……俺は、歴史を知っている』
冬だというのに、冷汗が頬を伝って落ちた。

『俺が歴史好きで、沢山本を読んでいること、姉ちゃんも知ってるでしょう？』
大和はお父さんに似て、歴史馬鹿。
大学教授のお父さんが読んでいるような、難しい歴史書だって今まで山のように読んでいた。
『俺は、《正しい歴史》がどんな風に進んで、この先どんな世の中になるのか知ってる。その《法師様》が誰かも、どんな人生を歩むかも、知ってるんだ』
ガタガタと携帯電話を持つ手が小刻みに震えた。
帝の皇子に、戦。
現代に彼のことが伝わっていてもおかしくない。
『姉ちゃん、すぐに十津川を出るんだ。俺も、鎌倉を出る。１週間後には、名古屋辺りまで行けるから。とにかく合流して……』
「《正しい歴史》なんて、ないわ」
大和の言葉を遮って、強く言葉を落とす。
こんなことを大和に言うつもりはないのに、止まらない。
『ね、姉ちゃん？』
動揺したように、大和の声が揺れる。
忍び寄る、赤い衝動。
「歴史は曖昧《あいまい》なことばかりだよ。大和の知っている歴史が《正しい》なんて言い切れない」
700年も前のことが、全て正確に伝わるなんて難しい。
どこかしら歪んで、間違って、現代の私たちに伝わっていることだって沢山あると思う。
『姉ちゃん？　どうしたんだよ？』
「私は十津川を出ないわ」
帰りたいと強く思っているはずなのに、落ちる答えは真逆。
出ないだなんて、元の時代に帰らないって言っているようなもの。
どうしてこんなことを言っているのか、自分でもわからなかった。
帰ろうと言うのが正しいはずなのに、抗う言葉を落としてしまう。

『で、ないって……姉ちゃん、そんなの駄目だっっ!!!!』
大和が怒鳴ったせいで、思わず身をすくめる。
上がった肩が、元の位置に下りることはない。
『絶対駄目だっ！　今すぐ帰ろう！　今すぐに!!』
「や……嫌だ!!　絶対嫌っ。私に、私にとって彼は……」

『……姉ちゃんが、不幸になるよ』

砂を崩すように、思考回路が片っ端から崩壊していく。
私が、不幸になる？
私が傍にいることで、彼が不幸になるんじゃないのかしら。
相手は《帝の皇子》だ。
私は現代でもこの時代でも何も持ってないただの一市民、村の娘であって、身分なんて何も持っていない。
朔太郎さんが『雲の上の御人』って言っていたのを思い出す。
真実、彼は手も触れられない高貴な御方であって、私のような女がそんな人を好きになってはいけないのは、誰から見ても一目瞭然。
『……帰ろう。俺たちの時代はここじゃないよ。父さんも兄ちゃんも月子も頼人も夕も、皆、姉ちゃんの帰りを待ってる』
そうだ。あの家は私がいないと回らない。
私がいないと、駄目じゃないの。
「……か、帰る……よ」
呟くと同時に涙が溢れた。
帰る、と言った途端、胸の奥にぽっかりと穴があいた。
寂しさが、津波のように襲いかかってくる。
いつの間にか、私こんなにも彼のことが……。
『よかった。ちづ姉らしくないから心配した。とりあえず名古屋、この時代だと尾張《おわり》の国だ。そこで合流して鎌倉に行こう。俺が今お世話になっている家で、帰る方法を模索しよう』
うん、と言いたかったけれど、声が出ない。

言葉が擦《かす》れて、のどの奥で焼けつく。
唐紅の衝動が、胸の奥から全てを焼き尽くそうとしているみたいに。
『……姉ちゃん？　聞いてる？　姉ちゃ……』
「ヒナ？」
少し開いた戸のすき間から、よく通る彼の声が聞こえた。
赤く焼けた世界に、誰か立っているのが見えた。
誰か、ではなく、彼が。
『……誰かいるの？　声が聞こえるけど』
「……ごめん、大和。ごめんね……私……やっぱり……」
どうしようもなく、身勝手だってわかっている。
帰りたいか、帰りたくないか、自分でもはっきりわからないけれど、まだ帰れないと心のどこかで思っている。
大和や家族への裏切りだとわかっていながら、止められずにいる。
『ちづね……!!!』
大和の声が携帯電話から漏れていた。
もう二度と繋がることはないかもしれないのに、躊躇せずに私は携帯電話を、大和との繋がりを断ち切ってしまった。
鬼、だわ。
あんなに大和が心配してくれているというのに、切ってしまった。
震える手で、携帯電話をぎゅっと強く握りしめる。
「ヒナ？　起きたか？　開けるぞ」
咄嗟に携帯電話を、スカートのポケットに戻した。
その瞬間戸が音もなく開いて、さらに燃えるような赤い世界の中に彼が立っているのを見る。
「起きていたか。……泣いているのか？　何があったのだ」
不幸になると言った大和の声が、耳元で鳴る。
「ヒナ？」
手も触れられないような、高貴な御方。
それを知りつつ、彼の形のいい唇にそっと自分の指先を押し当てる。
彼はそれを目で追っただけで、特に何も言わなかった。

不幸になるのは、私も彼も？
彼が極悪非道の皇子になろうと、その身を追われることになろうと、私はいいんだ。
それよりも身分すらない私が、傍にいたら彼はきっと困る。
例えば彼が身分の高いお姫様と結婚しようとした時、私がいたらいろいろと面倒なことになる。
彦四郎さんは、それを危惧《きぐ》している。
一国の皇子の傍に、身分もない女がいる危険を。
「な、まえで、呼んで……」
突然そう言った私に、彼は目だけで「え？」と尋ねてくる。
「私の名で、呼んで」
じっと彼を見つめると、彼も私を見つめる。
「……千鶴子」
彼は小さく呟いてくれた。
声の震動が、彼の唇の動きが指先から伝わる。
それだけで心の裏側を爪で引っかかれたような痛みが襲って、切なくて堪らなくなる。
「もう一度、呼んで」
「……千鶴子」
そうだ。私は《ヒナ》でも、《雛鶴姫》でもなく、千鶴子。
桜井千鶴子だ。
やっぱり帰らなければ。
彼の冷たい手が、私の手を取る。
そっと私の指先に、愛しむように口づけた。
それを見て、切なさが増幅する。
伏せられた彼の瞳を、何も言わずにじっと見つめた。
「……思い出していたのか？」
彼は私の指先から唇を離して、私のセーラー服をじっと見つめた。
「す、少し、だけ……」
片付けておけばよかったと思ったけれど、もう遅い。

大和のことを彼に伝えようと思って口を開こうとすると、彼はあまりに真剣な眼差しで私を見つめていた。
「ど、どうしたの？」
尋ねたけれど、彼はじっと黙っている。
「どうしたの？　何かあっ……」
「そんなに帰りたいか？」
強い言葉がその唇から落ちて、思わず彼と見つめ合った。
「それほどまでに、自分の時代に帰りたいか？」
彼が真剣に尋ねてきているのはすぐにわかった。
大和と話している時には、そんなのわからないと思っていたけれど、彼に真正面からそう尋ねられるとすぐに答えは出る。
けれど、なんて言ったらいいかわからずに、ただじっと見つめ合う。
彼の目が私だけを見ていると思うと、心拍数が急激に上がる。
着火する。胸の奥を切なく焦がす、赤色の衝動。
こんなにも、彼に惹かれている。
ぐっと、唇を強く噛みしめた。
できることなら帰りたくないと思うけれど、それを彼に伝えていいのか迷った。
帰りたくないと思うことは、まるで家族への裏切りだ。
戸惑っていると、彼は私から視線を外した。
「……よい。帰りたいにきまっているものな」
早口に言って、彼は私からすっと離れた。
その着物の袖を掴んで、すがりつきそうになるのを必死で堪える。
「夕餉だ。ヒナも来い」
いつの間にか世界は藍《あい》に落ちて、そう呟いた彼の背を闇に溶かす。
１人取り残されて次第に冷静になってくると、ゾッとした。
言わなくてよかったかもしれない。
私は、きっと彼の足を引っ張る。
ただの村娘と帝の皇子がだなんて、誰の目から見てもおかしい。
立ち上がると、着物の裾が乱れているのに気づいて直す。

私の着るものは和服ではなく、洋服。
大和のことを伝えられなかったけれど、必ず彼に相談しよう。
私は絶対に元の時代へ帰る。
元々この時代には、存在してはいけないはずの人間。
彼は、初めから出会うことのなかった人。
時空を歪めなければ、生きていることを確かめ合うこともなかった。
叶わぬ恋。
そんなこと、出会った時から知っている。

濃藍

「おっ！　千鶴子が来た！」
ぎゃははははと、私を指差して重信くんは叫んだ。
「人に向かって指差すなって言われなかった?!」
重信くんは豪快なのはいいけれど、礼儀がなってない。
「千鶴子が怒っても怖くねぇよ。早く食べろよ」
意地悪く笑う重信くんを睨みつけながら、お膳の前に座る。
彼は私から斜め向かいに座っていて、遠い。
私がいることは気づいているはずなのに、目を合わせようともしない。
胸の奥に、棘が刺さってチクリと痛む。
「ちづ、聞いたぞ」
突然話しかけてきたのは、重信くんの隣に座っていたひょろりのおじさんだった。
おちょこでお酒をひっかけていて、こけた頬が赤い。
「朔太郎たちを剣で打ち負かすとは、ちづは奥深い」
「本当に俺、千鶴子が帝の皇子かと思った」
「私、女よ。皇子って男じゃないの」
「わかんねぇよ、胸なさそうだし」
重信くんが真顔で言ったのを聞いて、カチンとくる。
「……貴方、もう若衆組に入ってるの？」
「なんだよ、突然。俺15だから、もうすぐ入るんだよ」
訝しげに重信くんは答えたけれど、その歳を聞いて驚く。
「あら、私の弟と同い年だわ」
大和よりも一つか二つ下のような気がするけれど。
「千鶴子、弟いるのか。狐に化かされてるって朔太郎に聞いたけど、もういなくなって思い出してきたのか？」
そうだった、私記憶を失ったことになっているんだった。
「ま、まあね。ちょっとだけね。まだ憑いてるみたいだけどね」
「そうかよ。ま、千鶴子が帝の皇子じゃ、根性なさそうだしな」
「そうだな。落ち延びているという噂だけど、千鶴子は無理だな」
ひょろりのおじさんも馬鹿にしてくる。
さすが親子だけあって、息もぴったりだ。

「……もしもその皇子さまがここにいたとしたらどうするのよ」

呟いたけれど、彼は気づいていないみたいだ。
もしかしたら聞いているのかもしれないけれど知らん顔している。
けれど、それでいい。
ここで露骨に反応されても、この２人からその問いの答えを引き出すことはできない。
彼と彦四郎さんの話では、竹原と戸野の出方を見ると言っていた。
出方っていうのは、後ろ盾になってくれるかどうかということだ。
竹原も戸野も、彼の後ろ盾になって、彼のために尽くしてくれるか、戦の敵方と繋がっていないかどうかを、彼は見極めようとしている。
「ねえ、どうするのよ」
ひょろりのおじさんは、おちょこを乱暴に置いた。
彼は依然、淡々と夕餉にお箸《はし》をつけていたけれど、その音で彼の仲間の何人かが振り向いた。
「そんなのきまっている。竹原家と戸野家は、十津川、吉野の豪族《ごうぞく》。皆一丸となって宮様をお守りし、鎌倉殿《かまくらどの》には一切手出しはさせぬ！」
「父上さすがだな‼　その通りだ、千鶴子！　熊野はすでに鎌倉殿の手の者が大勢いる。その点、十津川は山深く人の出入りが簡単じゃないから身を隠すにはうってつけだ。命を賭《と》してお守りするぜ！」

重信くんもひょろりのおじさんに便乗して、熱くなって叫んだ。
「鎌倉殿？」
思わず尋ねると、２人はがっくりしたように肩を落とした。
「……鎌倉にある政治機関のことだ。北条家が執権となって……」
ひょろりのおじさんは、落胆しながらもぼそぼそと教えてくれた。
鎌倉にある政治機関。北条家。
もしかして、鎌倉殿は鎌倉幕府のことかしら。
問いは、正しいというようにストンと心の奥に落ちる。
彼を追っているのは、鎌倉幕府の人間。
だとしたら、彼はなんのために戦をしているのかしら。
そんなことを考えていると、彼は私を見た。
じっと見つめ合ったけれど、私は一度頷いて視線を伏せた。
「……兵衛殿」
よく通る彼の低い声が世界に響く。
蝋燭の光が、藍の中でゆらりと彼を赤く染める。
「法師様、いや、これはお見苦しいところを……」
酔っ払ってべらべらと喋ったことを恥じるように、ひょろりのおじさんは頭を掻いた。
「それが私だとしたら？」
「え？」
冷たい藍が落ちてきて、周囲の時間が止まる。
張りつめた空気に、指先まで凍りついていく。
「帝の皇子。それが私だとしたら？」
その答えをひょろりのおじさんに求めているはずなのに、彼は私をじっと見つめる。

「私の名は、後醍醐帝《ごだいごてい》第三子、大塔宮《だいとうのみや》尊雲」

《それはある意味、諱だ》
呼んではいけなかったのは、その高貴さゆえ。

もし彼の名が鎌倉幕府に伝わったら、きっと幕府は追ってくるから。
後醍醐天皇。
私、現代で確かに学んだはずなのに、何をしたのか全く出てこない。
「そ、尊雲法親王《ほっしんのう》……」
熱に浮かされたように、重信くんが呟く。
彼は、依然私をじっと見つめていた。
「私は還俗する。この名も変わるがな」
私も貴方も、名前が沢山あるのね。
そう思って、小さく笑った。

「ヒナは、動じないのだな」
星を数えていると、背後から声をかけられた。
むせ返るほどの星が、深い藍の上で凍てついた光を放っている。
「……別に、私は貴方が何者だって構わないから」
私には、関係のないことだ。
私は、この時代から帰る。
貴方とは、出会うはずなんてなかったのだから。
「……ヒナが兵衛殿にけしかけるとは思わなかった」
彼は私の隣に立った。
その姿を見ると泣きだしそうになってしまうから、わざと瞳に映さないように空を見上げる。
「それを知りたがっているってわかっていたから。私から聞いたほうが、兵衛さんも本音を言いやすいでしょう？」
彼が黙ると、静寂が着物の隙間《すきま》から忍びこんで、心も体も凍てつく。
「……ヒナのおかげだ」
感謝する、と彼は続けたけれど、その言葉に酷く寂しくなった。
別に誉めてもらうために言ったわけじゃなくて、ただ私は……。
次の言葉が落ちなくて、黙る。
黙ったら彼も黙って、ただただ積もるように静寂が降ってくる。
１年、２年、５年、10年、100年……。

まるでこのまま700年の時が流れたかもしれないと思うくらい、沈黙のまま長い時間を過ごした。
「……濃藍《こいあい》」
彼が呟いたのを聞いて、現実を取り戻す。
「こいあい？」
顔を上げると、彼は優しく微笑んでいた。
「ああ。その名のとおり、濃い藍色だ。夜空の色」
彼から空へと視線を移すと、真っ暗ではなく仄かに明るさが滲む。
濃藍。
限りなく黒に近い藍色。暗い夜空の色。
「……私は……」
彼に突然腕を掴まれて、走った痛みで眉を歪める。
「私は、ヒナを……」
彼の強い視線から、逃れることができずに見つめ合う。
思わず息をするのも忘れた。
張りつめた緊張感で、膝が震えてくる。
「ヒナを……」
そっと彼の指が、私の頬に触れる。
広がる切なさに、もう堪えきれなくなる。
「大塔宮様！」
その声で現実を取り戻して、反射的に彼の手を振り払った。
心臓が、耳元で鳴っている。
「竹原殿がいらっしゃいました。是非お目通りいただきたいと」
濃藍の中からぼんやりと現れたのは、彦四郎さんだった。
「……ああ」
頷いて、彼は私から離れて光のほうへ向かう。
私は濃藍の中で、彼は光の中。
これが現実。
ただ私から離れていく、彼の背を目で追った。
「……雛鶴姫」

彦四郎さんは私の近くに立って、しばらく黙る。
この人も、濃藍の中か。
彼の影。ずっと傍で、彼を守ってきたのね。
「……私が申し上げることではないのですが、大塔宮様から身を引いていただきたい」
その言葉の意味を、瞬時に理解する。
「酷なことを申し上げているとは重々承知しておりますが、あの御方の全ては、改革のために動いていらっしゃいます。決してその崇高な志を貴女様のせいで台なしにされるわけにはいかない」
容赦のない言葉だったけれど、驚くほど私の心は静かだった。
諦めなのか、それともそれが一番だと心の底から思っているからなのかもしれないけれど、自分の心に尋ねても答えは出てこない。
「大塔宮様は、今まで女性をその身を慰《なぐさ》めるものとしか考えていらっしゃらなかった。なのに、貴女には執着していらっしゃる。確かにあの御方が高貴な御方だと知って、驚かなかった方は貴女だけだ。お傍に置きたいと願われるのもよくわかる」
そう言いつつも私では駄目だと言っているのは、ひしひしと伝わってくる。
私は身分もないし、彼の必要とする後ろ盾すらない。
「わかっています」
突然そう言った私に、驚いて彦四郎さんが目を見張ったのが闇の中でもよくわかった。
「わかっていますよ。私は彼のために何もならないことも、知っています。この数日、助けてもらっただけで十分です」
うたかたの夢だったたって、笑って済まそう。
この恋が本気になる前の今ならまだ、彼のことを忘れられる。
「ひ、雛鶴姫……」
「……落ち延びてきた皇子さま。つまり戦に負けたんですね？　そしてもう一度戦に出るために、彼の武力や財力になってくれる後ろ盾が欲しい。だから彼が選ぶのは１人だけ」

この小さな村で、女を２人も傍に置くことは身動きが取れなくなる。
突然現れた素性のわからない女よりも、自分の血の繋がった娘を彼の傍に置いて、全力で彼を支援したいのが親心。
今、ダルマのお父さんが彼を訪ねてきていて、それに合わせるように彦四郎さんが私に会いにきた。
竹原は、戸野と並んでこの地域一帯を治める家で、年頃の娘は１人。
全てを悟って、ふっと笑う。
「……雛鶴姫。貴女はもしや全て……理解して……」
濃藍。
何もかもその暗い色に包んで、なかったことにしてほしい。
この時代にタイムスリップしたことも、彼に出会ったことも、全て。

「……しげちゃんを、竹原滋子《しげこ》を、妻に迎えるんですね」

自分の口から落ちた言葉が、揺るがなかったことに驚く。
もう自分の中で決着がついているんだと気づいて、寂しくなる。
彦四郎さんは、慌てて私の足元にひれ伏すようにひざまずいた。
「も、申し訳ありませぬ!!!　貴女様の御身《おんみ》は、この私が責任を持ってお守りいたしますゆえ、ご安心くださいませ!!　私の親類に、お預けいたします!!」
「……結構ですよ。気を使わないで」
私は、鎌倉へ行って大和と暮らす。
鎌倉幕府。
そうしたら、いつか私は彼を殺そうとする人と恋に落ちたりするのだろうか。
そう思ったら、ようやく目頭が熱くなって涙が零れた。

旅の支度《したく》は私に全ておまかせくださいと彦四郎さんが言ってくれた。
とりあえず十津川を出て、大きい集落まで護衛をつけてくれることになった。

彼は、今朝から近くのお寺に行っている。
どうやら僧侶の身分から普通の人へ戻る儀式、還俗をするそうだ。
儀式自体は簡単なものだけれど、そのあとにお寺で穢《けが》れを落とすために何日間か掃除やら何やらをするらしい。
正直、彼がそんなことをやるなんて想像できなかったけれど、とにかく数日間彼は戸野に戻ってくることはない。
その間にここを出る手はずだったのに、雪が降った。
険しい山道を通るから、雪や雨だと身動きが取れなくなってしまう。
一刻も早くここを出て、何もなかったことにしたかったから、空からぼたぼたと落ちてくる雪を、少なからず憎く思った。
「よ、ちづ」
「……どうしたの？　朔太郎さん」
振り向かずに答えると、朔太郎さんは私の傍に乱暴に座った。
「殴っちまったよ」
呟いた朔太郎さんに、笑えてくる。
私だって、彼を引っかいたな。
「……しげ、ちづに申し訳ないって言って、泣いてる」
しげちゃんが悪いわけではないから、謝ることなんてない。
朔太郎さんをどんなに好きでいようと、親のきめた人と結婚すると言ったしげちゃんの強い声が蘇《よみがえ》る。
「私のことなんて考えなくていいって、しげちゃんに伝えて」
「俺もしげに会ってねえよ。正吾から聞いただけだ」
朔太郎さんも、もうしげちゃんに会えないのか。
「身分違いの恋なんて、するもんじゃねえな」
朔太郎さんの乾いた笑い声が、風に乗って儚く消える。
「……私の国はね、身分なんてないのよ。誰が誰と結婚しようとよくて、結婚相手は親じゃなく自分がきめるの。それってとても幸せなことだったのね」
私の時代では当たり前のことが、この時代ではままならない。
「そうなのか。ちづの国は、いいな」

いいな、の３文字が重すぎて、返事をする代わりに頷く。
「私、ここを出るよ」
突発的に湧き上がる涙に、唇を噛んで抵抗する。
それでも震える唇に、どうしようもなく切ない気持ちになる。
「いいのか？　大塔宮様が望めば、ちづも側室にしてもらえるだろ？」
「それは駄目よ。この小さい村だと混乱するわ。私は後ろ盾を持っていないから」
ううん。それは建前であって、本音はしげちゃんと彼を奪い合いたくない。
しげちゃんは、この時代の人から見ればおかしな私に、親身になって優しくしてくれた。
ここで安心して過ごせたのも、しげちゃんのおかげ。
それなのに、彼の冷たい手がしげちゃんに触れたと思うだけで、もうどうしようもないくらい嫉妬してしまう。
一夫多妻制を理解できない、現代人の私には辛いだけだ。
「千鶴子、出ていくんだって？」
突然戸を開け放したのは、重信くんだった。
「よ、重信」
「なんだ、いたのかよ、朔太郎」
確実に重信くんのほうが年下だと思うけれど、明らかに態度は上。
多分重信くんが、戸野家の息子だからだろう。
「まあな。傷心者は傷心者同士、慰め合うのが基本だろ」
「しげのことも知ってる。女は大変だな」
重信くんはずかずか歩いてきて、豪快に私たちの目の前に座った。
「朔太郎、帰れよ」
何がなんだかわからないまま、朔太郎さんは舌打ちして出ていった。
「十津川から出ていくのかよ？」
「うん。私がいるといろいろ面倒なことが起こりそうだから」
「大塔宮様に、一言も言わずに？」

その問いに、ふっと微笑む。
明日雪がやんだら私は出ていって、彼が気づいた時には遠くにいる。
彼は明日もお寺だから、もうきっと二度と会えない。
この村にいるから簡単に会えるのであって、普段はあまりに彼が高貴すぎて、その姿を目に映すことさえできないはず。
「好きなんじゃねえのかよ」
黙っていたら、重信くんは強い口調で言った。
胸の奥で明確に叫ぶ答えに、泣きだしそうになって堪える。
泣き顔なんて重信くんに見せたくなくてかばうようにして俯くと、重信くんはそっと私の髪を撫でた。
「黙ったまま出てくとか、千鶴子らしくねえよ。確かに昨日しげを側室にって話が出たんだ。俺もその場に同席してた」
逃げ出そうとする気持ちを、その言葉が繋ぎとめる。
「確かに俺やしげの家、戸野と竹原はここら一帯の豪族だ」
「豪族？」
「豪族ってのはな、土地や金や兵を持っていて、例えば十津川一帯っていうように、その地域の支配権を持った一族のことだ」
重信くんは、自慢げに笑う。
「戸野の跡取りが俺。竹原の跡取りが正吾。十津川は、ゆくゆくは俺と正吾のもんだ。けどな、所詮《しょせん》はここら一帯」
首を傾げると、重信くんは不敵に笑う。
「日本は広いってことだ。大塔宮様は、紛れもなくこの日本の頂点の一族。いくら後ろ盾が必要だからってな、こんな小さい村の豪族なんてたかが知れてら。別にここが戦の要所でもねえ」
重信くんは、突然私の頭をはたいた。
「痛いっ!!」
「大塔宮様から見れば、俺たちなんてカスだ。カス。後ろ盾がなくても、大塔宮様はいいって言うさ。くよくよ悩むな」
重信くんが、私を元気づけようとしてくれているのが伝わってくる。
その頬が赤くて、胸が詰まる。

「……あ、ありがとう」
お礼だけ言って、あとは笑ってごまかした。
重信くんの言うとおりだとしても、私は出ていく。
きっと今出ないと、彼の傍を離れられなくなってしまう。
意地だわ。
そう思って、雪の落ちる微かな音に耳を傾けた。

翌日は、朝から快晴だった。
今日から屋根のある所で眠ることもできないかもしれないのに、一睡もできなくて、ただ雪がやむのを見ていた。
このまま降り続くのを、ほんの少し望んでいたりしたけれど、期待を裏切ることなく、夜が明ける頃には雪はやんだ。
彦四郎さんが用意してくれた、旅の時に身につける旅装束《たびしょうぞく》を着た。
その鮮やかな赤は、私の心の内を表に出したような唐紅だった。
「雛鶴姫」
部屋を出ると、光の中に誰かが立っている。
逆光でその顔が上手く見えないけれど、その声ですぐにわかる。
「……片岡さん」
「ああ。俺が送っていこう」
表情を崩さずに、淡々と片岡さんは言った。
「先に矢田彦七《やだひこしち》という者が、道の様子を見にいっている。あんたの護衛は俺たちでやる」
矢田彦七。確か片岡さんといつも一緒にいる人だ。
話したことはあまりないけれど、片岡さんを先輩と慕っている人。
「ありがとう。貴方たちだって彼の傍にいたいだろうし、適当なところまででいいわ」
「……なぜ姫はそんなに落ちついている？」
不意に投げかけられた問いに、思わず目を見張る。
「大塔宮様のことを、好いているのだろう？　だったらなぜ、こんなに簡単に了承するんだ？」

歩きだした片岡さんのあとを、ふらふらとついていく。
「……まだ現実感がないの」
彼の元を離れることも、十津川から出て鎌倉まで行くことも、ましてタイムスリップしたことすら、全て現実感がない。
「のんきなもんだな」
「……のんきくらいがちょうどいいのよ」
「気づいたら、現実を取り戻したら、もう全てが終わっているように？」
「……ええ」
頷くと、片岡さんはそれ以上口を開かなくなった。
まるで私を留めようとするように、溶けかかった雪が足を取る。
いや、そう思うのは私の願望だ。
どこかしらまだここにいたいと、望んでしまうから。
「……皆、姫を好いていたんだぞ」
聞き逃してしまいそうなくらい小さな声で、片岡さんは呟いた。
押しこめていた感情が息を吹き返して、泣きだしそうになる。
「あり……がと」
落ちる言葉と同じように、感情もバラバラだ。
帰りたいとか、帰りたくないとか、ぐらぐら揺れて心が定まらない。
「『雛鶴姫』と呼んでいたのも、皆、姫を認めていた証拠だぞ」
「え？」
雛鶴は、彼が適当につけた意味のない名のはず。
「大塔宮様からお部屋を賜《たまわ》る女性は、我々にとっても忠義をかける御方。そのような御方の名を、呼ぶことなど許されない」
大塔宮様からお部屋を賜るっていう意味がはっきりとわからなかったけれど、おそらく彼の恋人とか奥さんという意味だろう。
確かに彼の仲間の人たちは私を本名で呼んだことはなく、いつも『雛鶴姫』だった。
それは私を彼の恋人として、認めてくれていたのかしら。
「俺たちにとって姫は、紛れもなくお守りするべき御方だ」

片岡さんは足を止めて、ふっと笑った。
「あんたが、何者であってもな」
脇道に残る真っ白い雪が、朝日に反射して煌く。
その光が私の瞳を貫くから、痛くて涙が止まらない。
十津川で過ごしたこと、本当に楽しかった。
驚くことばかりだったけれど、それでも彼に出会えたことが、今まで生きてきた中で最大の、一番の衝撃だった。
「……もう私を『雛鶴』って呼ぶ必要はないよ」
もう私は敬ってもらうような存在じゃない。
片岡さんはもう一度足を止めたけれど、振り返ることはない。
その広い背を、ただ見つめる。
「姫が死ぬまで、俺にとって姫は『雛鶴』だ」
きっぱりと言い切ったその潔さに、また涙が溢れた。
「……村上殿を恨むなよ。あの方は、大塔宮様が全てで動いている。大塔宮様のためなら、その命を進んで投げ出すような人だ。姫のことを憎んでいたわけではない」
「わかってるわ」
彦四郎さんを恨むなんてことは、決してしない。
あの人も、彼を信じてやまない人なのだろうから。
「雛鶴姫！」
その声に振り向くと、走ってきたのは彦四郎さんだった。
私の傍まで走ってきて、勢いを殺すことなくひざまずいてひれ伏す。
「貴女様をこのような目にあわせてしまい、誠に申し訳ございませぬ!!」
額が泥についてしまいそうなくらい、下げてくれる。
「か、顔を上げてください」
その激しさに動揺して、声が揺れる。
「ありがとうございます。心配してもらって嬉しいです」
私は普通の、ごく普通の女子高生だった。
人に敬ってもらう立場なんかじゃなくて、恋の一つもできずに、ただ毎日淡々と家事をこなして生きていくような人間だった。
タイムスリップしなければ、こんな風に自分以外の誰かのために、命をかけるような人たちと出会うことなんてなかっただろう。
彦四郎さんの腕を引いて、立ち上がらせる。
「私のために泥まみれになってしまいますよ。それよりも、大塔宮さまのために、泥まみれになってください」
「は、はいっ!!!」
にっこり笑う。
引き際は美しく、誰よりも綺麗に起《た》とう。
私のことはすぐに忘れて、心の全てを彼に傾けられるように。
「片岡さん、行きましょう」
私たちは、その場を離れて歩きだす。
彦四郎さんは私を見つめたままで、追いかけてはこない。
「……本物の姫様みたいだったぞ」
呟いた片岡さんに、微笑む。
そんなものになれやしないとわかっているけれど、嬉しい。
「姫が、大塔宮様よりも私に先に出会っていればよかったのにな」
「やだ、片岡さんでしょ？　一番初めに会った時に『誰だ？』って睨みつけたの」
片岡さんは少しだけ振り向いて笑った。
「……あれほど姫は狼狽していたのに、私だと気づいていたか」
私も笑う。
片岡さんのことも、きっと死ぬまで忘れないわ。
「ここから、山道になる。険しいから足元には十分気をつけろ」
山道どころじゃなくて、断崖《だんがい》絶壁。
けれど、もう戻らないときめて、足を前に出す。
その瞬間、声が聞こえた。
鎌倉で、私を呼んだ声と同じ声。
耳元で鳴る、あの声。
思わず振り向いたけれど、その声の主を見つけることはできない。

ただ彦四郎さんが離れた場所で、私を心配そうに見つめている。
気のせいかしら。でもそんなことは……。
「雛鶴姫？」
歩きだそうとしない私に、声がかかる。
「どうかしたのか？」
「声が……。声がしたような気がしたの……」
呟いた私に、片岡さんは耳を澄まして辺りを見回す。
「……何も聞こえないな。ほら、行くぞ」
行きたくない願望が、どこかで叫んでいるのかしら。
前に向き直って足を前に出す。
けれど、声が、

「ヒナっっ!!!!!」

声が、聞こえる。
700年。
私は2010年の東京で、貴方は1331年の十津川で。
私から見れば、貴方はもうすでに死んでいる存在で、貴方から見れば、私は生まれてくるかどうかもわからない存在。
果てしない時間という壁が、私たちの間にある。
『私を忘れたのか？　腹が立つ。700年も、待ったというのに』
鎌倉の鳥居の前で、冷たい左手が言った言葉。
700年も長い時の中を、たった１人で私を待っていてくれたのかしら。
「ヒナっっ!!!」
その足が白い雪を蹴散らすのと同時に、私の心拍数を上げる。
散った白に反射する光が、私の瞳を貫くから痛くて堪らない。
駆け上がってくるその姿から、慌てて目を離して前を向く。
「片岡さん、行って。先を急ぎましょう」
「しかし……大塔宮様が……」

「だったらここでいいわ!!　あとは１人で行くから!!」
悲鳴に近い声を上げて、片岡さんを押しのける。
「雛鶴姫!!」
絶対に、駄目。
彼に会ってしまったら、決意なんて簡単に崩壊してしまう。
込み上げる涙のせいで前も見えず、足が開かない着物のせいで、上手く走ることもできない。
「ヒナっ!!」
「来ないで！」
その声の大きさで、もう傍まで追ってきていることがわかった。
「待て、ヒナ！」
「なんで追ってくるのよ！」
走りながら叫ぶと、声が揺れてちゃんと伝わっているか不安になる。
このまま鎌倉に行って、貴方のことなんて忘れて、帰れないのならば静かにこの時代に同化したかったのに。
あ、と思った時には強い力に攫《さら》われて、脇に残る白い雪の上に体が投げ出される。
瞳に映った銀の光が伸びた瞬間、怖くなってぐっと目を閉じる。
ごろごろと斜面を少し転がって止まった。
恐る恐る瞼を開くと、空が美しい青で満ちている。
「行くな」
囁くように響いたのは、そんな単純な言葉。
私の体をかばうように伸びた大きな手に、力がぐっと籠もる。
相変わらず、冷たい手。
この背に広がる雪と、同じくらい冷たい。
「行くな、ヒナ」
山を駆け上がってきたせいで、彼の息が荒い。
私も全力疾走したせいで、酸素を求めるばかり。
互いの息が空の青を溶かすように真っ白く染まる。
白く白く、純白に、ただただ白に染まる。

「ど、どうして追いかけてくるのよお……」
涙で語尾が崩れる。
溢れ出す熱さが、凍りついた心を溶かす。
追いかけてきてほしくなかった。
いいえ、来てほしかった。
胸の内がぐちゃぐちゃになって、ただもう苦しい。
「……言っただろう。ヒナをここに呼んだ意味がわかった、と」
彼が体を起こすと、雪が軋んで悲鳴を上げる。
その音が私の心も軋ませる。
「全てを捨てろ」
彼の強い瞳が私の瞳を射って、息を呑む。
その冷たい指先が、私の頬を走って涙を拭う。
「ヒナの時代を、捨てろ」
私の時代を、捨てる？　それは……。
「……この時代の人間になるのだ」
彼は瞳を揺らして呟いた。
2010年ではなくて、1331年の鎌倉時代の人間になる？
「元の時代になど帰したくない。誰にも渡したくない。だから私と共に生きろ」
私の17年間の全てと引き換えに、貴方と生きる？
締めつける胸の痛みから逃れたいけれど、逃れられない。
「駄目……。私、貴方のためになるようなもの、何も持ってないわ。貴方の役に立つことだって……できない」
彼はそっと私の髪を撫でる。
その瞬間、髪の先まで彼の熱が移ったように燃え上がる。
「私のためになるようなものなどいらぬ。役に立たなくてよい」
「だっ、だって……しげちゃんだったら貴方を助けられる！　十津川の後ろ盾だってあるわ！　私、嫌だから！　しげちゃんと一緒に貴方の側室になるだなんて……」
そこまで言って、一途《いちず》に想ってくれなければ嫌だと言っているようなものだと気づいて、口を閉じる。
それはもちろん嫌だけど、沢山側室を作ることが立派な務めだと言った彼には、よくわからない感情だと思う。
「別に滋子を私の側室に入れてまで、十津川が欲しいわけではない。本当に欲しいのならば、実力で奪い取ればいいことだ」
「え？」
「私を見くびるな。帝の皇子だぞ？　ヒナが竹原の娘ならば、喜んで承諾したであろうがな」
瞳を揺らすと、彼は不敵に微笑んだ。
重信くんが、彼にとっては些細なことだって言ったのを思い出す。
「私が本当に欲しいのは、ヒナだけだ」
彼の背に広がる、青い空が目に痛い。
心臓が、壊れそうなくらい大きく鳴っている。
「……私と共に生きるということは、きっとヒナも苦労をする。けれど私の全てで、ヒナを護ると約束する」
不幸になるよ、と言った大和の声を思い出した。
けれど、もう心が震えて溢れるこの感情に抗えない。
「だから……だから元の時代よりも私を選んでくれ。親よりも、兄弟よりも、ヒナの時代よりも、私を」
彼の瞳が、苦しそうに歪む。

「好きだ、ヒナ。傍にいてくれ」

唐突に落ちた赤い言葉に、はっと息を呑む。
彼の瞳に、雪の白が反射して灰白に映る。
貴方の、色。
この時代で彼の隣に骨を埋めるまで、共に生きていけるのかな。
何もかも不可思議なこの時代で、貴方の色に染まって生きていきたい。

「……うん」

頷くと、彼は動揺して瞳を揺らした。
狂ってしまいそうなくらい、この人が愛しいと思う。
現代を、忘れたわけじゃない。
帰りたいと強く思うのは本当だけれど、彼と共に生きたい。
「ヒナ……」
全てと引き換えても、この恋だけは手放せなかった。
もしもこのまま彼と別れて元の時代に帰れたとしても、きっとものすごく後悔する。
「貴方が、大好き」
呟いた声が、十津川を包む深い緑に滲んで響く。
冬でも色の変わることのない永遠に深い緑に、彼を好きだと思う気持ちは永遠に変わらないと誓う。
現代にいる家族に、こんな私を許してほしいなんて言えない。
恨まれたとしても、いい。
特に、大和。
ごめんなさい、私はどうしても彼と生きたい。
彼の瞳の奥から湧き上がってくる透明な雫《しずく》を見つめる。
パタパタと音を立てて私の上に降る温かさに、切なくなる。
そっと涙を拭うと、彼は呟いた。
「泣くつもりなどないのだ……」
人前で泣いたことなどないと、頬を赤く染めて抗う。
冷たい手が、私の指を取る。
涙の代わりに降ったのは、貴方の優しいキス。
この後何が起ころうと、最期まで絶対にこの手を離さない。
どこまでも追っていく。
私の、灰白の狼を。

戸野に戻ると、しげちゃんが待っていてくれた。

どうやら彼は私を追う前に、しげちゃんとダルマのお父さんに、私を選ぶことを言ってくれたみたいだった。
しげちゃんは私を見るなり大泣きして、よかったと抱きしめてくれた。
その涙を見て、この時代に残ることをきめたのは夢じゃないともう一度理解する。
その真の意味を、私はわかっていないわけではない。
後悔は、絶対にしない。
不安はあるけれど、それは緊張と恐怖であって絶望と悲観ではない。
しげちゃんは私に、真っ白い着物を着せてくれた。
彼の部屋へと続く廊下を踏みしめるたびに軋む床板が、切なさを湛える。
世界は藍に満ちている。
濃藍。
その中で自分の息だけが、この着物の色と同じように、一点の混じりもなく、ただ白く染まっていた。
音も立てずに戸を開く。
あまりに静かだったから、まだ来ていないだろうと思ったのに、彼は机に向かって何か読んでいた。
「ひっ……！」
思わず悲鳴を上げかけて、思いきり呑みこむ。
彼はそんな私に、眉を歪めた。
「……なぜ悲鳴を上げる」
「だ、だって気配がしなかったから、まだ来てないと思ったのよ！」
まさか緊張しすぎて驚いたなんて言えない。
思ったよりも私全然駄目だと思ったら、もう一気に崩れてしまう。
「しばし待て」
短く彼は言って、また本に視線を落とす。
しばし待てって、どうせだったらわけのわからないまま、一気に終えてほしい。
静かな部屋に、自分の心臓の音が響く。
彼に聞こえてしまいそうで嫌だと思ったけれど、止められない。
ガタガタと手が震えてくるから、気を紛らわそうと思って彼の姿を目に映す。
そうやって彼を見ていたら、不思議と心が落ちついてきた。
「……何を読んでいるの？」
尋ねると、彼は私を見て眉を歪ませる。
「傍に」
短く言って、促す。
どうやら遠くに座っていたのが気に入らなかったらしい。
一瞬躊躇したけれど、抗うのもおかしな話だから、彼の傍に座る。
「……『長恨歌《ちょうごんか》』。知っているか？」
「何それ」
聞いたことがあるような気がしたけれど、考えても思い出せないのはわかっていたから諦めた。
「漢詩だ。長恨歌を書いた白居易《はくきょい》は唐《とう》の時代の詩人だ」
「漢詩なら、杜甫《とほ》や李白《りはく》なら知ってるわ。杜甫も李白も好き」
歴史は大嫌いだったけれど、国語は、好きだったのよ。
漢詩は、ただ純粋にその詩の美しさに惹かれた。
「うむ。私も好きだ」
彼がにっこり笑った瞬間、世界がぐらりと揺れた。
こんな無防備な笑顔を見たのは初めてで、酷く動揺する。
「長恨歌は、唐の玄宗《げんそう》皇帝と楊貴妃《ようきひ》の悲恋の歌だ。知っているか？」
「２人のことは知ってるわ。楊貴妃に溺れたせいで皇帝が政治をしなくなっちゃったってお話でしょう？」
確かあまりに政治をしないから反乱が起こって、全ての元凶である楊貴妃が殺されてしまうんだった。
歴史は嫌いだったけれど、楊貴妃と玄宗皇帝のことは覚えている。

「よく知っているな。ヒナはよく学んだのだな」
私の努力ではないと思う。
私の時代の人は、漢詩も問答無用で学んでいたから。
「……長恨歌は、あまり知らないわ。教えて」
照れくささをごまかすように頼むと、彼は笑った。
「……唐の皇帝である玄宗はな、世の美姫《びき》を求めて多くを傍に置いていたが満足できずにいたのだ」
「最悪な皇帝ね。何人女の人を傍においていたのよ」
「この後の文からすれば、3000人」
それを聞いて、3000人ですって?!と、叫びそうになる。
彼は相当な衝撃を受けた私に気づいて、声を上げて笑った。
「とにかく世界で一番美しい姫をずっと探していたのだ。そしてそれに違わぬほど美しい楊家の娘を手に入れた。それから皇帝は楊貴妃にのめりこんで政治をしなくなったのだ。無論、世は乱れた」
美しい楊貴妃に、身も心も溺れきってしまった。
それは、王ではなくただの男の人。
「そしてこのことをよく思わない者が反乱を起こした。安史《あんし》の乱だ。それによって皇帝は宮殿を逃げ出した。乱を鎮めようとするが兵たちは動かず、楊貴妃を亡き者にしてくれと迫った。とうとう皇帝は兵をなだめるために楊貴妃を殺す許可を出すのだ」
じっと彼は私を見つめる。
「……楊貴妃が死に反乱が治まると、皇帝は以前のように都に戻ったが、楊貴妃のことを狂おしく思ってばかりいた。そんな時、天上の国——仙界という場所で楊貴妃を見つけたのだ。皇帝がではなく、その仙界まで行くことができる道士がだけれどな。その道士に楊貴妃は皇帝との思い出の品と、伝言を伝えてほしいと頼んだ」
彼は本に目を落とす。
「……今は天の上と人間界との間に２人は別れているが、お互いの心が螺鈿《らでん》の小箱や金の簪《かんざし》のように固いものであるならば、もう一度会える日が来るだろう」

今は、天の上と人間界と、1331年と2010年と、別れていてもきっと会える。
この後いつか貴方が死んでから、私が死んでから、700年。
貴方はもう一度会えると信じて待っていてくれたのかしら。

「天に在りては、願わくは比翼《ひよく》の鳥と成り、地に在りては、願わくは連理《れんり》の枝と成らんことを」

そっと彼の瞳が戻ってきて、ぼたぼたと散る私の涙を拭ってくれる。
「比翼の鳥とは何か知っているか？」
「し、知らない……」
「２羽の体の片方ずつがくっついてしまって１羽になった鳥のことだ。互いの気を合わせないと飛ぶこともできぬ。連理の枝は、２本の木の枝が重なって、一つにくっついてしまったことだ。自然界では稀《まれ》にある」
想像してみて、少し笑う。
例えばそっと重ねた手がくっついてしまって、お互いが同じことを考えていなければ何もできないのと同じだと思う。
きっと貴方は家事なんて何もしないだろうし、私は写経や読経なんて退屈だと思うのよ。
「……この身が滅んで、私たちが天へ召されたら、羽が片翼しかない鳥になろう。互いが存在しなければ、飛べない鳥へ」
彼は口語訳をしながらそっと私の頬に口づけをする。
唇を離して、探るように目を開ける。
「もしも天から地上へ戻されたら、枝が重なり合ってくっついてしまった２本の木になろう」
彼は私の肩に腕を回して抱きかかえる。
私も彼にしがみつくようにその背に腕を回す。
胸は高鳴るけれど、怖くはない。
大丈夫。

そっと褥の上に下ろされた瞬間、背に広がる柔さに胸が張り裂けそうになる。
「比翼の鳥も連理の枝も、仲の睦《むつ》まじい夫婦のことを指す言葉だ」
魂の、片割れ？　それよりも夫婦？
そうか側室って私、この人と夫婦になるのか。
「その言葉は、来世《らいせ》でもそのまた来世でも、とにかく永久に必ず出会って夫婦になるという誓いなのだ」
次の世も、その次の世も、いつの世でも、何度生まれ変わったって、こうやって生まれる時を間違えても、この世の理《ことわり》を歪めてもずっと。
「……私はヒナと、生まれ変わってもそのようなものになりたい」
氷のような冷たさの奥に眠るのは情熱的な唐紅。
「……馬鹿ね」
「いたって真剣だぞ？」
笑った私に、少し眉を歪めて彼は言う。
「そんなものを誓い合わなくたって、きっと来世でもそのまた来世でもいつの世でも、きっと私は貴方に恋をする」
前世でもきっと、私は貴方に恋をしたはずだから。
息が止まるくらいの長いキスは、頭の中を甘さで満たす。
「……ヒナが、愛しくてたまらぬ」
彼の長い指が、私の帯にかかる。
乾いた音を立てて、その結び目がゆっくり解けていく。
同じように、緊張していた心もゆっくり解ける。
「かわいくて、たまらぬ」
「だ、大塔宮さま……」
上がる息の中で、思わず彼を呼ぶ。
「宮様などと呼ぶな」
「……え？」
「護良《もりよし》でよい」
彼は私をじっと見つめる。

「それが私の名」

大塔宮護良親王。

それが貴方の本当の名。
でも、駄目。
頭の奥がぼんやりして、覚えることすらままならない。
だから、忘れてしまう前に口に出す。
「護良さま……」
呼び捨てにはできなくて、でも『さん』づけもしっくりこなくて、結局そう呼ぶ。
彼が、嬉しそうに笑った。
「あ、明かりを……消して」
彼は傍で揺れる炎を吹き消す。
その瞬間、唐紅の光から濃藍に転じる。

「好きで、たまらぬ。千鶴子」

この声、この手。
私の、半分。
比翼の鳥と、連理の枝。
どちらも、互いがいなければ生きることもできない。
私もきっと貴方がいないと何もできなくなる。
そういうものであればいいと、浮かされる世界の中で考えた。
全ては濃藍の中に沈む。
私にはその音の響きが、どうしても『恋』と『愛』にしか聞こえないのだけれど。

消炭色

《目を開けたら、そこは異世界だった》
なんていう、ベタなフレーズで始まるSF小説を思い出す。
まさにそれだと思って、笑って目を閉じる。
「……おぬし」
もう少し、眠らせてほしい。
酷く体が重くて、こんなにも疲れきっているのは久しぶりなんだ。
「おぬし、こんな場所で眠っていたら死ぬぞ。しかもにやにやと笑っているとはおかしなことだ」
耳元で響いた言葉に、跳ねるようにして起きる。
まだうまく働かない頭に飛びこんできた声は、お寺のお坊さんだった。
「大丈夫か？　おぬし、どこから来たのだ？」
「東京……」
尋ねられたから答えたのに、お坊さんは眉をひそめて俺を見つめた。
「とうきょう？」
尋ね返されたのを聞いて、え？と思う。
「東京だよ。首都だって」
「とうきょう？　しゅと？」
繰り返して、お坊さんはさらに瞳まで歪める。
「住職！　どうかなさいましたか？」
「ああ、おかしな小僧を見つけたのだ」
もう１人若いお坊さんが来て、俺をまじまじと見つめる。
なんだよと思っていると、２人は顔を見合わせた。
「おぬし、名はなんという？」
「え？……さ、桜井大和」

「やまと、か。国の名など、大層な名だな」
あとから来た、若いお坊さんが笑った。
何か、おかしい。
そういえば俺、家族と一緒にいたはず。
「姉ちゃんは?!」
「ほ？」
ご住職と呼ばれたほうのお坊さんに向かって乱暴に怒鳴る。
けれどその人はたいして動じずに、俺をまじまじと見つめるだけ。
「姉ちゃんだよ!!!　傍に！　傍にいなかった?!!」
「姉ちゃん？　姉のことか？　おぬしの傍には誰もいなかったぞ」
誰も、いない？
その瞬間、一気に全てを思い出す。
自分の右手を見つめて、何も掴んでいないことに絶望する。
あの時、姉ちゃんは手首から先だけしかない手に連れられて暗闇の中に落ちた。
そして姉ちゃんを掴んでいた俺も、同じようにその闇の中に落ちた。
あの手は一体なんだ？
それよりも、ちづ姉は？
まだ自分の右手に、姉ちゃんの熱が残っているようで、どうしようもなく寂しくてやるせない気持ちになる。
「おぬし……一体どうしたのだ？」
住職が心配そうに俺を見つめるけれど、その問いに答えることなく勢いよく立ち上がる。
「姉ちゃん!!!!」
乱暴に枯葉を踏みしめて、辺りを捜す。
もしかしてまだどこかで倒れているかもしれない。
「ちづ姉っっ!!!!」
どうやら山の近くにいるらしく、張り上げた声が二重三重になって自分に返ってくる。
ただ募《つの》る不安が首を絞めて、俺を急かす。

「姉ちゃん！　どこにいるんだよ!!!　返事しろよ!!!」
何回振り返ってみても、何回声を振り絞って叫んでみても、聞こえるのは自分の張り上げた声だけ。
「姉ちゃ……」
突然広がった景色に、足が一歩も動かなくなった。
小高い所に立っているせいか、辺りが一望できる。
目の前に広がる世界にビルは一つもなく、背の高い建物がない。
あったとしても、塔。
修学旅行で京都に行った時に見た五重の塔に似たものばかりで、近代的なものが何一つない。
どんなに目を凝らしても、不自然な世界が広がっている。
突然、膝がガクガクと震えだした。
立っていられなくなって、その場に崩れ落ちる。
「大丈夫か?!!」
後ろから駆け寄ってくる音がしたけれど、ただ目の前に広がる景色を食い入るように見つめていた。
そういえば、寒い。
さっきまで夏だったはずなのに、セミの声一つしない。
「おい、大丈夫か?!」
ここは、どこだ？
震える唇から漏れるのは、嗚咽だけ。
心よりも体は素直だ。
深い絶望への反応もできている。
ただ、心だけがいつまでも抗う。
姉ちゃん、助けて。
ここは一体どこなのか、誰か俺に教えてくれよ。

「……落ちついたか？」
こくりと頷く。
あの後、引きずられるようにして寺の中へ連れていかれた。

玄関に並んでいる靴が、草履《ぞうり》や下駄《げた》だけだったのを見て、さらに落胆した。
何もかもおかしい。
2010年だったらあるものがない。
例えば、電線が１本もないし、車も走っていない。
テレビもラジオも時計も、およそ機械と呼べるものが一つもない。
「こ、ここってどこですか？」
「どことはまた妙な。鎌倉じゃよ」
「か、鎌倉……」
俺は2010年の鎌倉に確かにいた。
同じ鎌倉だけど、違う鎌倉？
その答えを薄々勘づいているのに、どうしても認められない。
「鶴岡……鶴岡八幡宮は？」
「すぐじゃ。ここから歩いてもそうかからんぞ」
「じゃあ、この近くに、白い鳥居の神社はある？」
「白い鳥居？　長いことここに住んでおるが、聞いたことがないのう」
熱が、ストンと音を立てて落下する。
白い鳥居の神社まで、鶴岡八幡宮から歩いて約10分くらいだった。
歩いてもそうかからない距離に鶴岡八幡宮があるなら、あの白い鳥居の神社だって、確かにこの近くにあるはず。
白い鳥居なんて珍しいし目立つはずなのに、聞いたことがないってやっぱり……。
「おかしなことを聞くけど……、今って何年？」
尋ねた瞬間、手が震えていることに気づく。
５秒後の世界すら想像できなくて怖い。
「……元弘元年の師走じゃよ」
元弘元年。師走。
「どうしたのじゃ？」
俺、目が開いているのかわからない。

瞼は開いているはずなのに、見えるのは闇だけ。
「元弘元年……。1331年……」
元弘の乱が起こった年だ。
つい最近受験勉強で、その時代を勉強したから頭に入ってる。
大学教授である父さんの研究している時代は、まさにこの時代。
父さんの持っている研究書や歴史書も、数多く読んだ。
鎌倉時代末期。
そして南北朝時代に突入する、時代の分かれ目。
南北朝時代は日本史の中で、最も混沌としてわかりにくい時代。
天皇家の二分化で、戦後まで研究が一切行われなかったタブーの時代。
だから史実といえるような史料や研究書が、他の時代に比べて極端に少ない。
強く瞼を閉じて考える。
現実を拒否したまま、ずるずる生きていけるわけがない。

タイムスリップ。

そんな非科学的なこと、信じられるわけがない。
皆、俺を騙しているんだ。
ああそうだ、悪い夢だ。
くだらないSF小説だと思って、ただ笑った。

何度も夜中に目が覚める。
そのたびに部屋の景色を確かめてみるけれど、1331年のまま。
住職は俺の素性を探ることはなく、「気兼ねせずにいくらでもここにいればよい」と言ってくれたから、そのまま居座っている。
行く場所がなかったのと、ここを出て１人で生活できる自信もなかったから、そのままこの寺で数日を過ごした。
昼間はとにかく鎌倉中を歩き回った。

そのたびに吐き気がして、時折草むらに駆けこんで胃の中のものをそっくりそのまま吐き出した。
歩いても歩いても、何もわからない。
わかるのは、2010年の欠片なんてどこにもないということだけ。
人も町並みも、何もかも真逆だった。
鎌倉はどういうわけか獣の匂いが充満していて、あちこちで土佐犬のような大型の犬が、激しく吠《ほ》えている。
ここは鎌倉か？と疑うけれど、少し歩くと見える鶴岡八幡宮の朱塗りの赤が、紛れもなく鎌倉だって証明している。
立ち止まって、そんな世界をぼんやりと瞳に映す。
着物も刀も不便さも、かつて日本人が全て捨てたものなのに、どういうわけか俺は、そんな捨てたはずのものの中にいる。
鶴岡八幡宮も、新しかった。
鶴岡八幡宮はこの時代よりも数百年前の源頼朝や、その子供たちの歴史の舞台になった場所。
もちろんこの時代にも存在するけれど、その美しい色合いが、2010年に見たものとは全く違う。
朱塗りの赤が瑞々《みずみず》しさを湛えていて、若干、建物の配置も違っていた。
ただ住職が言ったとおり、あの白い鳥居の神社だけはどうしても見つけられなくて、それがさらに絶望感を誘う。
何時間経っても、何日経っても、鎌倉の光景は変わることはない。
けれど一縷《いちる》の望みをかけて、俺は今日も鎌倉を歩きまわっている。
ふらりと辿《たど》り着いた川沿いに座りこんで、休憩する。
川岸に立つと、自分の顔が水面《みなも》に映った。
一瞬それが誰かわからなくて、呆然と見つめる。
けれど、意識の端で自分だったと気づいて愕然とする。
痩《や》せたと、思う。
元々太っているほうじゃなかったけれど、さらに痩せて頬がこけた。
そんな自分の姿を見ていると、途端に涙が込み上げてきた。

帰りたいと、心の底から思う。
鎌倉を歩きながら、同時に姉ちゃんを捜しているけれど、姉ちゃんが鎌倉にいるのかすらわからない。
いや、この時代にいるのかすら……。
ぐらりと揺れてそのまま倒れこみそうになるけれど、踏みとどまる。
苦しい、悲しい、辛い、切ない、寂しい。
全ての負の感情が、俺の上に圧《の》しかかってきている。
どうにもできない自分が、悔しい。
「そのように泣いては駄目だ」
唐突にそんな声が正面から聞こえてきて、顔を上げると川の対岸に男が１人座っていた。
烏帽子《えぼし》という黒い縦長の帽子を被っている。
まだ若くて、おそらく20代半ばといったところだろうか。
「……あんたには俺の辛さなんてわからないよ」
「確かにわからんな。おぬしも俺の辛さなどわからないだろう」
それはそうだ。
理解したいとも思わないし、この時代の人間に関わりたくもない。
「悩みなんぞ、犬に食わせてしまえばいい」
男は豪快に笑って、仰向けになった。
「……そういえば、犬が多いな」
なんなんだこいつと思ったけれど、思わず呟く。
「犬あわせがあるからな」
遠くでまた犬の鳴き声がする。
その声に合わせて、頭の中をフル回転させる。
「……北条高時《たかとき》……」
そうだ、思い出した。
「お、おい、呼び捨てになどするな」
勢いよく男は起き上がって、俺に向かって怒りだした。
北条高時は、将軍？　いや、執権だ。
将軍を助けて、政治などを取りまとめた、鎌倉幕府最高位。

源頼朝の子供たちが相次いで暗殺され、源氏の将軍が絶えてしまってからは、京都の天皇家や貴族たちから将軍を迎えていた。
けれどそれは形ばかりの将軍だったから、政治能力がない。
だからその将軍の代わりに政治を執り行うのが、執権の役目だった。
北条高時は、その執権職。
いや、1331年はもう執権職から離れていたと思う。
「今の執権職は北条守時《もりとき》？」
こいつが鎌倉幕府最後の執権職。
普通は執権職は１人だけれど、執権職を補佐する人間をもう１人置いて、それを連署《れんしょ》と呼んだ。
そうだ。北条守時の連署が、１代前の執権の北条高時。
北条守時は、高時が病で執権職を退《しりぞ》いたことで起こった後継争いを収めるために執権になっただけで、実際は守時の連署になった北条高時に、政治の実権を握られていた。
つまり実質的に、この国の政治を動かしているのは北条高時。
犬あわせ、つまり闘犬は北条高時の趣味だから、鎌倉武士たちもこぞって闘犬にのめりこんでいる。
「……北条高時は、この国を滅亡させるよ」
呟いて、笑う。
俺は歴史を知っている。
このあと、どう鎌倉幕府が破滅していくのかも、全部。
「こ、小僧……なんてことを……」
みるみるうちにその男の顔が青くなる。
「高時の趣味は闘犬に、酒に、女遊びに、田楽《でんがく》っていう歌と踊りだよね。国を滅ぼしたってしょうがないよ」
連署として執権職を補佐するという地位についていても、毎日遊んで暮らしている。
それが天皇家や貴族たちの政権奪還への動きに拍車をかける。
高時自身が執権職に就いたのがまだ幼かった時で、そのせいで高時の補佐役の長崎高綱《ながさきたかつな》・高資《たかすけ》親子が実質的に政治を動かしていた。

それは執権職を退いて、連署という立場になってからも変わらず、
いまだに高時は長崎親子の操り人形。
だから政治は長崎親子に任せて、放蕩三昧《ほうとうざんまい》をしている。
「あんたも、大変だね」
烏帽子は上流階級の特権で、平民は身につけることはできない。
「待てっ……!!」
荒い声を振り切って、立ち上がって踵《きびす》を返す。
川向こうの対岸にいるから、その男は簡単に追ってこられない。
人間悪くなるのは簡単だ。
心が不安定だと、簡単に闇の中に転がり落ちるものだと知った。

鶴岡八幡宮へ延びる若宮大路を通って、寺に戻る。
この道は、あの日皆で鶴岡八幡宮へ行く時に通った。
町並みは全く変わっているけれど、その名が現代を思い出して辛い。
鎌倉駅から鶴岡八幡宮へと延びるこの道の途中に、鎌倉幕府がある。
この時代は、ばくふという呼び方じゃなくて、『かまくらどの』という呼び方だった。
その鎌倉殿がここにあって、日本の政治が動いている。
北条高時も、ここにいる。
犬の声がうるさくて、苛々と行き場のない感情が心を壊していく。
苛立ちを振り切るように寺に駆けこんで、使わせてもらっている部屋の床に倒れこんだ。
頭を抱えこんで、世界の全てを否定するように縮こまる。
呻《うめ》き声を上げても、大声で泣いても、嘘みたいに静か。
誰も俺のことなんて気にもしていないし、慰めてくれる人もいない。
１人、だ。
俺は、紛れもなく、１人。
遠くで犬が鳴いているのが聞こえて、静かに瞼を開くと、視界の端に現代で着ていた服が映った。
ポケットに何か入っていると思って指先で触れると、冷たくて滑ら

かな長方形だった。
弾かれるように体を起こす。
携帯電話。
気づいたら、ちづ姉の番号を弾きだしていた。
かかるはずがないとわかっているけれど、止められないまま通話ボタンを押して、冷たい携帯電話を耳に押し当てる。
お願いだから繋がってくれ！と、強く願った時、電話のコール音が聞こえた。
息をするのも忘れて、時間が流れていることも忘れて、ただその音に全神経を集中させる。

『もっ、もしもし?!』

聞こえるはずのない声が、耳に届く。
夢か現かどちらかわからないけれど、もうどうだっていい。
「……ちづ姉？」
信じられなくて、その名を呼んで確かめる。
『や、ま……と……？』
呼ばれる自分の名に、涙が込み上がってくる。
ちづ姉も携帯電話の向こうで泣いていた。
『大和?!!　大和?!　本当に大和なの?!』
もう、苦しくて堪らない。
この声が直接届くところへ行きたい。
「うん……うん。姉ちゃん……姉ちゃんっ!!」
姉ちゃん、会いたいよ。
こんな時代、俺、もう嫌なんだ。

黒い闇の中に、１人ぽつりと取り残される。
手に持った携帯電話のディスプレーも、闇に染まっている。
ただその画面を見つめていた。

あれから何度もかけてみたけれど、姉ちゃんに繋がることはない。
ぐっと強く握って、携帯電話を振り上げる。
投げつけて壊してしまいたいのに、どうしてもできずにがくりと腕を下ろす。
「どうしたのだ？」
そんな声が背後から響いたけれど、反応ができない。
「……何があったのか、言わないとわからないぞ？」
住職は、淡々と言葉を落とす。
例え言っても、この身に起こったことを誰も理解してくれない。
噛みしめた唇から、苦い鉄の味がする。
なんでだよ、姉ちゃん。
十津川から出ないって言った姉ちゃんの声を思い出して、さらに強く唇を噛みしめる。
この時代に残るって、俺や家族を裏切るの？
そんなこと、許されると思ってるの？
これから、どうやって生きていけばいいんだよ。
俺だって馬鹿じゃないから、帰れないってもう理解してるよ。
神様はなんで俺ばっかり、こんな目にあわせるんだ。
「大和」
「ほっといてくれよっっ!!!」
「大和」
心がささくれ立った俺を、ただ名前を呼んで制する。
「大和、何があったのじゃ？」
背を擦ってくれるその皺だらけの手が、そこから生まれる熱が、胸の奥をこの上ないくらい切なくさせる。
パタパタと音を立てて散った涙を見て、頭の奥が冷える。
酷い絶望感に苛《さいな》まれていたのに、今まで泣くことを忘れていた。
泣く余裕すらなかったのかと気づいたら、さらに悲しくなった。
「し、んじて……もらえないかもしれないけれど……、俺、この時代の人間じゃないんだ。もっと遠い未来から来た」

唯一の居場所をなくしてしまいそうで、怖くて住職を見られない。
けれどもう止まらない。
「……俺も日本人なのに、どうしてこんなに生活の仕方が違うんだ？　どうしてこんなに、全てが真逆なんだ？　どうして？」
「大和」
「どうして？」
顔を勢いよく上げる。
ようやく目が合ったのに、住職の瞳は揺るがない。
どういうわけかそれが逆に安心した。
「帰りたいのに帰れないのは、どうして？」
俺がこの世界にいる答えが欲しい。
姉ちゃんに便乗してきたような俺が、ここで生きる意味があるのか。
「……遠い世界から来たのだな。難儀だったな」
難儀で済ましてほしくないけれど、なんだかさらに泣けてきた。
本当に信じてくれたのかはわからなかったけれど、今ここに存在する俺を否定されなかったことが、とてつもなく嬉しかった。
「大和がここにいるのも、仏のおぼしめし。必ず大和にもやることがあるはずだ」
仏の、か。寺の住職らしいことを言うんだと思ったら、笑えてきた。
「しばらくここにいるがよい。出家してもいいのだぞ？」
この生活から離れて、ただ修行していたら、なんにも煩わしいこと考えなくて済むのかな。
「大丈夫だ、大和」
その言葉に、小さく頷く。
大和。それが俺の名。
姉ちゃんは、どうやら『ヒナ』って呼ばれているみたいだけれど、『桜井千鶴子』という名を捨てて、そうしてこの時代の人間になるのかな？
その名は父さんと死んだ母さんから貰った名前なのに、その重さを忘れてしまったのかな？

「……ありがとう」
俺はどの時代にいようと、『桜井大和』として生きていく。
現代に必ず帰る。
この時代に決して同化なんてしない。
ぐいっと袖口で乱暴に涙を拭う。
あの時、電話を簡単に切った姉ちゃんを恨んでいる。
好きだけど、俺や家族を裏切ったことを絶対に許さない。
やることが、見つかったみたいだ。
そう思ったら、薄く笑っていた。
「大和？」
心配そうに住職が俺を覗きこむ。
「大丈夫。ありがとう。もう少し厄介《やっかい》になるけど……」
もう、平気。
憎しみは、生きるための糧《かて》になるって本当だった。

寺を出て、昨日のあの川原に行くと、案の定あの男は対岸にいた。
「おいっ‼」
俺に気づいて声を荒げる。
「ここに来れば必ず会えると信じてた！」
信じて？　こんな俺を、待っていたっていうの？
無礼なことを言ったって、殺すために？
「あんたの領土はどこ？　いくつも持ってるでしょ？」
対岸から突然そう聞いた俺に、その男は戸惑った顔をした。
「み、三河《みかわ》や……他にも京の宮津《みやづ》や綾部《あやべ》だとか……」
三河。現代でいうと、愛知県豊橋市辺り。
宮津や綾部は、京の北にある地名。
頬がゆるゆると上がっていって、気づいたら笑っていた。
全ては俺の手の中にある。
やっぱり俺がここにいるのにも、意味がある。
躊躇もせずに、川の中に入っていく。

12月の川の水は冷たいとか、そんな感覚とっくにどこかにいっていた。
「お、おいっ！　何を考えているんだ!!」
全ては仏のおぼしめし。そう言った住職の声が胸で鳴る。
対岸に着いたびしょ濡《ぬ》れの俺を、青ざめた顔をしながらその男が見つめていた。
絶句しているという表現が正しい。
「……俺は、桜井大和」
俺とこの男が出会ったのも、全ては歴史が望んでいること。

「あんたに、次の武家政権の覇権をくれてやるよ」

ぽたぽたと水滴が頬を伝って落ちる音がする。
決して涙が落ちる音ではない。
「あんたの名は、足利尊氏《あしかがたかうじ》。そうだろう？」
その男は腰を抜かしたまま、にっこり笑った俺を仰ぎ見て、ガタガタと震えている。
いや、まだ足利高氏。
鎌倉幕府の次の、室町幕府を開いた人物だ。
天は俺の味方だと思ったら、もう笑いが止まらない。
ゾクゾクと、寒気が走って高揚する。

姉ちゃん、俺がその法師様——護良親王を殺してあげる。

絶対に、その男と幸せになんてしない。
そいつが俺と姉ちゃんをこの時代に連れてきたんだ。
俺をこんな目にあわせたんだから、それくらいの代償は払ったっていいだろう？
そして一緒に現代へ、家族の元へ帰ろう。
『ヒナ』ではなく、もう一度『桜井千鶴子』と呼ばれるように。

その名を、もう一度取り戻すために。

鉛色

護良さまの側室になってから数日後、新年を迎えた。
元弘２年、1332年。
現代では2010年も終わって、2011年を迎えたのだろうか。
「また一つ歳を取ったな」
「貴方、今日が誕生日なの？」
「なんだそれは？　生まれた日など知らぬ」
それを聞いてぎょっとする。
「し、知らないって……」
「この時代の者は皆、新年を迎えると一斉に一つ歳を取るのだ。例えば、生まれたのが師走の31日だとしたら、生まれた日には１歳で、次の日には２歳になるのだ」
そういえば、以前おじいちゃんが亡くなった時に、数えで幾つだとか言っていたのを思い出す。
現代だと生まれた時は０歳で、次の誕生日が来れば１歳になるのに。
そこまで考えて、あれ？と首を傾げる。
もしかして私、今までサバを読んでたってことなのかしら。
17歳って思ってたけど、数え年で考えると、もう少し歳が上になるのかしら？
「どうしたのだ？」
動揺して顔を伏せた私を、彼は心配そうに覗きこむ。
「な、なんでもないわよ」
歳のダメージって意外と大きいわ。
思えばこの人だって、数えで25だから、現代風に考えれば23か４なのよね。
ものすごく大人に見えるけど、私とそれほど離れていないのか。

「ヒナはいくつになったのだ」
「じゅ、18……」
ペロリとサバを読む。
だって今日まで17歳だと信じていたのに、それが実はもっと年上だったなんて信じられない。
「うむ。大きくなったのだな」
何それと思ったけれど、彼がにこにこ笑うから抗うことはしない。若干良心は痛んだけれど。
「ヒナの時代は自分の生まれた日を覚えているものなのか？」
「ええ。その日が来れば一つ歳を取るの。家族で盛大にお祝いするのよ。甘いお菓子を沢山食べたり、贈り物を渡したり……」
「家族……」
ぼそりと呟いた彼の横顔がどこか儚い。
私が現代の家族の話をすると、彼はどこか寂しそうな顔をする。
きっと、私と家族を引き離したことを、この人は悪いと思ってしまっているのかもしれない。
大和のことを何度か話したいと思ったけれど、彼のこの寂しそうな顔を見ると何も言えなくなってしまう。
漠然とした不安が首を絞めるから苦しい。
あれから何度も大和の携帯電話にかけているけれど、繋がることはない。
「そ、そうよ。だから貴方の誕生日がわかれば、今年は私がお祝いしたいと思ったのに」
彼の陰りを気づかなかったというように努めて明るく笑う。
そんな私を見て、彼もようやく安心したように笑った。
「何か飲みものを持ってくるわ」
彼の湯のみが空になっていることに気づいて立ち上がろうとしたけれど、ぐっと手を掴まれて繋ぎとめられる。
「よいのだ。少しでもヒナといたい」
思わずよろけて柱で頭を打ちそうになる。

よくそんなセリフをにこにこ笑いながら言えるわねと思う。
「少しでもだなんて、四六時中一緒にいるようなものじゃないの！」
「そうか？　気にするな」
恥ずかしくて抗うけれど、彼はどうでもいいようににっこり笑った。
私きっといつかバチが当たる。
こんな素敵な人にものすごく愛されて、幸せすぎて怖い。
相変わらず冷たい彼の手に、そっと自分の手を重ねると、彼は嬉しそうに私の手をぎゅっと握る。
きっとこれは期間限定のようなものだって、知っている。
元弘２年。
きっとまた戦が起こる。
そうしたら彼は生きて帰ってこれるかわからない戦場に行ってしまう。
もっと歴史を勉強しておけばよかった。
未来を知っていたら、いくらだって彼の手助けになれたはずなのに。
彼の唇が、そっと私の額に触れた。
その柔さに、涙が出そう。
できるだけ長く、こんな毎日を送りたい。
四六時中傍にいられることがこんなにも、大事。
現代で、彼に会えればよかった。
戦がないことが当たり前だと思っていたから、尚更《なおさら》辛い。
私には同じ国の人同士で殺し合う概念なんて、持ち合わせていないから。
「……今年は忙しくなりそうだ」
私が思っていたことを見透かしたように、彼は呟いた。
彼の背に腕を回す。
出会ってすぐに、半年ほど滞在したいと言っていたことを思い出した。
初夏。

もしかしたら、それまでしか一緒にいられないのかもしれない。
私が戦場についていくわけにはいかないだろうし、戦だって何年かかるかわからない。
２、３日で決着がつくようなものじゃないのはわかってる。
今だってある意味、停戦状態でしかないのだと思う。
もっと、その戦のことも勉強しないと。
「……離れたくない」
ぼそりと呟いた私を、彼は強く抱きしめる。
彼の肩越しに広がる重い灰色の雲に、涙が込み上げてくる。
この色は私も知っている。
鉛色《なまりいろ》。
雪がちらつく元旦《がんたん》は、切なくて堪らない。
あけましておめでとう。
お父さん、太一兄ちゃん、月子、頼人、夕、そして大和。
私は元弘２年でも元気です。
大和も同じように元弘２年を迎えたのかな？
酷いお姉ちゃんで、本当にごめんね。
どうしてもこの恋を捨てられなくて、彼の傍を離れることなんてできなかった。
この恋が悲しいものに変わったって、決して後悔しない。
700年の時の隔たりがあったとしても、どこにいたって皆の無事を祈っているから。

「……あんたが、大塔宮様のご側室の雛鶴姫？」
柔く呟くように、その子は言った。
一瞬、その柔さに時が止まる。
「竹原八郎《はちろう》殿の娘だって聞いたけど……」
ばらばらと、その子が通った所から椿の花が落ちる。
首から揺れて、道の横に残った白い雪の上に、赤が。
「た、竹原さんの娘じゃないわ。確かに雛鶴は、私だけど……」

ダルマのお父さんの娘は、しげちゃんだ。
あっという間に私の傍まで来て、ふわりと笑った。
「そうなんだ……。大塔宮様のご側室に上がった人がいるって聞いたんだよ。この辺りの豪族の竹原家の娘だって、皆言ってた」
「誤解よ。確かに私は竹原さんのところでお世話になってたけど」
それよりもこの子は、どこの誰かしら？
玄関先の門のところを箒で掃いていたら、突然声をかけられた。
驚くほど白い肌に、澄んだ声。
多分私よりもいくつか下だと思う。
まだ幼さが抜けないその顔立ちは、まるで女の子みたいに綺麗。
綺麗だけど、何かしらこの胸騒ぎは。
微笑みを湛えていても、どこかしら醒《さ》めている。
その下に覗くのは赤い炎。
もしかして、彼を殺しにきた刺客《しかく》?!
「貴方、何者？　彼に何か用なの？」
警戒しながら言葉を吐き出すと、その子は一度深く微笑んだ。
その瞬間、雪が舞う。
そっとその子が腕を振った瞬間に、空の鉛色が揺れて、ゾクリと背筋を冷たいものが舐める。
感じたことのない感覚を受け止めた時、私の全神経がその子に向かう。
あとはもう、本能。
「なかなかやるね」
弾かれて宙に舞った自分の髪が、乾いた音を立てて元の位置に戻る。
その手が私の頬に微かに触れたせいで、じわりと熱が走る。
しなやかに、その腕が私に向かって突き出されている。
私の髪だけ撫でて、空を切った。
本気で殴るつもりだったのかしら。
咄嗟に避《よ》けたからよかったものの、多分殴られていたら脳震盪でも起こしていたと思う。

「もう一度聞くわ。貴方、何者？」
ギロリと睨みつけた時、膝がようやく震えだした。
それでもそれを表に出したくなんかない。
私でも彼を守りたいと思うのは、おかしいことかしら。
「……真白《ましろ》」
その腕を静かに引きながら、その子は名乗った。
「大塔宮様に会わせてよ」
上目遣いでじっと私を見つめる。
に、憎たらしいくらい、かわいい。
尚更会わせたくないと思うのは、女としての本能かしら。
「嫌。突然殴りかかってくるような人を、会わせるわけにはいかないわ」
「あんたのきめることじゃないよ。なんで大塔宮様があんたなんか傍に置くのかわからないよ！」
「う、うるさいわね！　とにかく駄目なものは駄目よ！」
「大塔宮様、女の趣味が悪くなった!!」
ガッと音を立てて、真白くんは私の頬を掴む。
私も慌てて真白くんの頬を掴む。
「あんひゃね、ひゃなしなひゃいよ!!」
「いひゃら!!　ひょっひこひょ、はなひぇよ!!」
何を言っているのか全くわからないけれど、痛みだけが頬に走る。
怒りが頂点に達して、その足を思いきり踏みつけた。
大塔宮様に足癖が悪いと言われてからは、できるだけ足を使わないようにしてきたけどもう我慢の限界。
「いっっ!!!!」
それだけ叫んで真白くんは目に涙をためた。
けれど頬をつねってくる手は離さない。
「何をやっているのだ！」
よく通る、大好きな声が響いた。
ただし、驚いた声だったけれど。

こっちに来たら駄目！と強く思ったけれど、思った時にはすでに私の頬からその指が離れていた。
「大塔宮様っ!!」
「真白ではないか。書簡が届いたのだな。よかった」
さも当たり前に答えた彼の声を聞いて、意識が飛びそうになる。
「大塔宮様！　よかった!!」
真白くんが彼に抱きついたのを見て、非常に複雑な気持ちになる。
「真白、心配をかけたな。無事でよかった。また会えて嬉しいぞ」
にっこり笑って、彼も真白くんを抱きしめる。
私のあの決死の苦労は一体……と思ったら、頬に走る鈍い痛みに、なんだか泣けてきた。

「あの男、誰？」
ものすごい顔で言った私に、片岡さんと彦四郎さんは苦笑いした。
「雛鶴姫、鬼の形相《ぎょうそう》になっているぞ」
「姫、大塔宮様にはその顔は絶対にお見せにならぬよう……」
彦四郎さんを睨みつけると、慌てて口をつぐんだ。
「真白殿は大塔宮様がまだ天台《てんだい》座主を務めていた頃、いやそれより前から縁のあった御方で、大塔宮様によく懐かれているんだ」
天台座主。天台宗の本山《ほんざん》、つまり天台宗の一番すごいお寺のご住職。そのお寺は比叡山延暦寺《ひえいざんえんりゃくじ》だって聞いているけれど。
「真白殿は武芸に秀でた御方なのです。先の戦でも忍んで共に戦ってくださいましたし、あの比叡山の僧兵でさえ一目《いちもく》置いております」
彦四郎さんは、控えめに笑って言った。
「『あの比叡山』ってどういうこと？」
すかさず突っこむと、彦四郎さんは目ざといですなと言って笑った。
「比叡山の僧兵は、この日本の寺社の中でも特に強大な力を持っているのですよ。時に、朝廷を揺るがすくらいの」
「平たく言えば、比叡山の僧兵は帝の力をもってしても、押さえられないほどの力を持っているということだ」
彦四郎さんと片岡さんが言ったのを聞いて、ぴんとくる。
「それで大塔宮様を出家させたってこと？」
彦四郎さんと片岡さんは、頷いて満足げに笑った。
「そのとおりでございます、雛鶴姫」
比叡山延暦寺は、帝でさえも押さえられない勢力。
だとしたら、幼いうちから皇子の誰かをそのお寺に入れて、内側から取りこめばいい。
「宮様が、延暦寺の大塔に入室して生活しはじめたのは10の時でございます。なので、大塔宮様とお呼ばれになりました」
「大塔って何？」
「建築物でございます。延暦寺の中にそのようなものが建っていたと思ってくだされば結構。宮様はその大塔で生活なされました」
比叡山の大塔で生活していた宮様だから『だいとうのみやさま』なのか。
後醍醐天皇の策略。
私は後醍醐天皇にいつか会う日が来るのだろうか。
聞いている限りだと、どこか非道。
冷たくて頭の切れる人にしか思えない。
「大塔宮様は、比叡山やその一帯の僧兵たちに絶大なる人気がある。先の戦でも大塔宮様のために僧兵たちはよく働いてくれた」
「……次の戦も、僧兵たちの力がないと無理だから、彼の存在がどうしても必要なのね」
彼が死んだりしたら、きっと僧兵たちはまた好き勝手に帝に背くかもしれない。
「その通りです。真白殿はそのような者たちにも認められておりますし、大塔宮様にとって真白殿はとても大事な御方です」
それはよくわかったけれど、私としては笑っている場合じゃない。
なんかあの子、おかしいのよね。
明らかに、彼が好きっていうオーラを出していたような気がする。

ううん、気がするじゃなくて、あからさまに出していた。
あの瞳の奥で揺れていた炎は、私を敵視していた炎だったと思う。
「ね、ねえ……。真白くんって、本当に男の人よね？」
確認しておかなければと思って口に出すと、２人は大笑いした。
「男でございますよ！　確かにかわいらしいお顔をしておりますが」
「女子に見えなくはないけどな」
「だ、だってあの子、あきらかに大塔宮さまのことを好きな感じみたいだし……」
片岡さんと彦四郎さんが固まったのを見て、ぎょっとする。
「男なのに大塔宮さまのことを好きだっていうの?!」
「ひっ、雛鶴姫っ！」
思わず叫ぶと、２人は慌てたように私を押さえつけた。
「……真白殿は、男しか慕わないのです」
気づけば、目を見張っていた。
別にそれに関して私に偏見はないけれど、自分の主人に言い寄っているんだったら黙っていられない。
でも待って。この時代は、男同士でも普通のことなのかもしれない。
この時代の一般常識がわからないけれど、でも……。
引きつった笑顔を２人に向けると、２人も同じような笑顔を返した。
ただただ苦笑いしていると、廊下の奥から駆けてくる足音を聞く。
「雛鶴。俺、あんた嫌いだから」
戸を勢いよく開けて、開口一番に真白くんは言った。
「な、何を突然……」
「真白殿。雛鶴姫は、大塔宮様のご側室。その名を直接お呼びすることなど許されたことではありませんぞ」
彦四郎さんは、急に声のトーンを低くしてそう言った。
真白くんは私をギロリと睨みつける。
「俺、別に、雛鶴のことを大塔宮様の側室だと認めたわけじゃないよ」
「真白殿!!」

「いっ、いいの!!　私は別にどう呼ばれようといいのよ!!」
また喧嘩かと思って慌てて２人の間に入ると、彦四郎さんは困惑したような表情を浮かべた。
「し、しかし雛鶴姫……」
「ほら、雛鶴もそう言ってるだろ」
「別に真白くんをかばって言ったわけじゃないわ」
ギロリと睨みつけると、真白くんはバツの悪そうな顔をする。

「後醍醐帝の処罰がきまった」

突然そう言った真白くんに、一瞬で思考が停止する。
後醍醐帝のということは、彼のお父さんの処罰……。
片岡さんや彦四郎さんが纏う気が、瞬時に張り詰めたせいで、体感温度が下がってぶるりと体が震える。
「しょ、処罰って……」
「……先の戦の首謀者だからね。さすがに帝だとしても鎌倉殿は見過ごしておけないよ」
「先の戦って、どんな感じだったの？」
尋ねると、真白くんが私をギロリと睨みつけた。
「雛鶴って、そんなことも知らないくらい馬鹿なの？」
「ま、真白殿、雛鶴姫は狐に憑かれているのだ」
露骨な敵対心に動揺しつつも、片岡さんがフォローしてくれる。
「げっ、何それ。狐憑き？　なんで大塔宮様はこんな女に構うの？」
「しょ、しょうがないじゃない。記憶がないんだから！」
真白くんが嫌悪感を全面に押し出したのを見て、思わず抗う。
最悪と呟いて、真白くんはため息を吐きながら首を横に振った。
「いいよ、もう。大塔宮様が教えていないなら、知らなくていいよ。とにかく配流《はいる》がきまった。大塔宮様の兄宮様と弟宮様もそれぞれ」
「どこにだっ?!!」
彦四郎さんは、突然大声を上げた。

その顔は見たこともないほど、恐ろしい表情をしていた。
『はいる』って意味がよくわからないけれど、大事だということがひしひしと伝わってきて、知らず知らず眉をひそめていた。
「……帝は隠岐《おき》。尊良《たかよし》親王は土佐《とさ》。妙法院尊澄《みょうほういんそんちょう》法親王は讃岐《さぬき》にそれぞれ配流」
「な、なんということだ……」
配流の意味がわかった気がする。
罪を犯した人を、都から遠くへ追いやっちゃうことだ。
隠岐はどこかしら。
讃岐はわかる香川県。土佐は確か、高知県だわ。
「……大塔宮さまは？」
真白くんは呟いた私を一度見て、すぐに視線を外した。
「……そうかって言っただけ。仕方ないって笑ってた」
笑ってた、なんて嘘。
「今後のことを考えるから、一人にしてくれって」
「雛鶴姫。しばらくここを動かずに。大塔宮様がお一人になりたいとおっしゃっておられるのでございますから、当分私たちと共に」
彦四郎さんが、私を制するように呟いた。
真白くんも、彼に追い出されてここにいると理解する。
「姫っ！」
無言で立ち上がる。
「雛鶴!!」
彼の家族が捕まって処罰を受けるのに、平気なわけがない。
３人の声を振り切って、彼の部屋まで走る。
どんよりと曇った空が、瞳の端に映る。
今にも雪が降りそうなほどの重い鉛色が、世界を圧迫している。
彼の部屋の戸を開ける音が、まるで悲鳴に聞こえた。
「……ヒナか？」
彼は縁側に座って、外をぼんやりと見つめていた。
こんな彼を見るのは、初めてだった。

いつも胸の奥に揺るがない炎を持っていて、それが滲み出ていたのに、今はその炎が頼りなく揺れている。
その顔を見なくても、言葉を交わさなくても、彼が泣きだしそうなくらい打ちのめされているのがわかる。
戸を閉めて、その背に静かに頬をつける。
「一人にしてくれ」
彼は、私を突き放すように言った。
「嫌。一人にしたら、貴方一人で泣くじゃないの」
彼は何も答えずに、ただ静寂が満ちる。
「貴方を一人にするなんて、嫌。私が貴方の傍にいる理由は、貴方が辛い時に支えるためでしょう？」
私、この状況もよくわかっていないけれど、それでも貴方が悲しんでいるんだとしたら、私も悲しい。

「私が揺らぐ姿など、誰にも見せられぬのだ」

誰にもというのは、無論私にも当てはまると暗に言っている。
「……それは貴方が、『帝の皇子』だから？」
彼は、こくりと頷いた。
帝の皇子。
その重さを、私はわからないわけじゃない。
貴方が少しでも揺らいでいる姿を見せたら、皆が動揺する。
不安が伝染するように、皆が動揺してしまうってわかる。
「私にとって貴方は、『帝の皇子』じゃないわ」
呟くと、ようやく彼は私を見た。
「ただの男の人」
貴方がどんなにすごい人か、まだわからない。
私にとっては、ただの男の人でしかない。
「世界で一番好きな、人」
こんなに激しい恋を、するつもりじゃなかった。

けれど今ではもう、どうしようもないくらい貴方に惹かれている。
それ以上言葉が上手く出てこないけれど、彼はその一言で私の気持ちを汲《く》んでくれたみたいだった。
彼の引き結ばれた唇が、さらに強く引き結ばれて、涙を堪えているのがすぐにわかった。
「私の前では、素《す》の貴方でいて」
ほんの少しでも、貴方が背負っているものを支えたい。
あまりに巨大で重すぎて、私では無理かもしれないけれど、それでもほんの少しでもこの手で支えたい。
彼の瞳が揺れて、顔を伏せて私の肩にもたれかかる。
彼を抱きしめるように、柔く腕を回した。
彼の涙が、私の着物の上に落ちて乾いた音を立てる。
「……大丈夫。きっと無事に皆戻ってくるから」
彼は小さく頷いた。
比翼の鳥に、連理の枝。
私たち、互いが支え合わないと息をすることもままならないようなイキモノでしょう？
大丈夫。この先何があっても、最期まで私は貴方の傍にいるから。

「……雛鶴って本当になんにも知らないんだね」
「狐が強すぎるの」
軽蔑《けいべつ》したように真白くんは私を見るけれど、負けてられない。
「先の戦のことを知りたいだなんて、結構複雑だよ？」
真白くんが外を見ながら呟いていたので、聞けばきっと真実を教えてくれると感じる。
「……いいの。私が大塔宮さまに直接聞くのは違う気がするから」
きっと彼は私のことを考えて、洗いざらい話してはくれないと思う。
考えつく限り、悲惨な戦。
戦に、悲惨か悲惨じゃないかなんて、分けることはできないだろうけれど、きっと真白くんしか全てを包み隠さずに話してくれる人はここにはいない。
「……それは正しいね」
その大きな瞳を歪ませて、真白くんは笑った。
「教えて」
じっと見つめると、真白くんは私から視線を外して頷いた。
「……全ての元凶は、鎌倉殿だ」
鎌倉殿は、鎌倉幕府。
「鎌倉殿の執権の北条守時や北条高時が政治をしないし……いや、もうずっと前からか。鎌倉殿はね、文永《ぶんえい》の役《えき》と弘安《こうあん》の役の時に戦った御家人《ごけにん》たちにも恩賞を下賜《かし》できなかった」
「ぶんえいのえき？　こうあんのえき？」
呆れたように真白くんは大きなため息を吐く。
「大陸の元が日本に攻めてきた戦だよ。日本が勝利したけど」
それを聞いて、ぴんとくる。
「元寇《げんこう》……」
元って、中国のことか。この時代中国を治めていたのは元なんだ。
「誰だったかしら。フビライ・ハン？　チンギス・ハン？」
元の皇帝の名前は確か……。
「なんでそんなことを、雛鶴が知っているの？」
真白くんの眉が訝しげに歪んだのを見て、背が冷える。
まさか700年後の世界で習いましたなんて言えない。
そうか、こんな小娘が外国の皇帝の名前を知ってるのはおかしい。
「な、なんでかしら？　きっと何かで聞いたのね」
ははは、と苦笑いした私を、真白くんは訝しげに見つめていたけれど、私を問いつめるのは諦めてまた口を開いた。
「フビライ・ハンだ。その時日本を攻めるようにきめた皇帝は」
と、したら、チンギス・ハンは元の建国者か。
「とにかく雛鶴の言ったとおり、文永の役と弘安の役という、２回の元による侵略のことを元寇っていう。文永の役は今からもう58年前くらいの話だし、もちろん俺も雛鶴も生まれてない。とにかく、

郵便はがき

おそれいりますが
切手を貼って
お出しください

160-8326

東京都新宿区西新宿4-34-7
株式会社アスキー・メディアワークス
魔法のiらんど文庫 編集部
「キミノ名ヲ。1」係行

〒	—
ここには何も書かないでください→	
住所	都道府県
TEL	( )
メールアドレス	@
氏名	ふりがな
男・女	
年齢	歳
職業	※以下の中で当てはまる番号を○で囲んでください ①小学生 ②中学生 ③高校生 ④短大生 ⑤大学生 ⑥専門学校生 ⑦会社員 ⑧公務員 ⑨主婦 ⑩フリーアルバイター ⑪無職 ⑫その他( )
お買い上げ書店名	市・区・町 店

※ご記載いただいたお客様の個人情報は、当社の商品やサービス等のご案内などに利用させていただく場合がございます。また、個人を識別できない形で統計処理した上で、当社の商品企画やサービス向上に役立てるほか、第三者に提供することがあります。
※ハガキをご返送していただいた方の中から抽選で、毎月50名様に特製オリジナルグッズを差し上げます。ぜひご協力ください。

単行本『キミノ名ヲ。1』愛読者カード

※当てはまる番号を○で囲み、カッコ内は具体的にご記入ください

(1)自分のケータイをお持ちですか?

①ドコモを持っている ②auを持っている ③ソフトバンクを持っている ④持っていない

(2)このタイトルを、魔法のiらんどのサイト上で読んだことがありますか?

①最後まで読んだ ②途中まで読んだ ③読んだことがない

(3)この書籍をどこで知りましたか?(複数回答可)

①魔法のiらんどのサイト ②他のサイト(サイト名) ③書店
④コンビニエンスストア ⑤魔法のiらんど文庫新作PRESS(文庫はさみこみチラシ)
⑥テレビ・ラジオCM ⑦電車などの広告 ⑧雑誌(雑誌名)
⑨人にすすめられて ⑩その他( )

(4)この書籍を買った理由は何ですか? 具体的にお書きください。
<例:著者が好きだった。デザインに惹かれた。など>

( )

(5)この書籍以外に「ケータイ小説」の書籍は何冊お持ちですか?

①1冊 ②2〜3冊 ③4冊以上 ④なし

(6)この書籍の値段はいかがですか?

①安い ②普通 ③高い

(7)本(雑誌・コミック含め)に使うお金は、1か月で何円くらいですか?

①500円未満 ②500円〜1000円 ③1000円以上

(8)よく買う雑誌を教えてください。(複数回答可)

( )

(9)よく見るテレビ番組を教えてください。(複数回答可)

( )

(10)憧れている女性タレント・モデルを教えてください。(複数回答可)

( )

(11)文庫化・書籍化してほしいケータイ小説を教えてください。(複数回答可)

( )

(12)この書籍に対するご意見、ご感想を自由にお書きください。チラシ等に掲載OKの方は右にペンネームもお書きください。<P.N. >

●ご協力ありがとうございました。

そんな前から鎌倉殿はもう力を失っていったんだ」
58年前だから、1274年。それが、文永の役。
「さっき、恩賞って言ったけど、それが払えなかったからってこと？」
「そ。鎌倉殿の骨組みは御恩と奉公から成り立ってる」
あ、聞いたことがある。御恩と、奉公って確か……。
「武士は将軍の家来つまり家人《けにん》になることで、鎌倉殿の構成員ということになるんだ」
家人。家の人。そうだ、つまりそこから御家人。
家来になったからには、そこには主従関係が生まれる。
将軍は御家人に対して、御恩という形で御家人の持っている領土の支配権を保証し、新しい領土を御家人に与えたりした。
奉公は、御恩の代わりに御家人が、鎌倉幕府が危険に晒された時に、すぐに鎌倉幕府のために参戦したことを指す。
「戦になると、戦場までの遠征費や、軍事費。そしてその命まで、全て御家人が負担するんだ」
「その御恩と奉公が、元寇で揺らいだってこと？」
「実際はもっと前からいろいろあったけれどね。元寇は外国との戦で、新しく領土を広げたわけでもなく、追い払っただけの戦だった」
そうか。日本国内での戦だったら、負けたほうの領土を勝ったほうが貰えるわけだから、それを御家人たちに割り振ればいいけれど、外国だからそれができなかった。
命を賭して鎌倉幕府のために戦ったのに、その見返りがないから暴動が起こるのもおかしくない。
「……うん。そうやって御家人の中に不満が溜まっていった。元との戦のせいで、没落してしまう人たちも多かったんだ。それでもそれから58年も我慢しているんだからすごいよ。今の執権の北条守時や、連署の北条高時は最悪だしね」
「しっけん？　れんしょ？」

「執権は鎌倉殿の最高位。連署は、執権の補佐役。といっても、今は実質的に北条高時が政治の実権を握っている」
北条守時。北条高時。
駄目だ。全く覚えていない。
真白くんは、私から視線を外してそっと瞳を閉じた。
上に羽織った唐紅の女物の着物が、片袖だけずれ落ちている。
男の人だなんて信じられないくらい、綺麗な人だと思う。
「鎌倉殿が権力を失墜してくる話はここまで。次は朝廷のお話」
朝廷つまり天皇家と、幕府。
この時代、日本の内部はこの二つに分かれていた。
いや、江戸時代が終わるまで、ずっとこういう関係だったのかな。
「鎌倉殿がいくら日本の政治を動かしているといっても、最終的な決定権は朝廷に、つまり帝にある」
朝廷は、政治を行うことを一時的に幕府に譲っているだけ。
「実質的には幕府が政治を動かしていようと、朝廷のほうが立場は上ってことね」
「うん。ただし、約100年くらい前に、皇室は複雑化したんだ」
「え？」
「両統迭立《りょうとうてつりつ》」
眉を歪めると、それだけで真白くんは私がわかっていないことに気づいて口を開いた。
「元々皇室の中にも派閥みたいなのがあって、時折その皇位継承でもめてたりしたんだ」
側室も兄弟も20人以上いる、と言った彼を思い出す。
「帝の子ではなく、帝の兄弟へ皇位が移ることもある。そうなると皇位継承は単純なものでなくて、複雑なものになっていく。もちろん裏に政治も絡んでくる。時に鎌倉殿の手もね」
ゾクリと、背筋が震えた。
全く私には実感のない話だけれど、日本の頂点をきめるんだ。
綺麗なことだけじゃないのは、すぐにわかった。

「そして今、持明院統《じみょういんとう》と大覚寺統《だいかくじとう》に二分されている。数十年前に、この二つの統の対立が深まって、困った鎌倉殿は両統迭立の政策を取った」
ぱちりと、真白くんは持っていた扇を閉じる。
「皇位継承は、持明院統と大覚寺統交互に。つまり、持明院統の帝の後は大覚寺統の帝が継ぐ。大覚寺統の後は、持明院統って風にね」
唐紅が揺れたと思ったら、真白くんは私の髪をその手で払った。
一瞬のその出来事に、心臓がぎゅっと痛む。
「白い綿がついてた」
短く言って、真白くんは音もなく離れる。
「あ、ありがとう」
不謹慎だけど、動揺してしまった自分が憎い。
だってこの子、なんだか色っぽい。
「……けれどどちらの統も、自分の統を正統な皇位継承者とすると言い張る。自分の息子たちに自分の後を継いで帝になってもらいたいものだしね」
確かにそれが親心だわ。
「でも一応今もその規則は守られている。後醍醐帝は大覚寺統だ。後醍醐帝の１代前は花園院《はなぞのいん》。花園院は持明院統だ」
「……つまり後醍醐帝の次は、持明院統から帝になるってことね。だから、大塔宮さまが帝位に就くことはないのね」
《私は帝にはならぬ》と、あの日私に言った言葉を思い出す。
「そうだよ。大塔宮様が帝位に就くことはない。大塔宮様は、後醍醐帝の捨て駒《ごま》でしかない」
その突然の言葉に、一瞬息ができなくなる。
「それはもちろん大塔宮様は知ってる。知っていて、後醍醐帝の駒になっている。全ては後醍醐帝の善政のために」
その言葉、どこかで聞いた。
ああ、彦四郎さんが私に身を引いてくれと言った時の言葉だ。

自分のためではなく、父親のためにその全てがあると。
「大塔宮様が帝にならないって知って、絶望してるの？」
真白くんは、私の頬に伝った水滴を見てそう言った。
私は首を、静かに横に振る。
「帝なんかになってほしくないわ」
「だとしたらどうして泣くの？　大塔宮様を不憫《ふびん》に思ったの？」
違う。そうじゃない。
「……私に側室が務まるかわからない」
きっと彼は、自分の幸せなんて望んでいない。
その身を犠牲にして、いつもどこかで死を考えているような人だ。
私とは、現代とはかけ離れている。
好きなだけでは駄目だ。
側室という立場の重さを、私、わかってなかった。
彼の傍にいることの真の意味がわかってない女なんかに、側室という立場が務まるわけがないと、真白くんは言っているんだろう。
「……笑っていればいいんだ」
「え？」
「大塔宮様の側室として雛鶴ができることは、辛くても笑顔を絶やさないことしかないよ」
「……うん」
頷くと、唐紅の着物が私の肩にかかる。
顔を上げると、真白くんが頬を赤く染めていた。
「寒そうだったから」
小さく言って、ふいっとそっぽを向く。
「……ありがとう」
その温かさが、まるで抱きしめられているみたいで胸が詰まる。
「話、戻すよ。後醍醐帝はね、31歳で帝になったんだ」
それのどこがおかしいのかわからない私に気づいて、真白くんはため息を吐いた。
「雛鶴と話すと、本当に話したいことに辿り着くまで時間がかかるよ」
「悪かったわね。31歳がなんだっていうのよ」
「31歳で帝になるのは異例だ。大抵、帝の在位期間は10年ほどだって知ってるでしょ？」
「10年？　帝がお亡くなりになってから、次の帝が誕生するものじゃないの？」
眉を歪めると、真白くんは私よりもさらに深く眉をひそめた。
「雛鶴の常識ってどうなっちゃってるの？　何それ」
天皇陛下が亡くなって、次の天皇陛下――皇太子殿下が、皇位を継承するのが常識でしょう？
大正から昭和へ年号が変わったのも、昭和から平成へ年号が変わったのも、天皇陛下がお亡くなりになって皇位継承したから。
「雛鶴の考え方はおかしいね。大抵、帝が帝でいられるのは10年だ。10年経つと、皇位を東宮《とうぐう》に譲り、帝は上皇になって院政ができる」
院政や上皇は聞いたことがあるけれど、全くその制度を覚えていない。
あと、皇位を東宮に譲りと言ったのを聞いて、東宮は皇太子殿下のことだと察する。
「上皇は、皇位を次の後継者に譲った帝のこと。院政は、帝に代わってその上皇が政治を行う政治形態のことだよ。だから、上皇のことを治天《ちてん》の君《きみ》って言う」
天を治める人。それは……。
「つまり、実質的なこの日本の支配者は帝じゃなくて、その治天の君である上皇なの？」
帝は、もしかしてこの時代はNo.2ってことかしら。
「そう。でもその上皇になるためには必ず帝の位に就かなければならないんだ。『元』帝でしかなれない最高位だからね」
「だから、在位10年……」
「そう、在位期間でもめないように、10年以内で次の帝、つまり東宮へ帝の座を明け渡すんだ。１代前の帝だった花園院は、きっかり10年で今の帝である後醍醐帝に帝位を譲ったよ」
「でも待って。今は両統迭立で、持明院統と大覚寺統から交互に帝の地位に就いているんでしょ？」
「そうだよ。今は両統迭立で交互に帝が立つ。つまり持明院統の帝が立ったら、治天の君は同じ持明院統の上皇でなければならない。つまり自分が帝の地位を退いてから、さらに10年は待つことになる」
10年自分で帝になって、そして10年、別の統の天皇が立っている間ずっと待っている。
そして10年後にようやく、同じ統の帝が立った時に、自分は院政を行う治天の君として、日本の頂点に立てるのか。
「だから、大抵の帝は若いうちになるのが基本。待っている間に自分が死んじゃったら意味がないしね」
「確かに、31歳は異例……」
帝の根本がまるっきり違う。
ここにいても現代にいても、知らないことって沢山あるけれど、私は日本人だから自分の国のことは知っておきたい。

「後醍醐帝は、偶然帝になったようなものだよ」

真白くんは怠惰に笑った。
その笑顔に、一瞬で動けなくなる。
「こんなことを言っているのが露見したら、俺の首はないけどね」
掛けてもらった唐紅の着物をぎゅっと握る。
「大覚寺統の後二条院《ごにじょういん》っていう帝が、在位10年ではなく７年で、残り３年を残して若いうちに御崩御《ごほうぎょ》された。後二条院は後醍醐帝の兄君だ」
崩御は恐らく亡くなったことだ。
大覚寺統は後醍醐帝の系列だから、次の帝は持明院統の皇太子。

「次に持明院統の花園院が即位して、持明院統が朝廷を支配した」
そうなると大覚寺統から皇太子——次の帝になる人を立てなければならない。
「本当は後醍醐帝ではなくて、別の宮様を東宮にしたかったんだ」
「だ、誰がそれを望んだの？」
思わず真白くんに詰め寄った。
自分でもよくわからなかったけれど、緊張していた。
真白くんの一言一言が自分の知っていることに繋がるところが全くなくて怖いけれど、知ることはやめられない。
「大覚寺統の上皇、後宇多院《ごうだいん》」
「そ、それはもしかして、後醍醐帝と後二条院のお父さん？」
真白くんは私をじっと見つめて、小さく頷いた。
「大覚寺統の帝が即位したら、後宇多院が治天の君になり、朝廷を支配することになっていた」
「だったら後醍醐帝でも別の宮様でも、自分の血が繋がった人なら誰でもいいじゃない」
「後醍醐帝の母君は、夫の後宇多院を裏切ったんだ」
抗うように呟いた私に、真白くんは間髪入れずに呟いた。
その瞬間、世界が鉛色に染まる。
「だから後宇多院は後醍醐帝を帝にしたくなかった。後二条院が帝になる１年ほど前に御子《おこ》が生まれていたんだけど、後宇多院から見れば孫であるその邦良《くによし》親王をどうしても帝にしたかったんだ。でも邦良親王はまだ９歳。９歳で皇太子に即位するには幼すぎると持明院統から反対された」
「つまり邦良親王だと幼すぎるって理由で、大覚寺統には皇太子の地位に就ける人がいないと見なされて、代わりに持明院統から皇太子を立てることになりかねなかったのね」
私がそう言うと、真白くんは楽しそうに笑った。
「その通り。わかるようになってきたじゃないか。だからしょうがなく後宇多院は、ご崩御された後二条院が在位期間を３年も残していたことを盾にして、邦良親王が皇統を継げる年齢になるまでの中継ぎとして、後二条院の弟宮である、その時21歳だった後醍醐帝が東宮になることを許した。大覚寺統を守るためにね」
つまり、後二条院が若いうちに亡くならなかったら、後宇多院が次の皇太子にしたかった自分の孫である邦良親王が、まだ9歳じゃなかったら、後醍醐帝は帝として立つこともなかった。
「元はといえば、後醍醐帝の母君が、夫の後宇多院を裏切らなかったら、何も始まらなかったようなものだし」
真白くんは、鉛色の中で苦しそうに笑った。
「その裏切りって、一体……」
「……後醍醐帝を帝にするために、夫である後宇多院を裏切って、その当時の大覚寺統の最高権力者だった亀山院《かめやまいん》に鞍替《くらが》えした」
「その亀山院って……もしかして後宇多院の父親？」
「そうだよ。つまり、後醍醐帝にとって祖父である男に、自分の母親が抱かれたってこと。そのおかげで、後醍醐帝が帝になれたっていうのもある。誰にも言うなよ。宮中でも禁忌《きんき》の一つだから」
後二条院の崩御の偶然と母親の禁忌がなければ、後醍醐帝という帝は存在しなかった。
けれどそれはきっと……。
「偶然なんかじゃない」
突然何を言うの？とでも言いたげに、真白くんは私を見つめる。
「偶然なんかじゃなくて、それはきっと運命」
時代が、歴史が、後醍醐帝を望んだと言うべきか。
真白くんは声を上げてひとしきり笑って、私を見る。
「運命、ね。確かにそうかもしれない」
そしてきっと、彼も歴史に望まれている。
時代に望まれて、何か大きなものに選ばれて、そうして彼は今、帝の皇子として走っている。
「……おかしな歌を詠《よ》んだ人がいたわね」
現代で習った歴史の授業を思い出して、唇の端だけで笑う。

「満月がどうとか、あれ？　満月が欠けることのないように、この世の全ては自分のものだとか……あれ？」
首を傾げた私に、真白くんは驚いたように目を見張った。
その姿を見て、もしかしたらこの歌を詠んだ人はこの時代よりもあとかもしれないと思って背筋がひやりとする。
「……雛鶴って、何者？」
じっと見つめてくる真白くんから視線を泳がせて、苦笑いする。
「それは、藤原道長《ふじわらのみちなが》の歌だ。『この世をばわが世とぞ思ふ望月の欠けたることもなしと思へば』だろ？」
「あ、それそれ」
何した人かは忘れたけれど、それでもこの日本を治めて、この世の栄華を極めた人だってのはわかる。
確か帝と自分の娘を結婚させて、そうして帝の親戚になって補佐役として権力を振るったはず。
けれどこの世をわが世って言った道長さんも、息子の頼通《よりみち》さんの代でその『わが世』は終わった。
ここらへんは、それこそ何度も歴史の授業で習ったから覚えてる。
「なんで突然そんなことを言うの？　確かに藤原道長も、上の３人の兄が死んだり争ったりで役職が転がりこんできたような人だけど」
真白くんが呟いたのを聞いて、やっぱり運命だと思って微笑む。
「……どんなに絶頂を極めていたとしても、あとは落ちるだけよ」
月も必ず欠けるものだから。
「ふうん。なかなか雛鶴って面白いね」
真白くんがケラケラと無邪気に笑うのを聞いて、私も笑う。
「鎌倉殿も、いつか必ず滅亡するわ」
始まりがあれば終わりがあるように、鎌倉幕府も滅亡する。
それでなければ、江戸時代も来ないし、現代だって来ない。
そうやって天に選ばれては捨てられて、歴史は進んでいくのだから。
「話がそれてしまったけれど、後醍醐帝の東宮は、本来の両統迭立ならば持明院統から出すはずだけど、後醍醐帝と同じ大覚寺統である邦良親王が後醍醐帝の東宮になることが認められたってこと？」
「そのとおり。両統迭立できまった帝の在位期間は10年。花園院が10年間帝の地位にあり、後醍醐帝が東宮を経《へ》て10年後帝になる。だから邦良親王は19で東宮に、29で帝になる計算だね。普通の帝よりも帝になる年齢は遅いけれど、それでもかわいい孫が、帝になれずに終わるよりはいいと後宇多院は考えたんだろう」
後醍醐帝は邦良親王が帝位に就くまでの、時間稼ぎ。
「だから後醍醐帝が上皇として真の支配者になることもないし、後醍醐帝の息子の皇子たちが、皇統を継ぐ資格はないとされた」
「後醍醐帝が上皇にならないのなら、邦良親王が帝になった時に誰が邦良親王を補佐するの？」
「きまってるさ。後宇多院だよ。後宇多院は後醍醐帝の上皇だしね。治天の君としてずっと君臨するつもりだったんだろう」
そうか。後醍醐帝にとっては父君だし、邦良親王にとっても祖父。後宇多院が上皇になるのが当たり前だわ。
「けれど後醍醐帝は、いろいろと制約をつけられたことをよく思わなかった。31歳にしてようやく帝になれたのに、自分が上皇になって治天の君になることも、自分の血を継いだ皇子たちにも皇位を譲ることもできないなんて耐えられなかったんだ。元々後醍醐帝は精力的で多才な人だし……」
真白くんはそこで一度言葉を切った。
その眉が静かに歪んでいく。

「後醍醐帝ほど、『帝』にふさわしい人はいないよ」

言い切った真白くんに、少し動揺した。
そんなに帝王の名にふさわしい人物なのかと思ったら、怖くなった。
「……後醍醐帝は、自分で政治を行いたかった。もちろんしばらくの間は、上皇である自分の父君の後宇多院が後醍醐帝の後見で院政をしていたけど、上皇なんて必要ない自分だけの手で政治をしたいっていう後醍醐帝とは疎遠になってしまったんだ。結局、後宇多法皇は院政を停止して隠居した。そしてその３年後、御崩御された」
「ほうおう？」
「上皇が出家すると、法皇って言われるんだ。この頃にはもう後宇多院は出家していたからね」
そうか。法親王も、出家した親王って意味だったのか。
それよりも後醍醐帝は今までの慣例を破って、お父さんである後宇多院の院政をやめさせてしまった。
親子なのに疎遠になったまま、後宇多院は亡くなってしまったなんて、なんだか寂しい。
「……後宇多院はその死の間際まで、邦良親王を帝にと後醍醐帝に言っていたんだ。けれど後醍醐帝は聞く耳を持たなかった」
ようやく手に入れた帝の座を、易々と邦良親王に譲るわけにはいかないと思う気持ちは、なんとなく想像ができる。
「後宇多院が御崩御されたあと、邦良親王は鎌倉殿に後醍醐帝をなんとかしてくれと使いを出している。そして持明院統も邦良親王が帝位についたら、次の東宮は持明院統から出すことを条件にして、邦良親王を支持したんだ」
「持明院統も、後醍醐帝を恐れていたのね」
「え？」
「後醍醐帝は帝にふさわしいほどの力があるから、このまま両統迭立もうやむやにされたら、持明院統自体がなくなってしまうかもしれないでしょ？」
真白くんは、そうだというように大きく頷いた。
「もちろん邦良親王や持明院統に対して、後醍醐帝は激怒して絶対に皇位は譲らないと言い張った。ようやくうるさい父親もいなくなって、自らの手で政治を行えるようになったからね」
「それで鎌倉殿をなくそうとしている……」
自分が帝として政治を行うには鎌倉幕府が邪魔だったから、いっそのこと倒してしまおうとしたんだ。
「今から８年前の正中《しょうちゅう》元年に、鎌倉殿を滅亡させる計画が六波羅《ろくはら》探題《たんだい》に露見して、一度失敗している」
８年前は、1324年。
「それを正中の変って……、何がわからないのさ」
真白くんは私の顔を見て、ため息を吐いた。
見透かされたと思って苦笑いする。
「ろくはらたんだいって何？」
聞いたことがあると思ったけれど、忘れてしまった。
聞き覚えがあるってことは、絶対に歴史の授業で習ったはずだけど。
「六波羅探題はね、朝廷じゃなくて、鎌倉殿の直接の指揮下にある。つまり、朝廷の監視役。朝廷は京にあるから、六波羅探題も鎌倉じゃなくて京にある。それに京都周辺の治安維持。鎌倉殿の軍隊みたいなものだよ」
兵士としての役割と、ある意味スパイみたいなものかしら。
「こいつらを倒さないと、鎌倉殿の滅亡はありえない」
真白くんが睨みつけるように、強い瞳で私を見た。
それが六波羅探題の重みを表しているようで、背筋が凍る。
京を守る、最強の軍隊。それが、六波羅探題。
「……六波羅探題に倒幕計画が露見したけど、結局知らぬ存ぜぬで後醍醐帝はのらりくらりと鎌倉殿をかわしてお咎めなしだった」
すごい人。ううん、こういう政治家いるわね。
知らない知らないの一点張りで、結局罪に問われない人が700年後でもいる。
「正中の変から２年後に邦良親王は亡くなって、持明院統の東宮が立ったけれど、後醍醐帝は諦めなかったよ。正中の変から７年後、元弘元年についに全面対決」
思わず息を呑む。
元弘元年。それはつまり、昨年のことだ。
私がタイムスリップする前、私と大塔宮さまが出会う少し前のこと。

「正直、負けるとわかっていた戦だ。大塔宮様もよくわかっていた」
「どうして？　負けるってわかってて戦をするなんておかしいわ」
「また露見したんだよ。後醍醐帝が鎌倉殿を滅亡させる計画を再び進めているって、六波羅探題に密告した奴がいたんだ。準備もなしに始まった戦なんて、先が見えてるよ」
再度の裏切りから、全てが始まっていく。
「六波羅探題は、軍を帝の住居である御所《ごしょ》の中まで送りこんだけど、後醍醐帝は一足先に逃げていた。結局、山城《やましろ》の国の笠置山《かさぎやま》で挙兵した」
「やましろのくに、かさぎやま？」
「ち、地名まで忘れちゃったの？　山城の国は京の都の南にある国だよ。笠置山もそこにある山」
「悪かったわね。狐が酷いって言ったでしょ？」
「酷いって、程度があるよ。程度が」
腹が立ったのか、真白くんは私をじろりと睨みつける。
思わず身をすくめると、真白くんはため息を吐いた。
「とりあえず、後醍醐帝は笠置にいたんだけど、六波羅探題は比叡山に籠もったものと思ったんだ」
「……大塔宮さまが、そこにいたから？」
呟くと、真白くんが頷いた。
「そう。比叡山延暦寺には大塔宮様がいる。逃げるとしたらそこしかないと踏んだんだろう。比叡山の僧兵たちもそう思った。だって、帝と名乗る人物が比叡山延暦寺に実際に来たんだ」
「え？」
「後醍醐帝の替え玉として、後醍醐帝の側近の１人が帝だって偽って比叡山に入ってきた。僧兵たちは自分たちが帝を守るんだって、六波羅探題と戦った」
生涯、この目に映すことなど考えられないほど、高貴な御方。
そんな方がもしも落ち延びてきたら、全力でお守りしたいと願う気持ちを逆手《さかて》に取ったんだ。
「けど結局偽者だって露見して、戦をやめちゃう僧兵たちが相次いだんだ。それで比叡山の宮軍は崩壊。あれは確か長月《ながつき》の初めだ」
長月は古典の授業で習ったけれど、確か９月だと思った。
「そして大塔宮様も、大塔宮様の兄弟宮様も、笠置山に移った。本物の後醍醐帝がいる笠置にね」
「貴方も、一緒に……？」
尋ねると、真白くんはじっと私を見た。
「もちろん。俺は大塔宮様のためにこの戦に出ていたから」
「……ありがとう」
呟くと、真白くんは間抜けな顔をした。
「な、なんで、雛鶴が俺に礼なんて言うんだよ」
「だって、ずっと傍で大塔宮さまを守ってくれたんでしょ？　きっと、ものすごく辛い戦だったと思うのに」
真白くんは、くそっと呟いて、頭を掻いた。
その頬が赤く唐紅に染まったのを見る。
「確かに、六波羅探題と鎌倉殿の軍は、５万ほどだったけどね」
「ご、５万っ?!!」
５万人の人間が攻めてくるって、全く想像できなくてただ呆ける。
「まあとにかく比叡山が崩壊して、戦場は笠置山に移る。そして長月10日、笠置山の後醍醐帝の元に、あの男が来たんだよ」
真白くんは私を見つめながら、不敵ににいっと笑う。
「楠木正成《くすのきまさしげ》。あの男の考え方は面白いんだ」
思わず息を呑む。
楠木正成という名を、何度も胸の内で繰り返す。
そうか、この時代の人なんだ。
「何？　もしかしてすでに知っているの？」
真白くんが探るように私を見つめる。
一方的にだけど、知っている。
何をした人か思い出せないけれど、その名だけは知っている。

「その名前だけ……」
小さく呟くと、「おかしな女」と、真白くんが呟いた。
「……雛鶴もこのまま大塔宮様の側室として、大きな顔をしてるんだったら、正成に会うだろうね」
意地悪く真白くんが笑ったのを聞いて、ムッとする。
「……別に大きな顔してないわよ」
「してるね。こんな姫様に会ったことないよ」
「私、姫様じゃないから」
そんな大層なものじゃなく、本当は身分も持っていないような女だもの。
「……ただの村の娘だとしても、ね」
真白くんの瞳が、私に向けられる。
「雛鶴は玉の輿《こし》に乗ったも同然なのにさ。女は権力と豪勢な暮らしのために、寵を得ようと躍起になるイキモノじゃないの？」
そういえば以前、片岡さんがちょうを戴《いただ》いているから何とかって言っていたのを思い出す。
ちょうって、一体なんなのかわからないままだけど、でもきっと蝶々のことよね。
「そんなイキモノじゃないわよ」
別に蝶が欲しくて躍起になっているわけではない。
この時代って綺麗な蝶を貰ったほうがよりいいとかいう慣習があるのかもしれない。
彼がくれるなら黙ってもらおう。
「……まあ雛鶴はどこかしらおかしいからね」
「楠木さんは彼の家臣なの？」
「いや、召し抱えているのは後醍醐帝だけど、大塔宮様とも親しくしているんだよ。まあとにかく正成が後醍醐帝に会いにきたのが、長月10日。その日のうちに、大塔宮様と、大塔宮様の兄宮様——尊良親王と数名の側近たちが、笠置山から正成の館に移った」
「弟宮さまは？」

たしか、尊澄法親王。
「弟宮様は、後醍醐帝のいる笠置山に残った。正成の館は河内《かわち》だ」
「かわち？」
真白くんはやれやれというように眉を歪める。
この表情を今日私は何度見たかなと思って申し訳なくなる。
「河内は摂津の下だから、京の都の斜め左下。大和の国の隣」
京の都の斜め左下っていうことは河内は大阪で、大和の国が奈良県だ。
そうか京都の南にある笠置から、河内に移ったのか。
「そしてすぐの長月11日に、河内の下赤坂《しもあかさか》城で正成が挙兵。これも時間稼ぎとしか言いようがない戦だったけど」
「……笠置に集中している兵力を散らすため？」
「うん。笠置が陥落することは、後醍醐帝が捕まってしまうことを意味する。だからなんとかして後醍醐帝を笠置から脱出させようとした」
「さっさとしないと、鎌倉からどんどん兵力が送られてくるのね」
「そう。だから、六波羅探題と鎌倉殿の目を向けるために、笠置の近くの下赤坂って城で挙兵。そうなると六波羅探題も鎌倉殿も、笠置だけでなく下赤坂城にも兵力を送らないといけないからね」
倒幕するための戦が、いつの間にか後醍醐帝を脱出させるための戦になっていったのか。
「大塔宮様は、寺社との繋がりが強い。絶対的な人気がある」
「彼はそんなに人気があるの？」
「あるさ。帝の皇子なのに出家したりしていたからね」
「宮家の人間が出家しただけで、そんなに人気が出るものなの？」
それだけで人気を獲得できるのなら、いくらだって出家させるわ。
「それもあるけれど、大塔宮様は元々気さくな御方だから」
気さく？　彼が？
どちらかというと無口なほうだと思っていたけれど。
「宮家の人間が出家しても、極力周りとは関わらないものだよ」
その高貴さゆえに、か。

「けど大塔宮様は違った。元々仏の修行に励むよりも武芸を磨く人だったから、率先して比叡山の僧兵たちと話をしたり、縁をつくっていったんだ」
きっと彼は、僧兵の力の大きさを知っていたんだわ。
自分がなぜ出家したのか、なぜ天台座主になったのか、知っていたからこそ仏の修行よりも武芸を磨いた。
全ては、後醍醐帝の御世《みよ》のために。
いつか来る鎌倉幕府との全面対決に備えて、僧兵という巨大な力を味方に付けるために。
「長月11日に、正成が下赤坂城で挙兵した時も、大塔宮様はその繋がりを利用して、周辺の寺社と連携を保って各地で突発的な出撃をした」
突発的って、ゲリラ戦のことを言っているのかしら。
「……鎌倉殿にとっては面倒なことね」
「そ。どこで反乱が起こるかわからないからね。その時も淀川から伊賀に至るまでの広範囲だったから、大塔宮様の力は巨大だよ」
この戦の参謀総長。つまり戦の作戦を考えて、決定する人。
後醍醐帝の名の下《もと》と見せかけて、彼の命令で全てが動く。
楠木正成さんも、彼と共に戦った。
「……楠木さんも戦が上手なの？」
「もちろん。すごいよ。あの男の考え方は面白いって言っただろ？あいつが来てから、だいぶ大塔宮様も楽になったと思う」
なるほど。楠木さんのおかげで作戦もより厚いものになったんだ。
「まあでも、それも鎌倉からの大軍が到着するまでの間のこと」
真白くんから笑顔が剥がれ落ちて、残ったのは冷たい瞳だった。
「この戦は、大軍が来るまで敵を下赤坂城に引きつけて、笠置の負担を減らすための戦。決して、勝ちにいく戦じゃない」
淡々と言葉を落としている真白くんを、気づけば藍が染めていく。
「……そういう突発的な奇襲は、大軍向きじゃない。元々、兵力も少なかったからね」

真白くんが言っていることがゲリラ戦のことだとしたら、確かに大軍向きではないのはよくわかる。
兵の数が多ければ、小隊なんて簡単にひねり潰《つぶ》されてしまう。
「それを知っていても、戦をしなければならなかったのね」
遊びにいくのではなく、命をかけて戦をするんだ。
もちろんのことだけれど、戦を体験したことのない私には、その全てを理解できるはずがない。
「後醍醐帝の御世。それを大塔宮様が望んでいるんだったら、俺も皆も戦をするよ」
真白くんにとっても、彼の存在は果てしなく大きいと知る。
「……その戦の最中に、持明院統の東宮が皇位を継承したんだ」
「え？……後醍醐帝は？」
「帝として立つことを認められなくなった。だから代わりにその東宮が皇位を継承する践祚《せんそ》の儀式をした。……帝になる時に代々伝えられる三種《さんしゅ》の神器《じんぎ》は後醍醐帝が持っていてそこにはなかったから、異例の践祚だったけどね」
「じゃ、じゃあ、後醍醐帝は、帝ではなくなっちゃったの？」
「後醍醐帝は、その東宮が帝になることを決して認めなかった。今だって認めてない。だから、即位式はまだ行われていない」
皇位継承の儀式は終わっていても、即位式はまだなんて変だわ。
つまりそれほど、後醍醐帝の存在は大きいんだ。
「……まあ持明院統も鎌倉殿も、一刻も早く後醍醐帝をその座から引きずり降ろして、新しい帝を立てたいはずだから、時間の問題だと思うよ。多分来月には即位式があるだろうね」
そうしたら、後醍醐帝は帝ではなくなる。
いいえ、本当はもう……。
「とにかくそのあと長月28日に笠置が陥落したんだ」
「か、陥落?!っていうことは、負けたの?!」
思わず大声を出してしまった。
真白くんが「静かにしなよ」と、呆れて呟く。

「そ。結局後醍醐帝は、陥落寸前に笠置からほんの数名のお供を連れて逃げ出したんだ。その時、大塔宮様の弟宮様も一緒にね」
胸を撫で下ろした私を見て、真白くんは笑った。
「けれどその次の日くらいに、後醍醐帝は笠置の近くの山を逃げているところを捕まっちゃったんだ」
最後は、『帝』らしくないような捕まり方。
そう思ったら、なんだかとても切ない気持ちになる。
「それを聞いた兄宮様の尊良親王は、神無月《かんなづき》３日に鎌倉殿に投降」
神無月は、確か10月。
「俺たちは笠置山が陥落するまで、河内の正成の館にいたり、吉野や河内の各地や下赤坂で戦を起こしていたけれど、神無月の15日に、正成がいる下赤坂城に鎌倉殿の大軍が押し寄せたんだ。下赤坂城は急遽《きゅうきょ》準備したにわか造りだったから、21日には下赤坂城は落城。正成は耐えることができずに最後は城に火を放って、自刃《じじん》したと見せかけて消えたのさ」
「自刃？」
「自殺のこと。って言っても、鎌倉殿は正成が生きているって気づいていたけどね」
「そして？」
促すと、真白くんは、え？という表情で私を見た。
「そして？　そしてここにいる。大塔宮様は下赤坂落城の頃は別の場所にいたけれど、落城を聞いて鎌倉殿の捜索の手を避けながら、各地を転々としつつこの十津川まで落ち延びた。俺はその途中ではぐれて一度京へ戻っていた。去年の年末に大塔宮様から書簡が届いて、慌てて十津川まで来たから合流までに時間がかかったけどね。正成も河内かこの周辺にいるよ」
それを聞いて、彼と文字の話をした時に書いていた書簡って、もしかして真白くん宛《あ》てだったのかもしれないと思う。
とにかく壮大な歴史絵巻を一気に読まされたようで、非常に疲れた。
正直、理解なんてほとんどできていない気がする。

「配流がきまってどうしようかってところだ」
「どうしようかって、どうしようもないんじゃないの？」
真白くんがじろりと私を睨みつけた。
「帝を奪還するとかいろいろあるよ。冬場は隠岐まで船を出せなくて春先とかになるから、まだ後醍醐帝は京にいる。その間にここで挙兵するとかさ」
イライラしたように真白くんが言ったのを聞いて、ひやりとする。
「ちょ、ちょっと待ちなさいよ！　無理にきまってるじゃないの！兵力だってないし、どう考えても負けるでしょう?!」
「そんなのわかってるよ!!　やっぱり雛鶴なんて嫌いだ!!」
「私が嫌いでもどうでもいいわよ！　でもね、私から見たってどう考えても無理よ！　駄目!!　無駄に皆の命を奪うっていうの?!」
「うるさいなあ！　それでもやらなきゃならない時があるんだよ！」
思わず取っ組み合いの喧嘩になって、私も真白くんの腕を掴む。
本気で怒りだした真白くんを見て、こっちまで怒りが頂点に達する。
「な、何事だ?!」
彦四郎さんが、戸を開けた。
本気で喧嘩している私たちを見て、固まる。
唐紅の着物を翻《ひるがえ》して男に掴みかかっている側室は、どこを探しても私1人だろう。
「雛鶴なんて大っ嫌いだ！　なんにもわかってないくせして！」
「わかってないなりに、真白くんの言ってることは駄目だってわかるのよ！　馬鹿じゃないの!!」
「なんだって?!」
「ヒナ？　真白？　何をしておるのだ」
彼の声が響いた気がした瞬間、真白くんに隙ができる。

「その時は今じゃないって、言ってるでしょうっ!!」

真白くんに背負い投げをかけると、真白くんの体が綺麗に浮かんで床の上に沈んだ。
何が起こったかわからないと、真白くんは呆けている。
彦四郎さんも、その周りにいた彼の側近たちも、そして彼も同じ顔をしている。
柔道は私の専門外だけど、太一兄ちゃんが習っていたのと、頼人にやると喜んで、何度もやってとせがむから覚えた。
身長が同じくらいの人を投げたのは初めてだけど、真白くんは羽根のように軽かったから綺麗にきまった。
それがまた憎たらしい。
上から覗きこむと、真白くんは口を開けたまま私を見た。
「わかった？」
返事がない。
「わかった?!って聞いてるの！」
絶対に今、戦なんてさせない。
挙兵なんてしたら、確実に皆死んじゃうわ。
焦って目の前が見えていないなんて、そんな馬鹿な真似《まね》だけは絶対にさせない。
だって、皆大事だから。
「……わかった」
真白くんは仰向けになって呆然としたまま、そう呟いた。

「ちょっとそんなに笑わないでよ」
肩を震わせて笑いを噛み殺している彼に向かって、抗うように呟く。
「いや、見事であった。真白相手にあれだけやるとは素晴らしい」
「誉めなくていいから。ごめんね、こんな側室で」
ほとほと自分が嫌になる。
彼の目の前で真白くんを投げ飛ばす必要はなかったのに、喧嘩を売られると、思わず買ってしまう自分が嫌だ。
「そんなことはない。ヒナは体術まで使えるのかと私は感動した」

彼の腕が伸びてきて、優しく抱き寄せられる。
「……感動しなくていいから」
全く嬉しくない。
野蛮な姫だって、きっと皆呆れている。
やさぐれている私を見て、彼は楽しそうに微笑む。
「さらに私はヒナに溺れてしまう」
そう呟いた彼の唇を、自分の唇で受け止める。
柔さが広がったのと同時に、切なさが広がる。
その背に腕を回して、さらに彼を強く抱きしめる。
この熱を失いたくない。死んでしまっては、嫌。
どうしたら、いいのかな。
戦になんて行ってほしくないと願うのは、女の勝手な感情だってわかってるけれど。
「……そういえば、貴方、肩の傷は？」
私がこの時代に来てすぐに、彼に着物を着せた時に見た、肩の傷。
あれはきっと、先の戦の時に受けた傷だ。
「大事ない。もうふさがった」
素っ気なく、彼は言う。
「痛く、ない？」
「痛くなどない」
どうでもいいというように、彼は強引にキスをくれる。
痛くないわけがないと思う。
貴方が痛くなくても、私が痛い。
私、彼が死んでしまったら、どうやって生きていくのかな。
生きていく術は山ほどあると思うけど、心がついていけない。
漠然とした不安が、簡単に心の奥を満たして怖くなる。
「……どうした？」
彼は唇を離して、小さく首を傾げる。
「嫌……」
「何がだ。口づけが嫌なのか？」

「違う。死んでしまっては、嫌」
自分の声が、掠れていた。
こんな言葉、彼の重荷になるとわかっているのに止まらない。
きっと彼は、自分の命の重さなんてたいして考えていないだろう。
後醍醐帝のためなら容易《たやす》く死ねるだなんて、例え自分の親のためだとしても、私には理解できない。
「……私が死んでも、ヒナが何もせずとも生きていけるようにしてある。案ずるな」
その言葉に、はっと目を見張る。
自分が死んだあと、私が困らないようにしておいてくれているだなんて、悲しい。
現代よりも、死との距離が近いのは気のせい？
もっと切羽つまった悲しさが、この世界に満ちている。
「そうじゃないの。そんなことは、どうだっていいの」
彼の眉が歪んだのを見て、私の言っていることが理解できないのだと知る。
「ただ、貴方を失うのが嫌」
戦になんて行かないでと、言ってしまいそうだった。
けれどその言葉だけは言わないと誓って、口をつぐむ。
きっと私が言ったって、その志とその名ゆえに、彼はもう一度戦に出るだろう。
多くの僧兵たちを取りこむために、彼は絶対に必要だから。
そういう時に、私の言葉が足を引っ張るのも、嫌だ。
矛盾してるのはわかっている。
もう私の心の中、ぐちゃぐちゃして定まらない。
「……名を」
彼は呟いた。
「私の、名を」
彼の、名。
一応、彼の名は２人きり以外の時は呼ばないようにしようと思って、普段は『大塔宮さま』にしている。
さすがに皆の前で彼の名を直接呼ぶことは悪いかなと思う。
彦四郎さんだって、一度たりとも呼んだことはないから。
「私の名を、呼んでくれ」
戸惑った私に、もう一度彼はせがむように呟く。
「……護良さま」
彼の名を呼ぶだけで、心臓が跳ね上がる。
「もう一度」
「も、護良さま……」
語尾を消すように、キスをくれる。
「私は、死なぬよ」
息が止まるくらいの長いキスのせいで、頭の奥がぼんやりする。
「たとえ死んでも、天上の国でヒナを待っている。ヒナが天寿を全《まっと》うするまで、私は待っているから」
てんじゅ？　ああきっと、寿命のことね。
「それに、簡単には死なぬ。見くびるな」
そっと、引き倒される。
蒼《あお》を湛えた床は、冷たい。
「……人間とは、不思議なものだな」
私の腰帯を解きながら、彼は微笑む。
「大事なものができると、欲深くなるイキモノなのだな」
戸惑って瞳を揺らすと、彼は笑う。
「ヒナがいるだけでどうしても死にたくなどないと思うとは、不思議なものだ」
胸の内に湧き上がった愛しさで、泣きだしそうになる。
好きで好きで仕方なくて、心のどこかに巣食う寂しさも影を潜める。
私の耳元で、彼は柔く『千鶴子』と呟く。
そして「このような感情、私が味わうとは思わなかった」と言った。
その冷たい手が、私の肌の上を滑る。
あまりの冷たさに一瞬身をすくめると、彼は笑ってキスをくれた。

墨色

「出ていくのか？」
「うん。ありがとう。本当にお世話になりました」
住職は心配そうな顔をしていたけれど、それが煩わしくて突き放すようににっこり笑う。
「行く場所などあるのか？」
「あるよ、大丈夫。本当に住職にはいろいろと感謝してる」
重ねてお礼を言って、風呂敷を手に立ち上がる。
現代で着ていたTシャツとジーパンと携帯電話しか入っていなくて、まるで羽根のように軽い。
その軽さが現代の軽さに比例するようで、寂しさが胸の内を占める。
「大和、……憎しみに、心を空け渡すではないぞ」
その言葉を聞いて笑った俺を見て、住職はもう一度口を開いた。

「修羅《しゅら》になるではない」

面白いことを言う。
鬼になるななんて、住職はそんなに俺のことを馬鹿にしているのか。
「そんなものにはならないよ。大丈夫」
にっこり笑って、そのまま足を前に出す。
「大和！」
その言葉はもう少し前に聞きたかったな。
修羅になるなんて、そんなものになりたいとは思わないよ。
俺はもっといいものになる。
足利高氏を導いて、天下を取る。
あの男を操って、天辺《てっぺん》まで上り詰めてみたい。

口元が、しまりなくゆるゆると上がっていくのを感じる。
外に出ると、高氏が顔を青くして俺を待っていた。
「……よいのか？　もう」
「いいよ。別にここに思い入れもない」
医王院東光寺《いおういんとうこうじ》。
その名だけは、胸に刻んでおこうと思う。
「大和は何者だ？　仏の化身か？　俺は新政権を樹立するような器ではないかもしれないではないか」
「器があろうがなかろうがどうだっていい。そういう運命なんだ」
それが歴史。
室町幕府を開くのは、紛れもなく目の前のこの男しかいない。
そして大塔宮護良親王の運命も、俺の知っている歴史どおりに進む。
「それに高氏はそういう運命だって、すでに言われているだろう」
高氏は瞬間的に顔を青くして、俺を見た。
その反応を見て、史実通りだったかと確信する。
「足利家に、遺言が伝わるだろ？」
高氏の反応を窺《うかが》いながら、言葉を落とす。
顔色はさらに青に染まって、高氏は恐怖を湛えて俺を見ている。
その表情を見て、俺の心の中がさらに黒さを増す。
墨の色のように、透明感ゼロの世界になる。
「高氏から数えて10代前の足利家当主が遺言したはずだ」
俺が歴史を知っていることを、さらにこの男に植えつけろ。
俺という存在が、恐ろしくて畏れ多いと、心の奥の奥まで根深く植えつけられたら俺の勝ち。
そうしたらきっと、俺に逆らえなくなる。
「……自分は７代後の孫に生まれ変わって、天下を取ると。けれどその７代目はそれを実現できなかったから、それから３代以内の子孫に必ず天下を取らせてくれと神様にお願いして自害したんだろ」
唇の端だけで笑うと、高氏は俺から１歩、２歩と後ずさりした。
「その７代目から数えて、あんたが３代目。足利家当主、足利高氏」
「な、なぜそれを……それは当主になった時、口伝で密《ひそ》かに親から俺にだけ伝えられたものだ。その遺言書は実在するらしいが、俺はまだ見たこともない……なぜ内容を知っている!!」
恐怖が頂点に達したのか、高氏は取り乱して声を張り上げた。
「だから言っただろ？　俺は、足利高氏、あんたに天下を取らせる。それとも何？　高氏は武家の棟梁《とうりょう》なんてなりたくないっていうの？」
「そのようなことはっっ!!」
それだけ叫んで、慌てて高氏は口をつぐむ。
怒っているのか、その唇がわなわなと震えている。
そこまで言ったら、全部言ってしまえばいいのに、と思わず呆れる。
足利高氏。こんな人間だったのか。
冷静沈着が名君とされるならば、高氏は名君とはほど遠い。
「別に高氏じゃなくてもいいよ。高氏の弟の足利高国《たかくに》でもね」
さらに煽《あお》るように言うと、高氏は露骨に眉を歪めた。
足利高国は、後の、足利直義《ただよし》。
俺は高氏の本音が聞きたい。
人の心の中は、真っ黒だと証明してほしい。
「高氏にやる気がないなら、弟でもいい。別に誰だっていい」
「何を勝手なことを!!　俺が、俺が、北条家を排除してこの国を治める、武家の棟梁になるのだっ!!」
俺の腕を掴んで絶叫したのを聞いて、笑いを抑えられなくなる。
高氏は俺をただ呆然と見つめて、自分が何を言ってしまったのか、理解できないと戸惑っている。
人間なんてこんなものだ。
その黒さこそ、ニンゲンの本性。
頂点まで何をしてでも上り詰めたいと思うのは、何が悪い。
人の上に立ちたいと思うのはおかしいことじゃない。
誰だって認められたいと、自分が他人と違う特別な存在だって信じていたいだろ？
「……そうだよ。高氏の手に、この世の全てを」
俺の腕から高氏の手を外して、その手を強く握らせる。
粘り気のある黒い闇を掴むように。
「俺が傍にいる限り、この手にこの国の覇権が握られているも同然」
そして俺は、絶対に護良親王を破滅させる。
修羅になるでないぞ、と言った住職の声が、耳元で響いた。
そんなの、きっともうなっている。
そう思って小さく笑った。

高氏の屋敷は快適だった。
家臣たちも高氏も、俺を『神の子』と呼んで、崇《あが》めて畏《おそ》れている。
俺を手に入れれば、この世の全てを手にすることができるものだと思っている。
それは、俺だって否定しない。
歴史を知っていることは、黄金よりも価値のあるものだと理解している。
「……高時様が、大和に会いたいとおっしゃっている」
高氏が暗い顔をして、俺に向かって呟いた。
さらに黒く、濃く、汚れてしまえと強く思う。
その衝動を抑えきれずに、真白い雪の上を泥のついた下駄でぐちゃぐちゃに汚していく。
「……高時って、北条高時？」
呟いた瞬間に漏れる息が白い。
せっかくここまで真っ黒い世界をつくったのに、これだけはどうしても黒く染まらない。
「他に誰がいらっしゃるんだ」
「……俺も会いたいよ」
暗君《あんくん》だと700年後まで伝えられる男に、俺も会ってみたい。

「そうか。ではすぐに支度しろ」
「別にこのままでいい」
黒い着物を着流ししている俺は、鎌倉幕府を実質的に牛耳《ぎゅうじ》る北条高時に会いにいくような格好ではないことはわかる。
けれど、別に着飾る必要もないからこれでいい。
「それは駄目だ。失礼だぞ」
「別にいいと言っているじゃないか」
高氏を睨みつけると、高氏は途端に口をつぐんだ。
「高氏のその名の一字は、高時の『高』から貰ったものだって、俺が知らないとでも？」
高氏は俺から逃れるように、慌てて瞳を伏せて口を開く。
「大和は怖いものはないのか？」
こんな俺にだって、もちろん怖いものはあると思って無言で笑う。
例えば、この息の白さ。
どう足掻《あが》いても黒く染まらない、ただ純粋に相手を思う気持ち。
どんなに泥のついた手で姉ちゃんと護良親王を黒に染めようとしたって、最後の最後まで白を保っているかもしれない。
だったら白を保とうとする前に、一気に黒に沈めてしまえばいい。
そうしない限りこの寂しさが止まらない。
真っ黒に、その未来を光のない墨色に染め上げてみせる。

「殿は今、お犬あわせの最中でございます」
女官は表情のない白い顔で呟いた。
「犬あわせか。時間が悪かったな」
また日を改めて、と言おうとした高氏を遮る。
「俺も犬あわせを見たい。高時に伝えてよ」
「わかりました」と若干嫌そうに呟いて、女官は御簾《みす》の奥に消えた。
そしてしばらくして女官は戻ってきて、「どうぞ」と案内する。
庭に面したその部屋は、閑散としていた。
壁際には何人もの人間が控えて座っているけれど、まるで無表情な能面のような顔をして微動だにしない。
その奥の縁側に、１人の人間が寝ころんでいるのを見る。
突然悲鳴に近い声が上がった。
反射的に目を向けると、寝ころんだ男の奥で赤が散った。
「腰抜けが！」
寝ころんだ男は、ゲラゲラ笑っている。
白い雪の上に赤がべったりと張りついているのを見る。
「その首に食らいつけ!!　やられっぱなしでは話にならぬぞ！」
忙しなく吠えながら、犬同士が互いを殺そうと躍起になっている。
白い雪の上をごろごろと絡まりながら転がって、その赤を散らす。
犬たちの荒い息が、悲鳴に近いその鳴き声が、周囲を囲んでいる大の男たちを熱狂させている。
騒がしい声を聞きながら、その男の傍に立つ。
「……おぬしが、『神の子』か？」
男は、俺のほうをチラリとも見ずにそう言った。
その視線は殺し合う犬たちを食い入るように見つめている。
「……一応ね。あんたが、北条高時だね」
獣の匂いと、血の濃い匂いに思わず吐きそうになるのを堪える。
「いかにも」
その男が体を起こして俺を見上げたことで、ようやく目が合う。
「そんなどうでもいいような姿で来るとはな。それにその髪。なんだ神の子は寺の坊主か？」
この時代は髪が長いのが普通だから、短い髪なんて僧侶が還俗して落としていた髪を伸ばす時くらいしかない。
「着替えるのが面倒くさいし、髪はこのほうが合理的」
適当にそう言うと、高時は笑った。
笑ったけれど、その整った顔は崩れない。
多分、高時は元弘２年だと29歳。
その年齢よりもさらに幼さが滲むのは、その顔立ちのせいだけではないようだ。

高時の纏う雰囲気のせいもあると思う。
「……桜井、大和」
名乗ると、高時は目だけで隣に座れと促す。
「やまと、か。国の名だな」
高時は犬たちに視線を戻して言った。
「大和は、未来が見えると聞いた」
「……うん」
「ではこの犬たちの、紅《あか》と白とどちらが勝つか言ってみろ」
犬たちを見ると、２匹の犬には紅と白の印がしてあった。
「知らない」
素っ気なく答えると、高時は声を上げて笑った。
「なぜわからぬ。大和はそういう力があるのだろう？」
「この犬たちのどちらが勝とうが負けようが、俺には興味がないよ」
ただ漠然とこの光景に寂しさを感じるくらいで、正直どうでもいい。
「……一つ、予言をしてあげるよ」
黒に染まれと念じて高時を見ると、高時は楽しそうに俺を見つめた。
まるであどけない子供みたいだと、その顔を見て思う。
「北条守時。高時が今補佐している執権が、鎌倉殿最後の執権だ」
高時は黙って、ただその目が俺を静かに射る。
その瞳を見ていたら、何か違和感を覚える。
「北条高時、あんたが鎌倉殿を破滅させるんだ」
胸の奥に芽生えた感情を保ったまま続けてそう言うと、高時は声も出さずにいと笑った。
「……それは余が望んでいたこと。ようやく叶うのか。長かったな」
やっぱりこの男は、鎌倉幕府が倒れることを望んでいる。
俺は高時から視線を外して、犬たちを見る。
どうかこのまま命を落とさずに、と念じたけれど、どう考えてもどちらかの犬が息を絶やすのは確実だった。

高時と俺は、吐き気がするくらい似ている。
寂しさが、自分の世界を満たしている。
そしてその不安や恐怖で、透明度ゼロの墨色の中で生きている。
「……余が犬あわせを好いているのは、生か死か、この命のやり取りを見るのが好きなのだ」
「わかるよ」
生を繋ぐ者と、死を迎える者。
それを身近に見ることで、心にあいた穴を埋めるんだ。
寂しさを、狂気で埋めようとするのは俺と同じ。
「俺もあんたも狂ってるよ」
本当は鎌倉幕府を滅ぼそうと望む高時と、自分の姉まで破滅に追いこもうとする俺。
全ては寂しさゆえなのに。
高時は俺がそう言ったのを聞いて、声を上げて笑った。

生きる意味がないと、呼吸をするのもままならない。
希望がない、光が見えないという恐怖の重さは、それを味わったことがない人間でないと理解することなんてできない。
そっと体を起こすけれど、辺りは暗い。
ただ板間の床が、青白い月の光に浮かされて、冷たさを湛えている。
ここは高時の屋敷。確か700年後は宝戒寺《ほうかいじ》というお寺になって、鶴岡八幡宮の傍に残っていたはず。
あれから俺は、ここで数日を過ごしている。
戸の向こうから聞こえる、犬の遠吠えが耳障りで起きてしまった。
「……誰か、いる？」
「おります」
御簾の向こうから女の声が聞こえた。
現代でいえば、御簾は室内用のすだれのようなものだけれど。
「……水、飲みたい」
「しばらくお待ちください」

衣擦れの音だけ残して、女は消えた。
高時と特に何をするわけでもなく、ただ空気のように傍にいた。
暇というのも辛いものよ。と、ぼやくように高時が言ったのがやけに耳に残っている。
酒を浴びるように飲んで、女遊びや闘犬や田楽に興じて、一見楽しそうに見える姿も、実は高時は楽しいと全く思っていない。
ただ、時間を埋めているだけ。
このあと、何年も何十年も続く、吐き気のするほど長い時間を、少しでも空白の時間がないように埋めているだけ。
空白があると怖いから。
例えば今の俺のように、眠っている間は幸せなのに、目が覚めた弾みで現実を取り戻すと途端に恐ろしくなる。
山積みの難題や寂しさが、鮮明に色を湛えて圧しかかってくる恐ろしさがわかるから、互いに傍にいる。
言葉を交わすことはほとんどなく、ただなんとなく互いの姿を認識しているだけだけど、酷く安心する。
そんな些細なことで闇を埋めようとする俺も高時も、救いようのない人間だと思うけれど。
「大和様。お水をお持ちいたしました」
「ありがとう。そこに置いておいて」
闇が濃くて、持ってきてくれた女の人の姿もこの目で捕えられない。
「そのように薄着では、お風邪を召されます。何か羽織るものを着てください」
女の人のほうは俺の姿が見えているのか、そう言った。
「いいよ別に」
いらないと言ったけれど、強引に着物を俺の背に掛ける。
「よくはありませぬ。お体をお大事になさってください」
突然温かさが背に広がって、まるで柔らかく抱きしめられているみたいで胸がつまる。
居間のソファで寝てしまうことがあって、そのたびに姉ちゃんが毛布を掛けてくれたのを思い出す。
久しく感じていないその温かさを思い出して、きっともう、姉ちゃんが俺に毛布を掛けてくれることも、ソファで寝ることもないんだと思ったら、絶望的な気持ちになった。
「……大和様？」
月明かりが差しこんで、淡く浮かび上がる黒目がちのその大きな瞳は、光を孕んで揺れた。
「大和様、どうして、泣いて……」
「あんたの名は？」
遮るように言葉を被せる。
俺が泣く理由を、この人が知る必要はない。
「か、楓《かえで》と申します」
「……この家の女官？　高時の女？」
「違います。高時様の寵愛を受けたことなど、一度も……。私は足利家から参りました」
こんな女の人はいたか？と思って、記憶を辿るけれど思い出せない。
周りのことが何も見えていなかったことに、ようやく気づく。
「大和様がこちらにいる間、身の回りのことをせよと高氏様から申しつけられました」
「……１人だけ？」
「ええ。北条家までお供したのは私１人でございます。あとは北条の女官たちがお手伝いしてくださいますから」
楓は、明かりを点《つ》けた。
仄かに部屋の中が明るくなるけれど、それでもまだ暗い。
楓は火から目を離して俺を見て深く笑った。
俺より一つ上くらいだと思うけれど、落ちついた物腰に安心する。
「……俺が怖くないの？」
「怖い？　何をおっしゃいます」
楓はケラケラと口元を隠して、無邪気に笑った。
「大和様が、未来が見えるから、と？」

「だって、下手をすれば楓の行く末だってわかっちゃうんだよ？」
「だとしても怖くなどありませぬ。特異な力をお持ちでも、私となんら変わらぬ『人間』ですから」
優しく降る言葉に、胸の奥が締めつけられる。
現代でも、700年前でも、『人間』は何も変わらない。
俺も着物を着て黙って座っていれば、異質ではなく同じ。
「大和様？」
泣きたくないのに、涙腺《るいせん》が弱くなって本当に困る。
どうしてもこの時代に染まりたくなんてないのに、それでもどう足掻いたって、1332年が、元弘２年がどんどん染みついていく。
温かさが広がると、あっという間にこの時代に同化してしまう。
「出ていってくれ」
１人になって孤独と憎しみを取り戻さないと、駄目だ。
「で、でも、大和様……」
「出てけって言ってるだろっ!!」
張り上げた声が、屋敷に響く。
「……嫌だと言ったら？」
楓はじっと俺を見据《みす》えて静かにそう言った。
気に入らない。
勢いよくその細い首を掴むと、楓は小さく悲鳴を上げた。
「……殺してやる」
そう言った自分の声が、自分のものだと思えないほど冷たかった。
きっと、俺はこのあと何人も人の命を奪う。
だったらこの女をここで殺しても、１人も２人も同じだ。
「や、大和……さ、ま……」
その声を聞いて、俺に人が殺せるのか？と思った瞬間、理性を取り戻す。
ぱっと、白く細い首から固まった指を外す。
自分の指先が、ガタガタと震えているのがわかった。
咳《せ》きこむ楓の上に、涙が散って嗚咽が止まらない。

「決して、大和様が怖くなどはありませぬ」
楓の指がそっと俺の涙を拭って、抱きしめてくれる。
同化なんて絶対にしない。
けれどただ抱きしめてもらっただけなのに、それだけで胸の奥の寂しさが影を潜めて、空白の時間が静かに満ちていった。

露草色

「やっぱりちょっと不安なんだよな」
重信くんがぼやくように呟いた。
「何がだ？」
大塔宮さまが板間の床の上で、ごろごろ転がっている重信くんを見て笑っていた。
「とりあえず御所を建ててはみたけど、なんか不安……」
「よいのだ。そこまでしてくれて大変ありがたいぞ」
大塔宮さまが笑ったら、重信くんは照れくさそうに頷く。
彼がただのお坊さんじゃなくて、帝の皇子だと十津川の皆が知ってから、重信くんや若衆組の皆が、彼の家を建てる！とはりきって建てたのが黒木《くろき》の御所《ごしょ》だった。
ちなみに、黒木というのは皮つきの丸太のことらしい。
よくいえばログハウス的な感じだ。
彼は別に邪魔にならないなら戸野でいい、と言っていたけれど、若衆組は盛り上がり、ものすごく短い期間で建ててしまった。
そこは素直にすごいと思う。
確かに精力があまりまくっている若衆組にとっては、朝飯前なんだろうけど!!
「戸が開かないんだけど!!」
戸を思いきり引くけれど、うんともすんとも言わない。
こういうところがガサツで豪快なこの十津川の若衆たちの特徴だとわかっていたけれど、案の定発揮された。
「何言ってんだよ、雛鶴姫」
重信くんは笑っていたけれど、いざ引いてみたらびくともしなくて、驚いた顔をしていた。

ちなみに重信くんはもう私のことを『ちづ』とは呼ばない。
無論、朔太郎さんも、若衆組の人たちもだ。
きっと例の諱の問題なんだろう。
『ちづ』と呼ぶのはしげちゃんだけで、男の人で私を『千鶴子』と呼ぶのはもう彼しかいない。
どことなく寂しさも広がるのだけれど、それでいいような気がする。
できれば、この時代の人となんら変わらなくなりたい。
時代の差を感じなくなるほど、ここに同化したい。
そう思うのは、彼ゆえ。
胸の奥から溢れ出す愛しさに、単純に「好き」と当てはめたら、その程度の枠にくくられてしまいそう。
昨日よりも今日のほうがこの気持ちは増幅する。
例えば今日「好きだ」と言ってしまったら、明日もっともっと好きになった時に、その感情を的確に表現する言葉がない。
けれど愛しているとか、軽々しく言えない。
きっと私はまだ本当の愛がなんなのかよくわかっていない。
けれど、もうただただ恋しい。
「どれ」
彼が私と重信くんの間に立って、戸を引く。
突然訪れたその気配に、衝動的に触れたくなってしまう。
ただその突発的に生じる切なさに、唇を噛んで抵抗する。
「……開かぬ」
いたって真剣に言ったその声に、思わず笑う。
貴方ってなんにでも真面目なのよね。
「駄目だ。こんな場所に大塔宮様を住まわせるわけにはいかない」
「よいのだ、重信。住めぬわけではない。やってくれたことに私は意義があるのだと思う」
嬉しいと言えばいいのに、周りくどいことを言ったり、難しい言葉で難解にしようとする。
自分の気持ちをなんの飾りもなく言ったりするのは、帝の皇子としてよくないことなのかしら。
やっぱりどこかしら醒めていて、『自分』を失わない人だと思う。
「いいのよ、重信くん。大塔宮さまもものすごく喜んでくれてるし、大丈夫」
にっこり笑うと、重信くんは安心したように笑った。
足りないところは埋めてあげればいい。
脆《もろ》いところは支えてあげればいい。
それでいいと思う。
「……うん。まあ当分は戸野にいてよ。直せるところは直すし、正吾にも相談してみるよ」
「ありがとね、重信くん」
ここに住むとしても、戸が開かないのは非常に困るから、直してくれると助かる。
お礼を言うと、重信くんは嬉しそうににっこり笑った。

「……重信は本当によくしてくれる。若いのにできた男だ」
帰り道、大塔宮さまは笑いながらそんなことを言った。
ぶっきらぼうでがさつだったりするけれど、根はものすごくいい子。
「若衆組に入ったら、きっと副頭になるであろうな」
「副頭って、朔太郎さんがいるじゃないの」
組頭は竹原正吾さん。
確かに竹原と並ぶ豪族の戸野の息子だから、副頭になるのは順当だろうけれど。
「朔太郎は、そのうちしげと妻帯するであろう」
妻帯。ああ、結婚。
た、確かにあの２人駆け落ちしようとしていたけれど……。
「竹原のお父さんが大反対しているんじゃないの？」
「していても、きっと一緒になるだろう」
笑った彼に、「そうね」と笑って頷く。
夕闇が迫って、若干夜に落ちかけた空は、青とも藍ともいえない中間色で戸惑ったように揺れる。
「……露草色《つゆくさいろ》」
彼は私と同じように遠くの空の色を見つめて呟いた。
「露草という花を知っているか？」
「うん。青が淀《よど》んだ色の花でしょ？　青紫のかわいい花」
「それと同じ色だ」
昼にしがみついて夜に堕ちるのを怖がっている、この刹那《せつな》の空の色と同じ色。
静かに彼の大きな手が差し出される。
目で追ってそのまま彼の顔を見ると、彼は笑った。
私も笑ってその冷たい手を取る。
「……『帝の皇子』がすることではないな」
呟くように彼が言った時、世界はいつの間にか濃藍に沈んでいた。
「女子と手を繋いで歩くなど、することではないだろう」
「そういうものなの？」
「女子と２人で道を歩くことなど、私にとってはありえない」
ケラケラと、楽しそうに笑う声を隣で聞く。
ずっとお寺に住んでいたし、出かけても護衛が必要なんだろう。
それが帝の皇子。

「十津川は、楽しい」

山深い、緑の国。
周囲は険しい山が多くて、人の出入りも困難。
しかも今はもう若衆組の人たちが道を警備してくれているから、彼の命を狙う人も簡単にここまで来られない。
彼もそれを知っていて、自由に行動できる。
例えば私と２人だけで、どこへでも行ける。
私も一応武術を嗜んでいるから、彼にとっては護衛になる。
「私も楽しいわ」

ぎゅっと彼の手を握る。
いつか、今日のこの日を懐かしく思う日が来るのだろうか。
まるで露草色のように刹那の出来事だったと、この十津川の風景を懐かしむ日が来るのだろうか。
そう思ったら、突然切なさが津波のように襲ってきた。
ずっとこの柔さが続けばいいのにと思うけれど、それも無理な話。
「ヒナ、見てみろ。星が降りてきたぞ」
彼は天を仰いで、楽しそうにはしゃいで声を上げた。
私も同じように仰いで見たけれど、降るような星たちは、露草から藍に変わった世界で、滲んでよく見えなかった。

「あんた、いい女さね」
戸野家の長い廊下を一気に雑巾《ぞうきん》がけしている最中に、突然そんなことを言われて、動揺してすっ転ぶ。
「あっはっはっは!!　大丈夫かい?!」
私が頭から転んだのを見て、大笑いする声が辺りに響く。
恥ずかしさが込み上げてきたのと同時に、怒りも頂点に達した。
「貴方、誰?!」
尋ねても、その男はにやにやと笑っているだけ。
多分35歳は超えていると思うけれど、醤油顔で元々童顔なのか、年齢が明確にわからない。
簡単に言えば、かわいい顔をしたおじさん。
かわいさの種類は、真白くんの美少年系じゃなくて、人がよさそうなおじさんという感じだけど。
「誰？って聞いているの」
もう一度尋ねてもまだにやにやと笑っている姿を見て、もう堪えきれなくなる。
「……不審者ね!!　勝手に入ってこないでよっ!!」
叫んで、持っていた雑巾を丸めてその人に向かって思いきり投げつけると、鈍い音を立ててその人の顔に当たった。

雑巾がその人の顔を舐めて落下するけど、それを地に落とさないようにその男は受け止めた。
「……あんた」
怒ったかしらと思ってひやひやした。
「な、何よ」
「あんた、やっぱりいい女さね!!　俺に雑巾を投げたのは俺の嫁さんとあんたくらいだ!!　あっはっはっはっ!!」
雑巾を持ったまま、さらにその人は大笑いした。
「それにしてもあんたぁ、いい尻してる!!」
かあっと顔が熱くなる。
この時代の男の人はやけにお尻ばっかり気にしてくる。
「いい子を産むな！」
またか！と思って拍子抜けしたのもつかの間、沸々と湧いてくる怒りを止める術はない。
本気でぶん殴ろうと思った時に、急にその人は真顔になった。
真顔といっても、口元は笑っている。
その目に急に青白い光が灯って、思わず体を強張《こわば》らせる。

「……楠木正成」

ぼそりと、その人は呟いた。
まさか、と思って目を見張る。
私が驚いたのに気づいたのか、その人は大きな口をさらに際限いっぱいに伸ばして笑った。
「く、楠木正成……」
以前真白くんにそのうち会うかもねと言われたけれど、まさかこんなに早く会うなんて思わなかった。
こ、この人が楠木正成。
この人のよさそうなただのおじさんが?!!
「俺が、楠木正成さあ。あんたが大塔宮様のご側室の雛鶴姫だなあ？　竹原の娘さんって話を聞いたが」
真白くんも同じことを言っていたけれど、どこで間違ったのか。
「確かに雛鶴は私。でも竹原の娘じゃなくて、竹原でお世話になってた娘よ」
「ほう、そうなのかい。まあ別にどこの娘でもいいんだがな。真白から聞いたぞ。大塔宮様の傍に上がった姫はなかなか『使える』姫さんだとな」
にやりと笑ったその真意が汲めなくて、ムッとする。
「『使える』ってどういうことよ？」
「そんな怖い顔しなさんな。あんたに家柄がなくても、護衛として使えるくらいの力を持った姫さんだってことさあ」
「……それは、私が剣を使えたり真白くんを投げ飛ばすくらいの『力』を持っているから『使える』ってことなの？」
「真白を投げ飛ばしたと聞いたのは初耳だなぁ。このあいだ貰った書簡には、ただ『俺の突きをかわした』と書いてあったから、なかなかやる姫さんだと思ってたが、投げ飛ばしたとはいいことさね」
初めて真白くんに会った時に、殴られかけたのを思い出す。
あの子、何を言いふらしているのかと思って、怒りが増幅する。
しかもなんか墓穴を掘るようなことを言ってしまった。
「姫さん、あんた大塔宮様が常にそのお命を狙われている存在だってよく知っているはずだ。だからさっきもまず俺の名前を聞こうとした。違うかい？」
「そ、そうよ。見たことがない顔だったから……」
「それでいい。この場所は安全だからいいが、都になんぞ行ったら、常に気を張っていなくちゃならないからな。それこそ、眠っている最中でも、あんたを抱いている最中でもな」
意地悪く笑ったのを見て、傍にあった桶を投げつける。
水は入っていなかったからよく飛んで、その額に当たった。
「……さすが!!」
にこにこ笑ったのを見て呆れかえる。

この人、どこか思考回路がやられちゃってるとしか思えない。
「ま、そういう時でも、気を抜けないってことさ。けどあんたがいれば少しは心が休まる。あんたが最後の護衛になるのさ」
楠木さんの言っていることはわかる。
２人きりの時に暗殺者に襲われたら、最後に彼を守るのは順番的には私だ。
強いかどうかは別として、私は剣を使えるし柔道だって少しできる。
それはもしかしたら、彼にとって非常に助かることなのかもしれない。
「あんたの傍なら、大塔宮様も気を抜けるだろうよ」
常に張りつめた感情を、私の前だったら和らげることができる？
もしそうだとしたら、とても嬉しいことだ。
「……わかってる。私に家柄も後ろ盾も何もないけれど、そのぶん大塔宮さまをそういうところでお守りするわ」
家柄も後ろ盾も何も持ってない私を、それでもいいと傍に置いてくれたのだから、そのぶん彼をできる限り守りたい。
「あんたぁ聞いちゃいたが、他の姫さんと違うね！　あんたがそう思ってくれていれば、こっちとしてもありがたい。共に大塔宮様のために尽くそうぞ」
「でも貴方は大塔宮さまの部下ってわけじゃないんでしょ？　後醍醐帝の家臣だって聞いたけど」
彼だって、言ってみれば後醍醐天皇の家臣みたいなものだけれど。
「まあそうだがな。俺は単純に大塔宮様が好きなのさ！」
さわやかに言ったのを聞いて、真白くんのソレとは違うのはすぐにわかった。
単純に人間として好きだって言っているのがすぐにわかる。
「とにかく、大塔宮様に会わせてくれ。せっかくこの山深い十津川まで来たんだから」
「い、戦があるの？」
反射的にそう尋ねると、楠木さんは笑った。

「いや、まだだな。大塔宮様はきっとまだだと言うだろうよ。まあでもいつ挙兵してもいいようにしておくのが一番だ。そのために来たようなものだしな」
「正成じゃないか！」
突然そんな声が廊下の奥から響いた。
「おー！　真白！　元気だったか？」
真白くんは嬉しそうに笑いながら駆け寄ってきた。
私にはそんな笑顔一度たりとも見せてくれたことないくせに、と心の奥で文句を言ったけれど、口に出すのはやめた。
「正成!!」
真白くんは、楠木さんに抱きついた。
その光景を見ながら、なぜかほっとする。
結局大塔宮さまと真白くんの関係はうやむやのままだったけれど、真白くんは大抵こんな感じなのかとわかった気がした。
「元気そうでよかった！　俺も元気だし！」
「あっはっはっは!!　俺はくたばったりせんよ！　真白も相変わらずかわいい顔をしているなあ！」
２人のやりとりに呆れつつ、楠木さんに真白くんをよろしくと思いながら、その場をあとにする。

「大塔宮さま」
「なんだ？」
机に向かって書きものをしている彼に向かって声をかける。
「あのね。楠木さんが来てるわ」
「……正成が？」
「うん、そう。今真白くんとイチャイチャしてる」
「いちゃいちゃ？」
彼の眉が歪んだのを見て、しまったと思う。
「え〜っと……必要以上に仲よしなご様子で……」
自分の日本語のレベルの低さに愕然とする。

横文字も怪しい言葉もなしで生活するなんて、その言葉が大半を占めていた現代では考えられない。
「ああ、あの２人は気が合うみたいだからな」
「貴方と真白くんも合ってるんじゃないの？」
素っ気なく聞いてみる。
「どういうことだ？」
真顔でそう尋ねられても非常に困る。
「ま、真白くん貴方のこと、大好きみたいだし」
微妙にはぐらかしたけれど、彼はすぐに感づいて意地悪く笑う。
「私と真白の関係を、気になっていたのか？」
意地悪くにやにや笑った彼を見て、頬がかあっと熱くなる。
「き、気になっていたら悪い？　だって仲よさそうだから」
真白くんは確実に私よりかわいいからと言った途端、強引に引き寄せられる。
「男を抱いて、何が楽しいのだ？」
そんなことを私に尋ねられても非常に困る。
「私にそのような嗜好《しこう》はないし、女を抱いていたほうが絶対によい」
耳元で喋られると、体に力が入らなくなる。
私に余計なことを考えさせないように、その指が首筋を撫でる。
「私の寵姫はヒナだぞ？」
楠木さんが来ているのよ、ともう一度言おうと思ったけれど、その前に自分の理性を保つので精一杯になる。
くらくらと、彼の熱と自分の熱で世界が歪んでしまう。
どうにか世界を掴んでいようと口を開く。
「そ、その『ちょう』って、何……？」
蝶々のことでしょう？
「寵愛している姫のことだ。誰よりも深く愛している姫君」
誰よりも、深く……。
笑った彼に、さらに愛しさが増す。

「で、でも寵を得ているって……。何か貰えるのかと思ったわ」
蝶々だと思ってたって言うと、確実に呆れられるから言わずにいると、彼は笑った。
「まあ、寵は簡単にいえば、子種のことだ」
ケロリと言ったその言葉に、思わず目を見張る。
「こ、こここ……」
「どうした、ヒナ」
彼は私の反応を楽しむように、にやにやと笑っていた。
だ、だから片岡さんに尋ねた時に、恥ずかしそうに「私の口からは言えない」って言っていたの?!!
思わず彼と距離を取ろうとしたけれど、彼の手が私を捕えて、逃れることを許してくれない。
「ヒナは本当にかわいい」
なんとかして抗おうとするけれど、彼の腕に囚《とら》われて抜けだせない。
「続きは夜に」
彼は短く言って、私に一度口づけをして立ち上がる。
ずるりと床に倒れこんだ私を見て、笑った彼の顔を瞳に映す。
貴方って時折本当に意地悪だと思う。
冷たい床で火照った頬を冷やして落ち着きを取り戻した。

「俺は秋までは動けないさね」
楠木さんは、ぐいっとおちょこを煽った。
「兵糧《ひょうろう》が足りんさね。それに、金剛山《こんごうさん》も城塞化《じょうさいか》させにゃならん」
金剛山が一体どこにあるのかわからず、黙って眉を歪めていると、隣に座っていた彼が口を開く。
「正成は、河内の国に住んでおる。金剛山は河内の国にある山だ」
そうなんだと思って頷く。
真白くんが河内の国は大阪の南部だと教えてくれたのを思い出す。
「……えっと、下赤坂城」
「そこは落城したさね。今は湯浅《ゆあさ》って奴が何食わぬ顔してそこにいるさあ」
そうだった。墓穴をまた掘ったかもしれないと思ってヒヤリとする。
「湯浅とは、紀州《きしゅう》の湯浅党か？」
「そうさ。けど大した奴らでもない。心配しなさんな、すぐにでも奪還してみせるさあ」
不敵に楠木さんは笑う。
普段はごく普通のどこにでもいるようなかわいい顔したおじさんなのに、時折瞳に灯る青白い光が、ただものじゃないって言っている。
「ま、今動くのは得策ではないから、奪還するのは金剛山の城塞化が済んでからになるさね」
「今、新しいお城を造っているの？」
彼も白い小さな満月の欠片を、ぐいっと煽って私に差し出す。
私はそれを合図に、盃《さかずき》に透明な液体を注ぐ。
「千剣破《ちはや》城だな」
彼は注がれる液体を見ながら呟いた。
だいぶお酒を飲んでいるはずなのに、彼は全く揺らがない。
対して、楠木さんの顔は夜目《よめ》でもかなり赤いとわかる。
「千剣破は難攻不落の城になるさね。千剣破の築城が成ればだいぶ楽になるな」
「難攻不落？」
「そうさ。今城を建てている場所は天然の要塞みたいなもんだ。四方が断崖だからなあ」
断崖って、そんなところにお城を建てるって想像がつかないけれど、本当にお城ができれば天然の要塞になる。
「それに籠城戦《ろうじょうせん》になることを考えると、兵糧の蓄えも必要ということか」
「そうさ。それには米の収穫が済むまでは動けないということさね。去年の収穫は下赤坂で戦があったせいで、次の戦の兵糧に回せるほどは収穫できなかったからな」
戦が長引けば長引くほど、兵糧、つまり兵に与える食べ物が十分に蓄えられていないと勝てない。
食べ物がなくなれば、餓死してしまう。
そうなると兵の士気にも関わるから、兵糧の確保は必要最低限のこと。
戦の基本中の基本だ。
長い間同じお城で戦をするとなると、戦の最中に兵糧をどうやってお城に運びこむかとか、どれくらい蓄えを置くかが重要なんだ。
周囲を敵に囲まれて何か月もだと、兵糧を輸送するのも大変だろう。
「……私は夏になる」
その言葉に、心臓が突然収縮する。
ぎゅっと握りつぶされるような痛みが全身に走って、一瞬目の前が真っ暗になった。
「京に駐屯している鎌倉の軍勢が退いてからになる」
「それが、夏だと？」
大塔宮さまは大きく頷いた。
「私は初夏だと踏んでおる。それに私が夏に挙兵すれば、正成も助かるだろう」
数秒間２人はただ黙って見つめ合う。
楠木さんは張りつめた空気を打破するように、声を上げて笑った。
「……全く、大塔宮様と話していると話が早くて助かるさね」
豪快に笑って、また月の欠片を煽る。
「後醍醐帝を、奪還する計画は？」
「もちろん今すぐにでも飛んでいきたいのはやまやまだが、ここで私まで捕えられたら元も子もない。父上や兄弟宮がいない今、私が挙兵しなければ後はないだろう。だからその時が来るまでもうしばらく身を潜める。定期的に六波羅を攪乱《かくらん》させることはするがな」
再び差し出されたその月の欠片に、我に返って慌てて透明な液体を注ぐ。
指先の震えがおさまらない。
彼に気づかれないように平常心でいろと、自分に言い聞かすのに。

「……その通りさね。この戦は大塔宮様がいないと決して勝てない。一時《いっとき》の激情に身を任せてもいいことはない。長い目で見るのが大事だってことを考えれば、今は身を潜めているのが一番さね」
初夏までまだ時間があるのに、まるで明日、ううん、１秒後にいなくなってしまうみたい。
その端正な横顔を、ぼんやりと瞳に映す。
差しこむ月の光が、彼の輪郭をそっとなぞる。
目を閉じてもう一度開けた瞬間に、彼はきっと消えてしまう。
そう思ったら、同じように消えたいと願ってしまった。

音もなく、またその白い月の欠片が差し出されている。
気づくといつの間にか楠木さんはいなくなって、部屋には私と大塔宮さまだけだった。
「……貴方、結構飲むのね。飲みすぎよ」
差し出されたその満月を、そっと受け取って彼の指から外す。
「そこまで飲まぬよ。片岡などは顔色一つ変えずに浴びるように飲むからな、困ったものだ」
小さく笑うけれど、貴方こそ顔色一つ変えない。
いつだって、『帝の皇子』。
「……貴方、死ぬ気なの？」
そっと満月の欠片をお盆の上に置きながら、ついでのように言う。
真正面から聞けなかったから、まるで独り言のように呟いた。
しばらく彼は黙った。
答えたくないのならば、それでいいような気がして私も黙る。
彼の目だけは見れずに、月の光を受けて露草に染まる床を見つめる。
「なぜそう思う」
逆に尋ねられて、お得意ね、と思って唇の端で笑う。
簡単に答えはくれなくて、逆に尋ねられてうやむやにされてしまう。
「さっきの、貴方が夏に挙兵すれば楠木さんも助かるって言ったの、あれ……」

ひと思いには言えずに、言葉を切る。
心臓が跳ねて、言葉が出ないといった方が正しいかもしれない。
「あれは、貴方が鎌倉殿を引きつけると言っているんでしょう？」
勢いよく顔を上げた弾みで彼を見ると、彼はまるでその背後で輝く、無機質な白い月と同じ瞳で私を見ていた。
その冷たさに、思わず息を呑む。
「……ヒナは相変わらず察しのよい女だな。私は初めからそのつもりだ」
彼が、私から瞳を離して唇の端だけで笑う。
「正成よりも挙兵を半年早めるのも、鎌倉殿の目を私に向けて正成から離すため。そのための『帝の皇子』」
「そ、そのためって、貴方の名は、敵を引きつけるためだけにあるとでもいうの？」
その名は、甘いエサ。
砂糖に群がる蟻《あり》のように、鎌倉殿は彼の名に引き寄せられる。
「それが戦に勝つために、私のすることだ」
彼は私をじっと見つめた。
その目には灰白の光が灯っていて、決意の表情だと知る。
男の人のこんな強い瞳を見たのは初めてで、思わずたじろぐ。
志のために生きる人はこれほど強い目をするのだと、初めて知った。
「正成こそ、この戦の鍵《かぎ》になる人物。知略にも優れておる。鎌倉殿を欺くには正成の力がなければ勝てぬ」
千剣破城を完成させるために、十分な兵糧を蓄えさせるために、彼は半年早く挙兵して、時間稼ぎのために死にに行く。
楠木さんは彼がそういう選択をするということも、彼のその選択がなければ何も始まらないことも、わかっている。
だからこの戦は彼がいないと決して勝てないと言った。
その名がないと鎌倉幕府の目はほとんど楠木さんに向いて、敵兵を抑えきれなくなって負けると知っているから。
彼が犠牲になっても、この戦は絶対に勝たなければいけない。

この人は自分の立場を知っていて、自分が表に立つよりも影に回ったほうがいいこともよくわかっている。
現代で彼の名を知らなかったのは、そのせいかしら。
いつも影に回って、危険なことは全て１人で背負おうとする。
英雄ではなく、英雄を支える影になったせい？
英雄だけが存在するわけではないのに、英雄を支えて英雄にする、『誰か』がいなければ何も始まらないのに。
「貴方の名はそんなことのためにあるんじゃないわ」
ではなんのために？と尋ねられたら、答えられないのが悔しい。
何もできない自分が、悔しすぎる。
口ばっかりで、本当に彼を支えることもできない自分が、悔しい。
彼の冷たい手が、そっと私の頬を撫でる。
それが合図のように、涙がボロボロと零れ落ちた。
「……私の名は、ヒナにやるぞ」
まるで自分の言っていることを、ふざけているかのように彼は笑う。
「私が死んだら、ヒナと共にこの名を墓まで連れていくのだ」
彼はそっと私に口づける。
名よりも、私は貴方自身が欲しいのに。
半年なんて、あっという間だ。
私はその日が来たら、彼の背を黙って見送れるのだろうか。
「護良さま……」
どうして戦なんてするのかしら。
なんでこんなにも、革命は悲しさを湛えるの？
革命は綺麗なだけじゃなく、泥くさくて汚くて、底辺には必ず悲しさが満ちている。
「女子で私の名を呼べるのは、ヒナだけだ」
その唇が私の首筋を辿る。
彼の肩越しで月が笑う。
月の白が、彼の肌に反射して、刹那、目がくらむ。
いつかこの肌が、赤に染まる日が来るとでもいうのだろうか。

彼の熱が、肌を走る。
煩《わずら》わしいことが崩壊していく。
けれど、どうしても瞼の裏に浮かび上がるのはその赤。
死にゆくその背を見送って、私は彼の思い出ばかり追う。
そんな日々がもう間近に迫っているのだと知ったら、じわりと瞼が熱くなった。

春が来るのが早い。
まだ3月の初めのはずなのに、桜の花がほころび始めている。
楠木さんがやってきたのは、1月の終わりだったから、もう1か月以上経ってしまった。
楠木さんはあのあとすぐに河内に戻っていって、時折楠木さんの使者だという人は来るけれど、本人が来ることはない。
私も何も変わらない生活を送っている。
変わったことといえば、一度は黒木の御所で住むことになったけど、結局家全体がガタガタしていたから、重信くんの「やっぱり駄目だ」の一言で、今度は竹原に住むことになった。
竹原のほうが家が大きく、戸野に比べて抱える兵が多くて、そのぶん彼を守ることができるからだということだった。
私はしげちゃんとまた暮らせることになって、楽しく過ごしている。
「……桜が咲きそうだな」
砂利を踏みしめる音がして、振り向くと彼が立っていた。
「うん。春が来るのが早いわ。まだ弥生《やよい》の初めなのに」
「例年通りだぞ。もう春だ」
彼が眉をひそめて言ったのを見た瞬間、旧暦だと気づく。
この時代で3月の初めだったら、現代の暦では4月の初めになるというわけだ。
確か明治維新で、暦が旧暦から新暦へと変わったんだった。
もう春も真《ま》っ只中《ただなか》だった。
夏まであっという間で、1か月損したような気分になる。

「桜は好きだ」
「……私も好きよ」
春を告げる、花。
咲く時は一度に豪奢《ごうしゃ》に、散る時は惜しまず潔く散る、美しい花。
どこかしら寂しさや、悲しさも湛える花。
「……ヒナに吉野の桜を見せたいものだな」
彼の柔い声に、どういうわけか切なくなる。
「知っておるか？　吉野の桜を」
「知っているわ。桜の名所でしょ？　行ったことはないけど……」
吉野は奈良県。700年後の現代でもむせかえるほど桜の咲く場所。
「ヒナの時代でも吉野は変わらぬか」
彼は満足そうに笑った。
私はもう現代の吉野へは行くことはないだろうけれど、700年経ってもきっと吉野の桜は変わらない。
人も文化も変わって、何もかも変わったように見えたけれど、吉野だけは、桜だけは何も変わらない。
そう思ったら、少し悲しいようでいて、嬉しくもあった。
現代に少しでも繋がるものがあると思ったら、自然と笑顔になった。
「……今年は吉野の桜は、見られぬな」
まだ冷たさが残る風が、頬を撫でる。
その言葉の裏には、もう二度と吉野の桜は見られないという言葉が隠れているのを、私はよく知っている。
「来年はきっと見られるわ。それに桜は桜。十津川の桜も美しいわ」
「……ヒナの言う通りだ。吉野は来年にとっておこう。来年ヒナに吉野の桜を見せてやるからな」
彼が笑ったのを見て、嘘だとすぐに気づいたけれど、微笑む。
「……吉野の桜、きっと素晴らしいものなのね。楽しみ。約束よ」
彼が頷いたのを見て、それだけで十分だと思う。
儚くも悲しい約束を、互いにいくつも結んでおこうとするのは、生きることを諦めていないからだと、私は知っているから。
「だっ、大塔宮様っっ！」
背を焼く日差しはもう夏のように熱いのに、風ばかり冷たい。
「大塔宮様っ!!」
その二つの温度差に、世界が眩む。
「どうした!!」
真白くんが、彼の足元に転がりこむようにひれ伏す。
「ご、後醍醐帝、並びに兄宮、弟宮様、御配流実行となりました!!」
彼の体が揺れたような気がして、思わず支えようとしたけれど、どうやら揺れたのは私だったようで、逆に彼に抱きとめられる。
「……そうか。わかっていたことだ。取り乱すな」
彼の声は大したことではないというかのように落ちついていた。
けれど、私を抱きとめてくれているその手が熱い。
普段は冷たい彼の手が、熱を持って小さく震えていた。
「真白、詳細を」
揺らいでは、ならぬ。
以前そう言った彼の声が、胸の奥で鳴る。
きっと今、彼の胸の内でも同じ言葉が鳴っている。
支えられているはずなのに、いつの間にか自分が彼を支えているのに気づく。
私の肩を掴むその手に、自分の手を重ねて強く握る。
「……ご、後醍醐帝は数日前に隠岐に御配流。その２日後に尊良親王も、尊澄法親王も、それぞれ土佐と讃岐に配流……」
今まで冬で隠岐まで船を出せなかったけれど、春になって波が落ちついたから、ようやく実行されたんだ。
「恐らく、まだ京を出立《しゅったつ》したばかりだと思うから、隠岐に着くのはしばらくあとだと思うけれど……」
「誰が父上の護衛を？」
「千種忠顕《ちぐさただあき》殿と世尊寺行房《せそんじゆきふさ》殿が……。あと、御寵妃の阿野廉子《あのやすこ》様と女官の２人が」
「つまりは父上に随行したのは、たった５名というわけか……？」
彼の声が、露骨に揺れた。
真白くんは、驚いた顔をして頷く。
この日本の頂点に立つ帝についていったのは、たった５名。
家臣は、２人だけ。そして、阿野廉子さま。後醍醐院の御寵妃。
「……よくわかった。真白、下がれ」
「は、はっ!!」
何を言ったらいいかわからなくて、言葉が出ない。
ただ震えるその手を強く握ると、肩を叩いたのは、貴方の涙。
「……体が冷えるから、中に入りましょう」
目の奥の奥まで、痛いくらいの青空が広がる。
彼は答えることなく私の背を押して、歩きだした。
私もその背に腕をまわして、支えるように歩きだす。
時折彼の唇からもれる嗚咽に、関係なく強く抱きしめたくなるのだけれど、ここは外だからと自分に言い聞かす。
２人きりの世界をつくり上げるまでは、貴方が揺らぐ姿なんて誰にも見せない。
タンッという戸を閉める乾いた音が響いた瞬間、彼の体が揺れた。
私も彼の揺れに呑まれて、板間の床に倒れこむ。
鈍い痛みが膝や腕に走ったけれど、そんな痛みなんてどうだってよかった。
「……５人だと？」
彼は床の上に倒れこんだまま呟いた。
「帝である父の配流に同行したのが５人だと？」
「護良さま」
冷え切って震える彼の背を、どうにかして熱を得るように擦る。
「しかも家臣はただ２人だなどと……父上の周りには常に人が溢れていたというのに、同行したのが２人だけだと？」
世界は光に満ちているけれど、私の目に映る世界が暗い。

きっと彼の世界は、私よりもきっと暗い世界になっている。
「父は……帝であるはずなのに……」
落日。
太陽は、落ちてしまった。
「……悔しい」
きっと本音だ。
何もかも、この一言に尽きるのだと思う。
「このままでは、何もできずに終わる。父は隠岐に流されたまま終わってしまうかもしれない」
５人では、隠岐から逃げることもそこで挙兵することもできない。
下手をしたら、そこで骨を埋める。
動ける皇子は彼１人で、彼と楠木さんにかかっている。
それは計り知れないほどの、重圧になる。
彼を包むように抱きしめると、彼は私を痛いくらい強く抱きしめた。
もう話すこともできなくなるほど、彼は泣く。
大丈夫。太陽は沈んでも、必ずまた昇る。
そして夜明けには必ず世界は刹那、淡く露草色に染まる。
闇を切り裂くように、暗い世界を打破する合図を送る。
その合図を送るのは、きっと彼。
「必ず、貴方のお父様はもう一度都に戻ってくるわ」
もう一度、帝をその座に戻すのが彼の役目だと私は知っているから。

寝息を立てる彼の髪を、静かに撫でる。
青白い板間の床に、空いたもう片方の手を置いて、冷えたら彼の瞼に手を乗せる。
明日、彼の目が腫《は》れなければいい。
そうしないときっと、揺らいだことが皆に気づかれてしまう。
腫れたら腫れたで、彼は上手いことを言ってかわすのだろう。
きっとそうやって本心を隠して、今まで生きてきたんだろうと思う。
それが『帝の皇子』であって、彼の責務。

手がこれ以上冷たくならなくて、水で冷やしたほうがずっと効率的だと思って、手ぬぐいと桶を借りに部屋から出る。
連なる山の端に、月が見えた。
今あの位置ならば、あと30分ほどで夜は明け始める。
月の欠け具合と位置で、時間を読むのも上手くなったと思う。
「……雛鶴？」
驚いて目を見張ると、闇の奥に人影が見えた。
酷く疲れた顔をしているのがすぐにわかった。
「真白くん」
呟くと、応えるように真白くんは唇の端だけで微笑む。
「大丈夫？　何か飲みもの持ってこようか？」
真白くんが首を横に振ったのを見て、隣に腰かける。
「……雛鶴も、疲れた顔をしているね」
「そんなことは……、ないわ」
ごまかすように笑ったけれど、きっと真白くんは嘘だと気づいている。
しばらく静寂の海が広がって、私はただ空に瞬く星を見ていた。
真白くんは、頭を私のほうに向けてごろりと縁側に横になる。
その柔らかい髪が、手の甲に触れる。
「ねえ、星ってね、遠いところにあるのよ」
突然そんなことを言った私を、真白くんは衣擦れの音を大げさに立てて下から睨むようにして見る。
「そんなの知ってるよ」
当たり前でしょ？というように、真白くんは素っ気なく言った。
その答えに、微笑む。
「星の放った光っていうのはね、私たちの目に届くまでずっと遠くから旅をしてくるのよ。だから私たちが見ている光は、ずっとずっと昔に星が放ったものなの」
例えば20光年先にある星が放った光がこの場所にいる私に届くまで、20年かかる。

今この瞬間、700光年先にある星が放った光が、この世界に届くのは700年後の21世紀の現代。
「いつか誰かが、必ずその光を捕えてくれるの。例えば、700年後の誰かが、その瞳で」
こんな風に生きた人間もいたんだと、いつか必ず誰かが見つけ出してくれるはず。
「……700年後なんて、想像つかないね」
訝しげに真白くんが私を見つめていたのも構わずに笑う。
「私だって、700年前なんて想像つかなかったわ」
昔のことなんて興味もなくて、こんな風に生きている人がいたなんて、私、知らなかったもの。
「それにしても雛鶴は不思議なことばかり知っているね。日常生活はあやふやなのに」
「うるさいわね。博識って言いなさい、博識って」
「絶対嫌だね」
私と真白くんの笑い声が、風に乗る。
星がそれに合わせてキラキラ瞬く。
「……歴史って、すごいわね。今まで沢山戦があったと思うけれど、そのたびにこんな思いを繰り返していたのね」
今までそれに触れたのは、『なんとかの戦い』とか『なんとかの乱』だとかいう、歴史の教科書に載っている素っ気ない文字だけだった。
ただ繰り返し頭の中に叩きこんで、テストが過ぎれば綺麗に忘れた。
その裏に潜む思いや生き方に触れて考えることなく、ただの文字の羅列としてしか接することがなかった。
ほんの少しページをめくってみれば、投げかけられるこの世界に生きる人たちの光を、受け止めることができたはずなのに。
「星の話と、戦の話がなんの関係があるのさ」
この時代の皆は、鮮烈な光を放って生きている。
現代での私は、何百年も後に届くほどの光を、放って生きていたかしら。
「私は、しっかり貴方たちの姿を見ておくから」
戦からも、この1332年からも逃げない。
この目に焼きつけて、そうして投げかけられるその強い光を、私はここで真正面から受け止める。
そうして私も彼のように強く生きられたら、もしかしたら700年後の誰かが、私の光も受け止めてくれるのかもしれない。
例えばお父さんの持つ歴史書の中に、見知らぬ誰かの見ているパソコンや携帯電話の画面の中に、彼や私の名を拾って、そうして思いを馳《は》せてくれたりするのかしら。
「何をにやにや笑っているのさ、気持ち悪いよ」
真白くんは私を見て悪態を吐く。
我ながら馬鹿なことを考えたわねと思って私も笑う。
私の名なんて、残らない。
私が『雛鶴』って呼ばれていることなんて、誰も知るはずがない。
それでも彼の名を、呼んでくれる人は必ずいる。
彼の姿が、歪んで伝わらないでほしいと心底願うけれど。
「気持ち悪いってね。壮大な夢を思い描いていたんだから」
撫でるように真白くんをはたくと、真白くんは楽しそうに笑った。
月がさらに白さを増すと同時に、逆側の空が白み始める。
一瞬露草色に揺れて、世界は嫌でも朝を迎える。
「真白くん。……どうか、大塔宮さまのお傍にいてね」
揺れながら落下していく私の言葉を受け止めて、少し黙った後に真白くんは口を開いた。
「頼まれなくても、俺は初めからそのつもりだけど」
素っ気ない声に、大事なことは伝わっていると確信する。
「真白くんも、絶対に死んでは駄目よ。貴方も、私にとって大事な人だから」
真白くんは答えずに、ただ風がその髪を柔く撫でている。
「……大塔宮様、大丈夫なの？」

ぼんやりと光を湛え始めた灰白の世界で、真白くんは淡々と言った。
それが私に一番聞きたかったことだと知っている。
「彼は一度だって揺らいでいないわ。大丈夫。動揺しているのは私たちだけね」
この嘘は必要だと思ったから吐く。
真白くんはようやく安心したように、強張った表情を和らげる。
「そっか……よかった」
心配して、夜も眠れなかったのかしら。
その柔い髪を撫でたけれど、抗うことなく真白くんは黙っている。
次第にしんとした蒼い世界に色がついて、泣きだしそうになる。
震えるような蒼の中に、昨日膨らんでいた桜のつぼみが開いているのが見えたから。
「……春が来たわ」
繰り返し何度も春を迎えたけれど、こんなに苦しい春は初めて。
この世界と同じ、蒼い悲しみを湛えた春なんて来てほしくなかった。
真白くんは、無言で頷いた。
その静寂が、さらに切なさを生んだ。

透明

「大和は楽しいことなどあるのか？」
高時が俺の顔を見ずに言ったのを聞いて、唇の端で笑う。
「……あるわけない。あったら、もっと楽しそうにしてるよ。高時だってないだろう？」
桜も散って、鎌倉は緑で満ちている。
その瑞々しい緑が、まるで生きていると叫んでいるようで、煩わしくてたまらない。
あれから俺は高氏の屋敷に戻ったけれど、たまに高時の元へ行く。
そうして互いの寂しさを確認して、お前もまだ闇の中をさまよっているのかと安堵《あんど》して帰る。
こういう関係は間違っていると思うけれど、やめられない。
自分よりも不幸な人間がいるのだと思うことが、自分を支えるものになっているとわかっている。
こんな俺は、酷い人間だと罵《ののし》ってくれればいい。
だったらそう言うお前は、一度たりとも自分と他人を比べて安心したことがないほどの聖人君子《せいじんくんし》なのかと逆に聞いてやる。
「……余はな、何もできぬのだ」
「何もって……？」
突然そんなことを口走った高時に、尋ね返したのは興味本位だった。
別にその闇の本質に触れたくなどなかった。
「余は何もできぬ臆病者で、周りばかり気にするような男だ」
春はあまりに優しくて、たまに間違えたようにこんな俺たちにも温かさを分けてくれる。
けれど高時に真の春は来ない。恐らく、一生。
「……余の父も祖父も、執権だった。そして名君と呼ばれた」

「高時の祖父は北条時宗《ときむね》で、父親は北条貞時《さだとき》だね」
北条時宗は、元が日本に攻めてきた元寇の時に、元を退けた名君。
北条貞時は、元寇の乱で生じた御家人の借金などを取り消す、永仁《えいにん》の徳政令《とくせいれい》を出した執権。
歴史的には混乱を招いたとされているけれど、日本で初めて借金を帳消しにする徳政令を出した。
結果的には失敗したけれど、貞時は得宗《とくそう》として専制政治を強化したりして、幕府の権威の回復を計った。
確かに高時よりは名君かもしれない。
「大和は未来だけではなく、過去までわかるのか」
「一応ね。過去もわかる」
俺にとってはこの時代も『過去』だけど。
「……父や祖父のような素晴しい名君に、余もなりたかった」
風に乗って簡単に吹き飛ばされそうなくらい、高時は柔く呟く。
それがまた切なさを誘う。
「なればいいじゃないか」
同じように闇の中をさまよっていたと思ったのに、高時と俺は違う。
高時は、もうどこかで悟ってる。
抗い続けている俺とは違って、高時はもう諦めている。
誰も、恨んでなんかいない。
「なれない。余は、父や祖父のようにはなれなかった」
きっぱりと言い切った高時に、涙が出そうになる。
恐らく高時は、幼い頃からずっとその『名君』と比べられてきた。
「……高時が執権職に就いたのは、確か14歳？　15歳？」
「14の時だ。大和はよくわかるな」
数えで14なんて、現代で考えれば12か13。
そんな幼い時に、執権職、つまりは総理大臣になって、上手くやれなんてできるわけないじゃないか。
政治の『いろは』もわからない14歳を補佐するという名目で、北条家の執事だった長崎高綱とその子の高資が高時を操って政治を行ってもおかしくない。
気づいた時には全て遅かったのか。
周りから賞賛される未来をこの手に握っていたと思ったのに、いつの間にか指の隙間からすり抜けていく。
残ったのは指紋の間に残る、真っ黒い墨の跡。
心の闇だけ残った。
「……父も母も余を認めてくれたことなどない。一度も、笑いかけてもらったことなどない」
高時は、ほんの少しの乱れも許さない整然とした庭を見つめる。
「余は何もできなかった。一度失敗している。わかるだろう？」
そう問われて、慌てて口を開く。
「た、高時は、長崎親子を暗殺しようとして失敗してる」
高時も、自分の手で政治をしようとしたことがあった。
長崎親子に操られたまま、馬鹿な君主、暗君として一生を終えるつもりはなかったけれど、結局暗殺計画を実行するよりも先に、長崎親子に露見してしまった。
「……余は酷い男だ。家臣に罪を着せて乗り切ってしまった」
懺悔《ざんげ》を聞きたいんじゃない。
こんな暴露話を、どうして俺にするのかわからない。
これで俺が長崎親子に暗殺の真実を述べたら、高時はもう簡単に失脚するのに、どうして。
「去年のことだ。名君になりたかったのだ。そして誉められたかった」
ただ一度でも笑いかけてくれて、こんなありのままの自分を認めてくれれば、それだけで救われることもあるのに。
「なんのために、余がここにいるのかわからない。なんのために、ここで生きているのか全く理解できない」
それは俺の言葉だ。
やっぱり俺と高時は似ている。
「現実逃避して何が悪いのだ。美しい夢ばかりを見る。けれど、現実は違う。どんなに手を伸ばしても、届かないものばかりだ」
馬鹿だ愚かだと陰で笑われて、誰一人認めてくれないまま、愛情も感じたことがないのは、どんなに辛いことなのだろうか。
俺には、想像ができないよ。
少なくとも、温かい時代で、温かい家族に囲まれて育った俺には。
「……余はきっと、後世の人間にまで馬鹿にされて、暗愚な男だったと笑われるのだろうな」
高時は笑ったけれど、その笑顔がどうしても泣き顔に見える。
悩んで苦しんでいるただの人間に、そうだよなんて簡単に言えない。
「きっと余が死んでも誰も悲しんでなどくれない。逆に安堵するだろう。ようやく愚かな男がいなくなったと」
「高時……」
「いや、いたか」
高時は、くくっと笑う。
「犬あわせや田楽で儲けている者たちが泣くであろうよ」
高時は生きることや全てを諦めたような、無垢《むく》な笑顔を湛える。
俺は部屋から縁側に飛び降りて、整然とした庭を踏み荒らす。
高時は驚いたように目を見張って、俺をただ見つめていた。
「……俺は高時が死んだら、きっと泣くよ」
蹴りあげた赤や黄色の小さな花びらが、高時の姿を隠しながら、はらはらと音を立てて散っていく。
その隙間から見えた高時は、柔く微笑んでいた。
でも泣きだしそうにも見えた。
俺は歴史を知っている。
高時が今後どうなるか知ってる。

俺が、高氏を使って高時を破滅に追いこむ。

誰でもなく、この俺が。
友情にも似た奇妙な関係も、大事だと思う前にこの手で壊す。

「……そんなことを言ってくれるのは、大和だけだ」
その言葉に背を向ける。
空の青さに、瑞々しい緑が叫ぶ。
俺に踏みつけられても葉を伸ばすこんな小さな命でさえ、懸命に前を向いて生きようとしているのに、俺は黒に堕ちている。
だから煩わしくて、憎らしい。
生きる意味を知っているようで、俺の生き方が間違っていると言われているようで、苦しくてたまらないんだ。

「お帰り、高氏。ねえ、どうだった？」
馬から降りた高氏に、真っ先に声をかける。
「……大和の言うとおり、何も起こらなかった」
高氏は馬を従者に引き渡して、家に上がる。
「後醍醐院は新しい帝の即位を認めなかった」
高氏は早口にそう言った。
践祚の儀式という、帝の位を譲り受ける皇位継承の儀式は、すでに元弘元年の９月20日に終わっている。
そして、それを内外に明らかにする即位式が、２か月前の３月22日にあった。
「即位式は盛大で、まるで後醍醐院の存在を打ち消すようだったと」
これで後醍醐天皇は帝ではなくなり、光厳《こうごん》天皇と呼ばれる新しい帝が即位した。
「後醍醐院は、光厳『新帝』の即位を認めない。廃位されたのに」
俺が笑うと、高氏もそうだというようにため息を吐いた。
「そうだ。後醍醐院は、今美作《みまさか》の山中を護送中だ。けれど、あの御方はどこにいても『帝王』らしい」
美作は、今の岡山県の北東部。
隠岐は出雲の上だから、現代で言えば島根県に属する。
隠岐に流されるというのは、この時代で言えば絶望的なのに、全く後醍醐院はめげていない。
俺から見れば、その王者の風格は持って生まれたものではなく、必死でつくり上げたものにしか見えないけれど。
とにかく、一つの日本に、2人の帝がいる。
「……結局大塔宮様も、楠木正成も、何もしなかった」
高氏は疲れたように、一度伸びをする。
「ほら、言ったとおりでしょ？」
「盛大な即位式の裏で、何か起こるかと六波羅などはぴりぴりしていたけれどな」
確かにあいつらが挙兵して京へ攻めこみ、後醍醐院の配流をやめさせれば万々歳《ばんばんざい》なのに、それをしなかった。
もっと細かい歴史まで頭の中に叩きこんでおくべきだったな。
太平記はよく知っているけれど、あんなもの何もあてにならない。
あれは史実を書いている史書ではなく、この時代を題材にした、ただの架空の物語なだけ。
「来月、正中の変と先の戦での首謀者が斬首《ざんしゅ》されるのが決定した」
正中の変は、一度目の後醍醐天皇による倒幕計画。
結局朝廷の監視役である六波羅探題に露見して、失敗した。
1324年。今から8年前のこと。
そして正中の変から7年後、もう一度後醍醐天皇は鎌倉幕府を倒幕しようとたくらんで、そしてまた六波羅に露見した。
後醍醐天皇は仕方なく今度は挙兵して、鎌倉幕府と全面対決した。
それが元弘の乱。1331年、去年の戦。だけど結局負けた。
その二度の倒幕計画で捕まった、後醍醐天皇の側近たちの斬首。
それを聞いて、ぴんとくる。
「何人？」
高氏は俺に向かって、呆けた顔をする。
この男のこういう一本抜けたところが嫌だ。
「だから何人斬首されるんだと聞いてるんだ」
「よ、4人だ」

高氏は詰め寄った俺に、驚いたように声を上げた。
「最後の人間の処刑が終わるのはいつ?!」
「み、水無月《みなづき》の半ばだ」
水無月。6月の半ば。
「……その後また戦が起こる……」
「な、なんと!!」
後醍醐天皇は隠岐へ配流され、新しい天皇が立ったことで、この国は一応治まったことになった。
護良親王や楠木正成などの不安分子はあるけれど、いつまでも京に大軍を残しておくと、鎌倉幕府は新しい天皇とその朝廷を倒そうとしているように見えてしまう。
それを回避するために、捕えられている人間の処刑が終われば一区切りついたと見て、確実に兵の大半は鎌倉へ戻ることになる。
鎌倉幕府の敵は後醍醐天皇であって、新しい帝ではない。
持明院統と鎌倉幕府の関係は一応良好で、持明院統の新しい帝とは共同路線を保っていきたいのに、不穏な空気をつくって睨まれたくないと思っている。
それに何か月も何年も大軍を京に留めておけるような財力は、鎌倉幕府にはない。
ある程度兵が引いて鎌倉に戻れば、もう一度大軍を鎌倉から派遣するのは、莫大《ばくだい》な経費やら御家人たちの負担やらで困難を極め、すぐには派遣することはできなくなる。
あの男は、それを待っている。
鎌倉の軍勢が引けば、あの男の独壇場。
もう一度、戦は起こる。
「……戦の準備だけはしておきなよ。高氏の出番は少し後になるだろうけれど」
水無月半ばまであと1か月。
あの男がその瞬間を待っているのと同じように、俺も待っている。
同じ舞台に上がる瞬間を。

深緑

十津川の緑は、見たこともないほど深く美しい色をしている。
世界が雨に煙っていても、その緑は失われることなく色を叫ぶ。
思えば冬もその葉が落ちることなく、緑だった。
このまま青い空が覗くことなく、暑い夏が来なければいい。
この雨が上がったらきっと彼は行ってしまう。
「……もうすぐ、梅雨が明けるな」
唐突に背を叩いたその声に、思わず肩が震えた。
眼尻に溜まっていた涙を、急いで拭う。
「そ、そうね。十津川の緑はとても綺麗ね」
「ああ。雨に煙っても美しい」
彼は私の隣に座ったけれど、特に何かを話すわけでもなく、その深い緑をじっと瞳に映している。
その姿を見ていると、無性に狂おしくなる。
今この瞬間、彼の傍にいられることが、苦しくて切なくて堪らない。
「ヒナ」
突然名を呼ばれて慌てて顔を上げると、彼は私を見つめていた。
「これを」
短く言って、その左手を差し出す。
よくわからないまま両手でそれを受けると、石のぶつかる音がして私の手の内に重みが生まれる。
開いて見ると、手のひらに深い緑の数珠《じゅず》が載っていた。
「これは……？」
彼は私から焦ったように視線を外し、頬を赤く染めて俯く。
「……それは私が初めて大塔に入塔した時に、非常に慕っていた僧侶からいただいたものだ」

大塔、ということは彼が比叡山延暦寺に入った10歳の時に、いただいたもの。
「幼い頃は肌身離さず着けておったが、成長するにつれて私の手には合わなくなったのだ。直してまた着けようと思っていたがその機会がなくてな」
確かに彼の手首には、小さいのかもしれない。
それにしても、引きこまれるほど美しい緑。
十津川の深い緑と同じ色をしている。
「実の兄のようでな、とても優しく、面白い方であった」
「……今でも交流が？」
「たまにな。今は延暦寺を出て全国行脚《あんぎゃ》の旅に出ているから最近会っていないが、そろそろ戻ってくるであろう」
彼はにっこり笑った。
こういう笑顔を見せる時は、本当にその人のことが好きだとわかる。
彼のあからさまな態度に思わず笑うと、彼は恥ずかしそうに頭を掻いた。
「とにかく、これはヒナにやるぞ」
彼は私の手に載っていた数珠を手に取り、手首に着けてくれた。
「そ、そんな大事なもの……」
貰えないわ。と言葉を続けるはずだったのに、彼の唇で遮られる。
不意に訪れた柔い感触に、溺れそうになって理性の端だけ掴む。
「……本来ならば、ヒナには美しい絹の織物や、金や銀の簪《かんざし》や扇を贈りたいのだけれどな」
彼は恥ずかしそうに俯いた。
今の彼にとって、これが精一杯の贈りものなのかしら。
帝の皇子なのに、側室である私に何も贈ることができないことをどこか悔やんだりしていたのかもしれない。
「……私、これがいいわ」
自分の手首に巻かれた冷たい石を、そっと撫でる。
「それに、護良さまがいてくれればいい」

じっと見つめると、彼は恥ずかしそうに微笑んだ。
戦になんて行かないでと言っているようなものだったけれど、もう止まらない。
愛しさを堪えきれずに、そっとその頬に口づける。
「……千鶴子」
私の名を、こんなに綺麗に呼んでくれるのは貴方だけだ。
700年経っても、貴方は鎌倉で綺麗に呼んでくれた。
あの時私の家族が傍にいたから、きっと『ヒナ』と呼んだ。
私の本当の名は、２人きりでないと呼んでくれないから。
「……ありがとう。とても嬉しいわ」
まるで形見のようで胸が切ないけれど、それでもとても嬉しい。
貴方にとって大事なものを、私に譲ってくれたことが幸せ。
今度は貴方からキスをくれる。
雨の音が大きくなって、また強く降り出したんだと頭の隅で思う。
彼の冷たい手が、私の腕をなぞってその石に触れる。
どこにも行かないで、という私の叫びが、涙になって散る。
「……大好き、護良さま」
胸が焼けついて、動かなくなってしまいそうなほど好き。
「……ヒナの時代に生まれればよかった」
彼は消え入りそうな声で言った。
「戦のない時代にごく普通に生まれて、そうして他愛《たわい》なく出会って、千鶴子を愛したかった」
確かにこんな劇的でなくても、ごく普通の恋愛でよかった。
もうどうしようもなく泣けてきてしまって、嗚咽で苦しい。
彼は私の背を、優しく擦ってくれる。
「……私が死んだら、その数珠を私にくれた僧侶に会うのだ」
突然の彼の言葉に、思わず息をするのも忘れる。
『私が死んだら』なんて言わないでと言いたかったけれど、のどが焼きついて何も言えずただただ首を横に振る。
「飛清《ひしょう》という。延暦寺系の寺で私の名を出せば、ヒナの代わりに皆が捜してくれる」
覚えたくないのに、耳元で囁く彼の声が焼きついて離れない。
「飛清法師なら、ヒナを元の時代に帰す術も知っているだろう」
その言葉に、一気に目の前が暗くなる。
ようやく私の中で1332年の世界で生きると決着がついたのに、今更あの時代に帰るなんて……。
「……よいな？　千鶴子。その数珠を持っていけば、飛清法師はきっと力になってくれる」
純粋な贈りものではないことは、すぐにわかった。
これを持っていれば、私が何者か彼と親しい人にはわかる。
彼の言うとおり、すぐに力になってくれる。
「こ、れは……なんの石？」
「メノウだ。緑瑪瑙《みどりめのう》」
この十津川の緑を閉じこめたような深い緑。
私、貴方が死んでも、きっと帰らない。
私のことを考えてくれる貴方の気持ちはとても嬉しいけれど、私はきっとどこまでも貴方のあとを追う。
それこそ天上の国まで、貴方を。
そう思って彼をじっと見つめた。

メノウは、日にかざすとその緑が透けて見えた。
やっぱり彼方《かなた》に広がる山の緑と同じ色をしている。
最近、彼と一緒にいることが少なくなった。
別に私たちの仲がどうこうというわけではなく、ただ彼は最近いつも彼の部下の人たちや、十津川の若衆組の人たちと一緒にいる。
きっと、いつ挙兵するかを話し合っているのだろう。
彼らが会合で使っている離れの戸が、ぱたんと閉まるのを見るたびに胸の奥が苦しくなる。
もしや明日行ってしまうのではないかと思うと、怖くてたまらない。
「雛鶴姫」

縁側に座ってぼんやりと山の緑を瞳に映していると、突然呼ばれた。
ハッとして顔を上げると、正吾さんが立っていた。
「……『雛鶴』と呼ばれるのは慣れましたか？」
「ええ。慣れたわ」
笑うと、正吾さんも笑った。
「私も、戦に出ることになりそうです」
突然のその言葉に思わず目を見張る。
「父が、大塔宮様とご一緒に挙兵することになりました。そうなると私も行かなければなりません」
「正吾さんも戦にってことは、朔太郎さんも行くの？」
「そうなりますね。若衆組は皆進んで行くと言っています。元々血の気が多い連中ですし。でも無理強《じ》いはしたくありませんから、朔太郎はあてにしていません。しげと駆け落ちでもするでしょう」
正吾さんは当たり前のように言うから、驚く。
「……いいの？　しげちゃんは正吾さんの妹でしょう？」
「だからですよ。私はしげも朔太郎も好きだから、２人には幸せになってほしい。父はしげをかわいがっているからどうしてもガラの悪い朔太郎は許せないらしいですけどね」
それを聞いて、声を上げて笑う。
ダルマのお父さんのことを聞いたら、自分のお父さんを思い出した。
お父さんも私がお嫁に行くって言いだしたら、寂しがって手放したくないって言ってくれるのかな。
そんなことを思うと、ちくりと胸が痛む。
家族よりも彼を選んだこと、決して後悔はしてない。
ただあの時大和の電話を切ってしまったことだけは、もっと素直にここに残りたいと言えたはずだと、酷く後悔しているけれど。
「……もしかして、重信くんも一緒に戦に行くの？」
「いや、重信は十津川に残ります。私が死んで、父が死んでも、重信がいれば十津川は安泰ですから」
そうか。十津川一帯を治める彼ら戸野家と竹原家の長男が死んでしまったら、十津川は困る。だから保険で重信くんは残る。
それにしても、もし死んでしまったらなんて仮定を簡単にできるようになった自分が嫌になる。
「それに重信はまだ若いですから」
「正吾さんだって、まだ若いわ」
「そうですね。若衆組の組頭でいるということは、まだ妻帯してないということだから」
正吾さんは声を上げて笑った。
戦に行くことを、決して軽く考えているわけではないと思う。
けれど自分の中で決意が固まっているから、笑い話にできるんだ。
「とにかく私も父もいなくなりますが、雛鶴姫はいつまででもここにいていいんですよ。重信には伝えておいたから戸野に戻って平穏にお過ごしください」
私の今後のことを心配してくれたのかと思ったら、涙が込み上げる。
血は繋がっていないのに、私の紛れもないもう一つの家族。
「……ありがとう。そうさせてもらうわ」
もしかしたら、一度出ていくかもしれない。
私はもう現代へ帰らないと心にきめているけれど、大和はもしかしたら帰りたくて堪らないかもしれない。
だから大和だけでも帰してくださいと、飛清法師に頼みにいこう。
けれどどこへ行っても、いつか十津川へ戻ってきたい。
「私は、姫が大塔宮様についていくと言うと思っていました」
突然の言葉に、思考が停止する。
「か、彼についていったら、絶対に足手まといになるわ……」
「剣が使えるじゃないか。きっと私よりも上手ですよ」
だってもう、だいぶ振ってない。
それに私はただの剣道部員で、人を殺したり、自分を守ったりするための剣は使ったことがない。
そういう剣術は、部活で習うものとは全く違うことくらいわかっている。

正吾さんの背後に広がる緑が鮮やかで、キラキラと七色を湛えて私の目に飛びこんでくるから、その痛みで涙が零れ落ちそうになる。
何度も彼と離れたくないと思った。
けれど彼に絶対に駄目だと言われたらと思うと、臆病になる。
彼にどうしても嫌われたくなくて、本音を言えない。
『女子でも参陣できるのだ』と言ったのは、彼。
でも私に人を殺せるわけがない。
結局自分を守ることが一番なのかなと思って、悔しくなる。
「……本当は、共に行きたいんでしょう？　だとしたら、言ってもいいのではないだろうか。このままでは雛鶴姫もお辛いでしょう」
もしかして日を重ねるごとに元気を失っていく私を、正吾さんは心配してくれていたのかしら。
ありがとう、と思って、声を出さずに頷く。
言葉を発したら、泣き崩れてしまいそうだったから。

大きく深呼吸する。
気を紛らわそうと、部屋の戸を少しだけ開けて月を見つめる。
天上近くにある月の光が、柔く差しこんできて灰白に私を染める。
「ヒナ」
短く呼ばれて目を開けると、彼がその灰白の光を浴びて立っていた。
髪が伸びたなと思って、思わず目を細める。
まるで本物の狼のたてがみのよう。
「まだ起きておったのか。寝ていていいと言っただろう」
彼はそう言ったけれど、まるで私が夜もとっくに更けたのに、眠りもせずに待っていたのが嬉しいとでもいうように笑った。
私も同じように笑って、彼の胸に静かに頬をつける。
「ヒナ？」
いつもとは違う私の様子に、彼は戸惑ったように声を上げた。
「私も行きたい」
一気に畳みかける。

迷っていると何も言えなくなってしまうのはわかっていたから、2人きりの世界をつくり上げる途中で、核心に触れる。
「ど、ういうことだ?」
彼は動揺したのか、言葉を揺らした。
「私も、連れていって。戦場でもどこでもいいから」
「……私と……共に……?　戦場に?」
「うん」
だって傍にいたい。貴方なしでは生きていけない。
「駄目だ」
低く冷たい声が、静寂を破る。
その大きな手が私の肩を掴んで、一気に引き剥がされる。
声を上げる間もなく、彼は私を見据える。
「絶対に駄目だ。私はヒナを連れていくつもりはない」
彼の言葉は本気だと、すぐに理解する。
その声の抑揚のなさに、その瞳の中に光る灰白に、ゾッとする。
「行きたいの……。絶対足手まといにならないから……」
そんな自信は、微塵もなかったけれど主張する。
「駄目だ。ヒナは本当に強情だな」
「私、強情だよ!　なんでもするから、だからっ!」
「駄目だと言っておるだろうっ!!」
思わず体を震わせると、彼も驚いた顔をして固まった。
「……怒鳴ってしまって、すまぬ」
その言葉に、首を横に振る。
彼にとってものすごく困ることを言ってしまっていること、私でもよくわかっているけれど、後には引けない。
でも、彼を説得できるような言葉が出てこない。
「私は……」
顔を上げると、彼は辛そうな顔をして冷たい手の甲で優しく私の頬を撫でる。
「私はヒナを死なせたくないのだ。わかってくれ」

もう何を言っても無駄だと悟る。
それでも言葉を無理やり紡ごうとする私の口を塞ぐように、口づけをくれる。
触れるだけの口づけの冷たさに、心の奥から凍りつく。
遠くから、雷が鳴るのが聞こえた。
十津川で聞く雷は、東京にいた時に比べて、音の鋭さが増す。
突然の光と激しい轟音に思わず身をすくめると、彼は呟いた。
「……梅雨が明ける」
その言葉に、どうしようもない時の流れと、運命を呪う。

「明日、ここを出る」

自分の耳を疑う。
明日？　それは、夜が明けたらということなのかしら。
さっき厚い雲の狭間から見えた月の位置はあの場所だったから、あっという間に世界は朝を迎えてしまう。
「すまぬ。こういうことは突然きめる。先ほど皆と話し合ってきめた。私は狙われる身。いつどこで情報が漏れるかわからぬからな」
瞬間的に走る稲光に、彼の端正なその顔が浮かび上がる。
まるで息をしていない人形のような、無機質な冷たさを感じる。
「千鶴子は連れていけぬ。遊びにいくのではないのだ」
私の本当の名で言われた途端、足に力が入らなくなって、その場に崩れ落ちる。
彼はそんな私を見ても、惑うことなく一歩も動かなかった。
「……もう寝ろ」
彼は私の腕を引いて寝所《しんじょ》まで連れていく。
体を支えられずに、赤い褥に滑るように倒れこんだ。
「わかってくれ、千鶴子」
彼はそれだけ言って、私の額に口づける。
彼の熱が離れて、それっきり彼は私に背を向けて闇の中に沈む。

もう、嫌。
そう強く思ううちに、ようやく涙が零れてきて嗚咽を噛み殺す。
外に出ていって泣けばいいのに、この場から離れられない。
明日出ていくなんて、私、心の準備が何一つできていない。
馬鹿みたいに、頭の中で「寂しい」だとか「悲しい」だとかそんな単純な言葉しか思い浮かばない。
夜が明けなければいい。
このまま全て闇の中で、光なんて差さなくていい。
最後くらい、抱いてくれればいいのに。
そう思うのに、彼は指一本私に触れようとしない。
余韻すら私に残してくれない。
はらはらと散る涙の音を、ひたすら夜明けまで聞いていた。

取り乱したりなんてせずに、彼の背を黙って見送る。
それがきっと、彼が私に望んでいることだ。
やれることはやったし、言うべきことも言った。
その上で駄目だったんだから、もう潔く諦めるしかない。
わかっているでしょ？と自分の胸に言い聞かせる。
「ヒナ」
呼ばれて顔を上げると、彼は初めて会った時の旅装束を着ていた。
まるであの時に戻ったようで、息を呑んで目を細める。
生きる時代が違う彼を、こんなに想ってしまうなんて思わなかった。
「もうすぐ、出立する」
彼は短く言って、私の前に座った。
しばらく沈黙する。
時間は惜しいのに、言葉が出てこない。
「……あのね」
なんとかのどの奥から言葉を絞り出して、彼を見つめる。
「私はこの時代の人ではなくて、もっと先の未来からここに連れてこられたって言ったでしょ？　しかも貴方に」

「ああ。まだその方法は、全く見当がつかぬがな」
「絶対に、呼んで」
突然そう言った私に、彼は驚いて目を見張った。
「私の時代はここから700年後。あの日は2010年の夏」
彼の瞳をじっと見据えて、頷く。
「そこに私はいるから、必ず呼んで。貴方が700年後まで生きているはずなんてないけれど、でも呼んで」
明日死のうが、10年後に死のうが、100年後に死のうが、私から見れば、貴方はすでに存在していない人。
実際にこの手で触れることもできず、貴方の真の姿すらわからない人だったけれど、あの白い鳥居の前で、私と貴方の運命は音を立てて回りだした。
「この手で私を貴方の元へ、この時代へ導いて。約束」
相変わらず冷たいその手を、強く握る。
彼はただ戸惑ったように瞳を揺らす。
「この半年、貴方の傍にいて、貴方に愛されて幸せだった。現代で生きる私を犠牲にしたとしても、貴方に会いたい」
「……千鶴子」
彼のもう一方の手が私の手をぐっと掴む。
「昨夜は困らせてしまって、ごめんなさい」
呟くと、彼は私をじっと見つめた。
「……困ってなどない」
「え？」
「正直、嬉しくもあった。ヒナが私のことをこんなにも考えてくれているとは思わなかった。ヒナは私が強引にこの時代に連れてきたようなものらしいから、それもどこか申し訳なく思っていた」
彼は少し恥ずかしそうに俯く。
「私が、ヒナのことを繋ぎとめていたいと願っても、ヒナは帰りたいと本当は思っているかもしれないと時折不安になっていた。だから私についてくると言ってくれたこと、心底嬉しかったのだ」

貴方、自分の感情を言葉にするのが苦手なのに。
「けれど、ヒナを危険な目にあわせたくない。私のせいでヒナが殺されるかもしれぬ。そんなもの絶対に見たくなどない」
そっとその冷たい指が頬をなぞる。
「そんなことになったら、私は露骨に惑ってしまう。揺らいでしまう。そんな姿は誰にも見せられぬ。士気に関わってしまう」
彼の瞳が、悲しそうに歪む。
「わかってくれ、千鶴子」
酷い、人。
私だって、貴方がいなくなってしまったら立っていられなくなる。
私だって露骨に惑うわ。
でもそう言われたら、最早《もはや》頷くしかない。
「約束する。千鶴子を700年後から必ずこの時代に連れてくる」
その言葉に、あの時聞いた言葉が重なる。
《あの時交わした約束を、今叶えよう》
白い鳥居の前で貴方が言った言葉は、きっとこの約束。
貴方は律儀に叶えてくれた。
「貴方が、好き。大好き」
どうしようもないくらい、好き。
強引に抱き寄せられて、その腕の中に沈む。
「護良さま……」
呟いた彼の名の響きに、胸の奥が締めつけられる。
しがみつくように回した自分の腕に、さらに力を込める。
このまま連理の枝のようにくっついて、一つになってしまいたい。
「……私も千鶴子のことが、好きで好きでたまらぬのだ」
寂しさが首を絞めて、苦しくてしょうがない。
ただ彼の名を呼んで、切なさを振り切るように、好きだと呟いた。

日が真上に昇る頃、彼は静かに「そろそろ行かねば」と言った。
それを聞いて、一度だけ強く抱きしめ合って腕の力を解いた。

お別れの時間がきたんだと、漠然と思う。
名残り惜しそうに私の髪を一度撫でて、彼は戸を開く。
瞳に飛びこんできた弾ける緑に目を細めると、彼の背が霞《かす》んだ。
驚いてその腕を掴む。
「……どうしたのだ？」
「う、ううん。なんでもないの」
消えてしまいそうだったなんて言えずに、笑ってごまかす。
「雛鶴姫」
呼ばれて振り向くと、彦四郎さんと片岡さんが立っていた。
「彦四郎さん、片岡さん……行ってしまうのね」
彼は２人と一緒にいたダルマのお父さんに捕まって、奥へ連れていかれてしまった。
「寂しいわ」
「雛鶴姫、そんなもったいなきお言葉」
「世話になったな」
お世話になったのは、私のほうだわ。
彼らともこれが今生《こんじょう》の別れになるのかもしれない。
「……姫にはご迷惑をおかけしてしまった」
彦四郎さんとはいろいろあったな。
私に身を引いてくれって頼んできたこともあったけれど、全ては彼のためだってわかっているから憎めない。
「いいの。彦四郎さんがおじいちゃんになって大往生するまで彼の傍にいてあげて」
私、本物のお姫さまではないけれど、今はそうでありたいと願う。
彼の横に立っていても、劣らないくらい強くいたい。
にっこり笑う。
私もこの人たちの前では絶対に揺らがないと心にきめる。
「雛鶴姫、大塔宮様のことは任せておけ」
片岡さんの抑揚のない声に、涙が出そうになって堪える。
素っ気ない言い方だけど、それが片岡さんの優しさだって、私は知っている。
「この命に代えてお守りする」
嬉しかったけれど、首を横に振った。
「片岡さんも彦四郎さんも、自分の命を大事にして」
忠義も大事だけど、自分の未来も大事にしてほしい。
「……あ、ありがとう」
その言葉に、初めて片岡さんと仲よくなった時を思い出す。
あの時も照れくさそうにお礼を言ってくれた。
皆大好きだから、お別れなんてしたくないと心から思う。
「……雛鶴」
私の名をぶっきらぼうに呼ぶ声がして振り向くと、今度は真白くんが立っていた。
思わず見つめ合って沈黙すると、片岡さんと彦四郎さんは気をきかせて席を外してくれた。
「……雛鶴なんて、嫌いだ」
真白くんは項垂れていたから、その表情は隠れてわからない。
「……うん」
「大嫌いだ」
「うん」
頷くと、真白くんは勢いよく顔を上げた。
「なんでっ！　なんで大塔宮様についていくって言わなかったんだよ!!　雛鶴、１人になっちゃうじゃないか!!」
音もなく散るその涙を、反射的に受け止めようとして手を伸ばす。
「大っ嫌いだっっ!!!」
真白くんはもう一度強くそう叫んだ。
「なんで俺が雛鶴の心配なんてしてるんだよ！　ああ、もう!!」
腕を伸ばして、俯いたままの真白くんを抱きしめる。
「……言ったよ」
真白くんは私の肩に頬をつけたまま首を振る。
「嘘だ」

「本当。でも駄目だって。……ごめんね。私も一緒に行きたかった」
真白くんの髪を、そっと撫でる。
「私のぶんまで大塔宮さまをお願い」
諭《さと》すようにゆっくり伝えると、真白くんは頷いた。
その手が私の肩を掴んで、一気に引き剥がされる。
そして真白くんは私に一切表情を見せないようにして、背を向けた。

「……大塔宮様のお傍には、あんたがふさわしいよ。雛鶴姫」

その言葉に、思わず息を呑む。
今、私のことを『姫』って、確かに言った。
込み上がってくるものを押さえこめなくなる。
真白くんも私が彼の側室だって、認めてくれたのかしら。
「……ありがとう。また必ず会おうね」
「嫌だね。雛鶴姫の顔を見ずに済むと思うと、清々するよ」
悪態を吐いた真白くんに、思わず笑う。
「赤坂城」
「え？」
「いや、河内もしくは千剣破だ」
一体何を言っているのかわからない。
楠木さんのことを言っているのはすぐにわかったけど、なんのことかまでは全くわからない。
「楠木さんのこと？　な、何それ？」
「別に。ただの独り言」
それだけ言って、真白くんはあっという間に廊下の奥に消えた。
「ヒナ」
不意に呼ばれて思わず体が震える。
「……そろそろ参る」
彼が庭に立っていたのを見て、慌てて裸足で庭に飛び降りる。

「も、もう行ってしまうの？」
彼は頷いて、私の頬をその手でそっと撫でた。
「ではな」
「……うん。元気で」
素っ気ない別れの言葉。
でも互いにそれしか言えないのは簡単にわかった。
肝心な時に肝心なことを言えなくて、言葉なんて頼りにならないと痛感する。
彼の背の向こうに、皆が待っているのが見えた。
もう彼は行かなければならないのはわかっているけれど、でも最後に一つだけ、彼や皆に伝えたいことがある。
「覚悟をきめて」
唐突にそんなことを言い出した私に、彼は首を傾げる。
「死ぬ覚悟か？　そんなものとうにきまっておる」
当たり前だというように、彼は気が抜けたように笑って言った。
そんな悲しい覚悟なんてきめてほしくない。
違うと言葉に出さずに首を振る。

「生き抜く覚悟をきめて」

言いきった私に、彼は驚いたように目を見張った。
「い、き抜く覚悟？」
動揺したように彼の声が揺れる。
揺るがないはずなのに、貴方は私の言葉なら簡単に揺らいでくれる。
「そう。死ぬ覚悟なんてきめなくていいから。生き抜く覚悟をきめて。そしてもう一度私の前に立って」
もう一度、私は貴方に会いたい。
「貴方も皆も、私の前にもう一度立って笑ってくれるって約束して。私は皆が笑ってもう一度私に会ってくれるの、待ってるから」
「……ヒナ」

「雛鶴姫……」
雛鶴。それが私の名。この名を皆が呟いてくれる。
そうだ。私は貴方がいなくても、最期まで『雛鶴姫』だ。
「……覚悟を、きめるぞ」
彼は私をじっと見つめて呟いた。
「必ず、私はヒナの元へ帰る」
その言葉に泣いてしまいそうになるけれど、笑って見送るときめたから必死で堪える。
「皆も約束しろ」
彼の言葉に、皆頷いてくれる。
もう一度会うその日まで、貴方の名を呼び続ける。
貴方が、700年間私を呼び続けてくれたように。
「行ってくる、ヒナ」
「いってらっしゃい」
そっと私の頬を一度撫でて、彼は背を向けて緑の中に沈む。
涙のせいで霞む彼の姿は、緑に染まって見えた。
崩れゆく世界の中で、私はただ貴方の名を呟く。
繰り返し繰り返し、この緑の国に溶けこませるように。
私は一度、左腕に巻きついているメノウをそっと撫でた。

＊　＊　＊

「正気か？」
「正気だよ。嘘を言ってどうするんだよ」
高氏は心配そうに俺をじっと見つめる。
その視線から逃れるように、「よっ」とかけ声をかけて馬に乗る。
「さっき言ったとおり、俺がいいと言うまで動くなよ」
「わ、わかっている。けれど、大和１人で行くなどと……」
「大丈夫。状況は逐一報告するようにするから」
高氏は渋ったように頷いた。

「……三河に俺の領地があるから、そこにいろよ」
「いいや、伊勢に行く」
「伊勢？」
現代で言えば、三重県伊勢市。
きっとあの男はあそこで挙兵する。
姉ちゃんはあの男についてくると思うから、もしかしたら会えるかもしれない。
「そう、伊勢。じゃあね、高氏」
馬の腹を蹴ると、勢いよく馬は駆け出した。
高氏が俺の名を呼んでいるのも、風に掻き消されて聞こえなくなる。
次は伊勢へ行く。
早く、速く、駆けて行きたい。
姉ちゃんに、どうしようもないほど会いたい。
そうして護良親王を破滅に追いこんで、俺が正しかったことを証明してあげるんだ。

＊　＊　＊

嘘みたいに、静か。
この半年の日々は、一体なんだったのかわからないくらい、静か。
彼らがいた日々が夢のようだけれど、私はまだこの時代にいる。
あれから３日。
もうここにはいないとわかっているのに、緑の中に彼の背を探してしまう自分がいる。
「一足遅かったみたいだなあ」
突然の言葉に振り返ると、ここにいるはずのない顔が立っていた。
「えっ?!　ええっ?!　く、楠木さん?!」
「久しいなあ、姫さん。大塔宮様たちはもう行ってしまわれたかい？」
「え、ええ。３日前に……。まだ近くにいるかもしれないわ。今から追えば間に合うかも」
「いや、いいのさあ。挙兵するというのを聞いて、激励するために来たまでだからなあ」
楠木さんは、どうでもいいというように笑った。
「姫さんはここに残ることにしたのかい？」
「行きたいと言ったけれど、駄目だと言われてしまったのよ」
「そうかいそうかい」
無邪気に楠木さんが笑うのを見ていたら、不意に思い出した。
「……そういえば、真白くんが楠木さんのことを言ってたわ。赤坂城とか、河内とか千剣破だとか……。それしか言わなかったから、なんだかよくわからないのよ」
ふてくされると、楠木さんは目を丸くした。
「ほうほう！　そうかいそうかい!!　ならば行くかい？」
勢いよく立ち上がった楠木さんに、間抜けな顔をして応える。
「河内へ行くかい？　あそこならまだ安全だし、大塔宮様の情報も常に入ってくる。真白は暗に俺のところへ行けと言ったのさ」
楠木さんと一緒に、河内——大阪へ行く？
「真白も相当姫さんのことを認めているみたいだな。ここまで真白が女子に尽くすのも珍しいものさね」
そうか、千剣破城なら今はまだ建設中だし、楠木さんはしばらく挙兵しない。でも楠木さんと彼は密に連絡を取っているから、簡単に彼の情報を得ることができる。
真白くんはそこに行けと言ってくれていたんだ。
「行くかい？　姫さん」
「行くわ!!!」
間髪入れずに叫ぶ。
ごめんなさい、お叱《しか》りは後で受けるわ。
だってやっぱり私は、貴方と離れて生きていけない。
「それじゃあ、すぐに支度するさあ」
「うん！」

君の名を、追う。
もう一度、貴方の名を呼ぶために、どこまでも。

【②巻へ続く】

キミノ名ヲ。① 年表

歴史上の出来事	1331年 元弘元年	千鶴子と大和に起きた出来事
● 吉田定房、後醍醐天皇の倒幕計画を鎌倉幕府に密告	4月	
● 倒幕計画の首謀者である日野俊基ら後醍醐天皇の側近が捕まる	5月	
● 後醍醐天皇、京を脱出し比叡山へ移ると見せかけ山城国笠置山へ移る ● 六波羅探題が比叡山を攻撃	8月	
● 比叡山陥落。戦線は笠置山へ移る ● 楠木正成、後醍醐天皇に見込まれて拝謁する ● 尊雲法親王（大塔宮）、楠木正成とともに河内へ。各地でゲリラ戦を繰り返す ● 楠木正成、下赤坂城にて挙兵 ● 量仁親王、践祚の儀 ● 幕府軍の攻撃により笠置山落城 ● 笠置山から逃げ落ちた後醍醐天皇、六波羅探題に捕縛される	9月	2010年（現代）から 千鶴子&大和、鎌倉時代へ タイムスリップ!
● 下赤坂城、落城。楠木正成、自害したと見せかけ姿をくらます ● 大塔宮、下赤坂城落城の知らせを受け、各地を転々としながら大和国十津川郷へ	10月	
● 大塔宮、十津川の戸野家で世話になり過ごすことに ● 大塔宮、還俗して「護良」を名乗る ● 後醍醐天皇の処罰（配流）が決定	12月	● 千鶴子、十津川へ 竹原滋子に助けられる ● 大和、鎌倉へ。足利高氏に出会う ● 千鶴子、大塔宮（護良親王）と運命の出会いを果たす。「雛鶴」に 千鶴子、鎌倉にいる大和の行方を知る ● 千鶴子、大塔宮の側室となる
● 楠木正成、十津川を訪れ護良親王と軍議をおこなう	1332年 元弘2年 1月	● 千鶴子、十津川にやってきた真白と初対面 ● 大和、足利高氏から、未来が見える『神の子』として信頼される ● 大和、執権北条高時に会うため高氏とともに高時の屋敷へ（楓と出会う）
● 後醍醐天皇、隠岐へ配流される ● 北朝の光厳天皇が即位	3月	離ればなれに……
● 護良親王、幕府軍の進軍を抑えるため伊勢へ向け十津川を出立 ● 後醍醐天皇による倒幕計画の首謀者たちの処刑が完了	6月	● 千鶴子、出立前夜の護良親王から「緑瑪瑙の数珠」を受け取る ● 千鶴子、護良親王に「生き抜く覚悟をきめて」と伝えて送りだす ● 千鶴子、十津川にやってきた楠木正成とともに河内へ ● 大和、千鶴子を助けに伊勢へ向かう

参考文献

『街道をゆく8
熊野・古座街道、種子島みちほか』
司馬遼太郎 著 (朝日文芸文庫)

『神皇正統記』
岩佐正 校注 (岩波文庫)

『図説 太平記の時代』
工藤敬一・錦昭江・遠藤巌 著 佐藤和彦 編
(河出書房新社)

『太平記百人一話
乱世を生きぬく壮烈な闘い』
陳舜臣・百瀬明治 著 (青人社)

『帝王後醍醐 「中世」の光と影』
村松剛 著 (中公文庫)

『南朝全史 大覚寺統から後南朝へ』
森茂暁 著 (講談社選書メチエ)

『日本系譜綜覧』
日置昌一 著 (講談社学術文庫)

『日本中世女性史論』
田端泰子 著 (塙書房)

『日本の色 由来と逸話がわかる』
福田邦夫 著 (主婦の友ポケットBOOKS)

『日本の歴史9 南北朝の動乱』
佐藤進一 著 (中公文庫)

『日本歴史人名辞典』
日置昌一 著 (講談社学術文庫)

『宗良親王信州大河原の三十年
東海信越南北朝編年史』
松尾四郎 著 (松尾書店)

『山川日本史総合図録』
笹山晴生・石井進・高木昭作・大口勇次郎・義江彰夫
著 (山川出版社)

『和の配色事典』
ディックカラーアンドデザイン株式会社 著
(技術評論社)

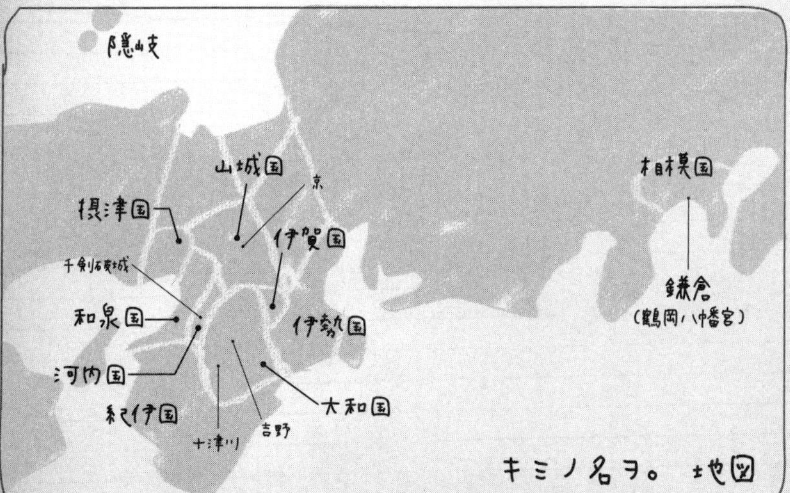

魔法のiらんど大賞2009

ケータイ（携帯電話）向けホームページ作成サービス「魔法のｉらんど」ユーザーが生み出すコンテンツは、インターネット上だけにとどまらず書籍、ドラマ、映画、コミックとその世界を広げております。「魔法のｉらんど大賞」は、若い世代のこの新しい文化を応援し、さらなる成長を願い2007年度に創設したケータイクリエイターズフェスティバルです。

第3回目となる「魔法のｉらんど大賞2009」では、手紙部門・ケータイ小説部門を開催。ケータイ小説部門では、魔法のｉらんどで公開されている100万タイトルを超えるほぼ全作品が審査対象となり、ユーザーの予選投票をもとに選ばれた100作品「ｉらんど100選」の中から５作品が受賞しました。受賞作は書籍化、ドラマ化が決定しています。

本書に対するご意見、ご感想をお寄せください。

あて先

〒160-8326　東京都新宿区西新宿4-34-7

アスキー・メディアワークス　魔法のiらんど文庫編集部

「梅谷 百先生」係

PROFILE

梅谷 百　MOMO UMETANI

魔法のiらんど上で執筆した『妄想ジャンキー』（魔法のiらんど文庫）でデビュー、多数の小説を発表し読者から支持を受け続ける。中でも2年かけて完結させた『キミノ名ヲ。』は執筆中から熱狂的な支持と話題を集め続け、"iらんど大賞2009"で100万作品の中から読者人気投票第1位を獲得、最優秀賞に輝いた。素顔はJ-ROCK大好きな20代女子。

梅谷百HP「六等星」
http://ip.tosp.co.jp/i.asp?I=momo64

キミノ名ヲ。①

2010年7月26日　初版発行

著者 ―――― 梅谷 百
装丁・デザイン ―― 和田悠里（スタジオ・ポット）
写真 ―――― 土屋文護
発行者 ―――― 髙野 潔
発行所 ―――― 株式会社アスキー・メディアワークス
〒160-8326
東京都新宿区西新宿4-34-7
電話03-6866-7324（編集）
発売元 ―――― 株式会社角川グループパブリッシング
〒102-8177
東京都千代田区富士見2-13-3
電話03-3238-8605（営業）
印刷・製本 ―――― 凸版印刷株式会社

ISBN978-4-04-868707-2 C0093

魔法のiらんどBOOKランキング
通算113日第1位
異例の32週連続
ベスト5ランクイン

大ヒットばく進中!!
ワイルドビースト
全8巻

チーム『野獣』とその九代目総長リュウキ――
彼らとの関わりの中で成長していく
少女アヤカを描いた大長編。

人気独走!!
大長編話題作
堂々完結!

読者の熱いエールが続々!

衝撃的、感動、面白さ。読んでいて
もっと読みたい！！って思います。

まじリュウキ大好きです♡！
読むたびに胸キュンしまくり（´＾ω＾`）

感動で涙、面白さで笑いありの大好きな物語♡

こんなヤバイ本、あってもいいんですかっっっ◎（汗）

素敵です！！　最初の一文からハマる！

ワイルドビーストⅠ ―出会い編―
ワイルドビーストⅡ ―黒ソファ編―
ワイルドビーストⅢ ―特攻服編―
ワイルドビーストⅣ ―ルール編―
ワイルドビーストⅤ ―絆編―
ワイルドビーストⅥ ―感情編―
ワイルドビーストⅦ ―野獣編―
ワイルドビーストⅧ ―ファイナル―